Marco P

O LIVRO DAS MARAVILHAS

A descrição do mundo

Tradução de Elói Braga Jr.
Introdução e Notas de Stéphane Yerasimos

www.lpm.com.br
L&PM POCKET

Coleção L&PM Pocket, vol. 161

Publicado anteriormente pela L&PM Editores dentro da coleção Descobertas. 1ª edição – 1985

capa: L&PM Editores sobre ilustração de Marco Pillar
revisão: Flávio Dotti Cesa
tradução: Elói Braga Júnior
produção: Jó Saldanha e Lúcia Bohrer

ISBN 85.254.0628-7

97781 Polo, Marco 1254-1323.
O livro das maravilhas: a descrição do mundo / Marco Polo : tradução de Elói Braga Júnior. -- Porto Alegre: L&PM, 1999.
392 p. ; 17 cm. -- (Coleção L&PM Pocket)

1.Viagens históricas. I.Título. II.Série.

CDU 910.4(091)

Catalogação elaborada por Izabel A. Merlo, CRB 10/329

Porto Alegre: Rua Comendador Coruja, 326 - 90220-180 - Floresta - RS
Fone: 0XX (51) 225.5777 Fax: 0XX (51) 221.5380
São Paulo: Rua Cel. Oscar Porto, 1120 - Paraíso - 04003-005 - SP
Fone/Fax: 0XX (11) 571.5021

Impresso no Brasil
Outono de 2000

Sobre o tradutor
Elói Braga Júnior

Nascido a 10 de maio de 1921, na cidade de Dourado, Elói Braga Júnior veio para São Paulo com cerca de 13 anos de idade.

Encontrando no magistério a sua grande vocação, iniciou desde cedo brilhante carreira de professor. Lecionou em São Paulo nos colégios mais tradicionais, chegando, em muitos desses estabelecimentos, ao cargo de diretor.

Patriota, de amor incomensurável pelo Brasil, sempre se orgulhou da posição de professor de Língua Portuguesa e História, tendo sido paraninfo da quase totalidade das turmas para as quais lecionou.

Ainda exercendo a função de educador, dedicou-se com esmero à elaboração do *Livro das Maravilhas*, entre outros, com a mesma jovialidade e entusiasmo que manteve durante toda a vida.

Aos 24 de maio de 1991, a vida privou-nos do seu convívio.

Em nossos corações a sua eterna presença sempre se fará sentir, pois soube eternizar com realizações sua brilhante existência.

(Família de Elói Braga Júnior)

"E jamais a homem algum, cristão, tártaro ou pagão, foi dado ver o que Misser Marco Polo, filho do nobre Nicola Polo de Veneza, pôde ver pelo mundo..."

RUSTICIANO DE PISA

Sumário

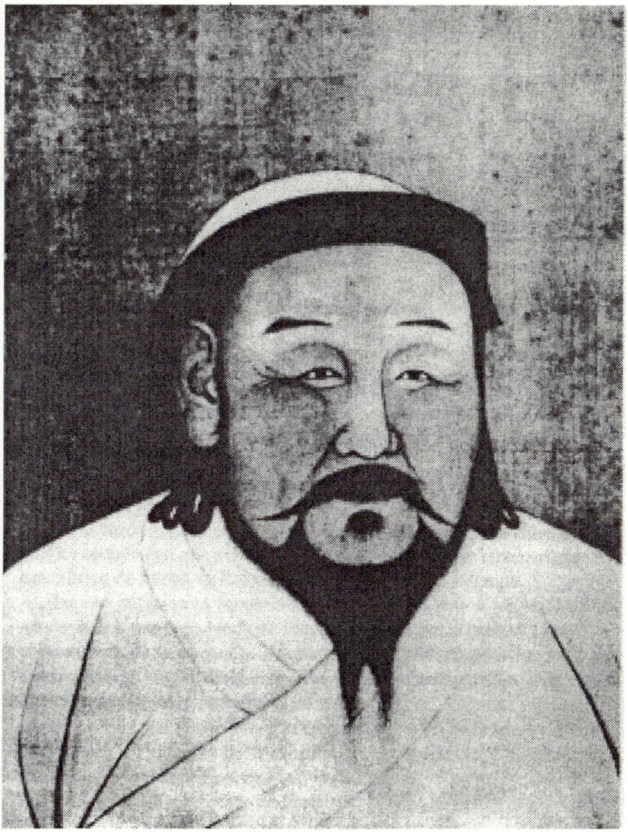

CUBLAI CÃ, SENHOR DA CHINA DE 1259 A 1294.

INTRODUÇÃO

SOB OS OLHOS DO OCIDENTE

Ao revelar para uma Europa atônita o esplendor e os mistérios da China, Polo encerra a geografia do lendário e incorpora o real ao maravilhoso

Antes de apresentar Nicola e Mafeu Polo, bem como o filho do primeiro, Marco, é preciso começar pela apresentação de sua época, a segunda metade do século XIII. Pois, venezianos, cidadãos da República sereníssima que esteve na proa do mercantilismo e nas origens do capitalismo do futuro, os Polo são uma resultante de seu tempo.

Por sua supremacia econômica e marítima, Veneza se torna, desde o século XII, a ponta-de-lança da Europa feudal em sua primeira tentativa de conquista de um mundo exterior: as Cruzadas. Tendo financiado e transportado as tropas da Europa, ela desempenhará também o papel de instigadora na grande pirataria deste século, que foi a Quarta Cruzada. É assim que em 1204 ela leva os cruzados a um paraíso mais acessível que a Terra Santa: as riquezas de Bizâncio, pela conquista de Constantinopla, porta dos grandes caminhos do Norte e do Leste.

Ora, nesta última metade do século, os sonhos de conquista fenecem. Em 1250, São Luís é feito prisioneiro na penúltima cruzada, antes de morrer na última. O domínio cruzado na Síria e Palestina – enclave insignificante, mesmo na época de sua maior extensão, em relação à imensidão do mundo muçulmano – reduz-se a algumas cidades da costa, e a última, São João d'Acre, será tomada antes do fim do século. Em 1261, os bizantinos, aliados dos genoveses, retomam também sua capital. Aqui, talvez se trate apenas de uma mudança de área de influência na longa guerra a que se entregam genoveses e venezianos, mas é de toda forma uma derrota para Veneza.

Neste quadro sombrio, uma esperança aparece repentinamente. Por estranho que possa parecer, esta esperança são os mongóis. É bem verdade que os mongóis surgiram como um perigo para a Europa. Em 1241, seus exércitos atravessaram os Cárpatos e chegaram às imediações de Viena. Mas ao fim deste mesmo ano, a morte do Grande Cã Oegoedei e os problemas de sua sucessão interromperam uma progressão que nunca mais seria retomada. Contudo, mesmo antes deste alerta de curta duração, os mongóis eram considerados pelo Ocidente como uma potência salutar. As primeiras informações sobre Gêngis Cã que chegam aos postos avançados dos cruzados da Síria em 1221 apresentam-no como o... rei Davi, e a aparição dos exércitos mongóis da Armênia, um ano antes, é precedida de loucos rumores anunciando o retorno dos reis magos. A grande esperança que toma ares de fim dos tempos, onde as lendas apocalípticas que nutriram a Europa ao longo da Idade Média parecem de repente se concretizar, tem razões bem precisas.

No momento em que os cruzados batem em retirada diante do Islam, os mongóis aparecem como um *deus ex machina*. São a única potência capaz de vencer o Islam e o demonstram. A primeira informação de 1221 faz eco ao aniquilamento dos Khwarinzmchahs, o Estado muçulmano da Pérsia – esta Pérsia que foi considerada, desde Dario, passando pelos Sassânides, como o principal inimigo do Ocidente, grego, romano ou cristão. Mas isto foi apenas o começo; em 1258, Hulagu, neto de Gêngis, toma Bagdá, esmaga o último califa, sucessor de Maomé, sob as patas de seus cavalos, e suprime o califado. No fim do século, a única potência islâmica independente na região é o sultanato do Egito. O que acaba de acontecer diante dos olhos da Europa ultrapassa todas as expectativas.

Por seu lado, os mongóis – seguindo o adágio militar: o maior perigo é o perigo mais próximo – estão com boa disposição em relação à Europa diante de um inimigo comum, que é o Islam. Criam-se alianças locais; o príncipe da Antióquia, o rei da pequena Armênia, chefes de pequenos estados cruzados, precipitam-se a declararem-se vassalos dos mongóis. Por intermédio deles, estes últimos conseguem um acesso ao Mediterrâneo e a luta, ao longo do século, desenrola-se pela possessão da Síria, último obstáculo islâmico contra a junção dos mongóis com o Ocidente e defendida pelo Egito, último bastião do Islam.

Como resultado destas relações, com os campos estando definidos por suas religiões, os mongóis mostram-se tolerantes em relação ao cristianismo. Eles próprios são adeptos de uma religião cujos contornos bastante vagos não conseguem adaptar-se às exigências de uma religião de império. Logo, o lugar está vago. Além disto, rumores circulam sem cessar sobre a conversão ao cristianismo de um ou outro soberano mongol. Os sonhos da Europa vão, portanto, convergir para este objetivo: um Grande Cã dos mongóis, católico, apostólico e romano, faria soar o dobre de finados dos povos de

Maomé para a glória eterna do cristianismo e do Ocidente reunidos.

Os dois baluartes do catolicismo, o papa e o rei de França, não perdem tempo. Logo após a estabilização do fronte europeu pela parada dos mongóis, o primeiro envia um emissário, o franciscano Jean du Plan Carpin, que consegue fazer o trajeto Lyon-Karakorum em quinze meses para assistir ao coroamento do Grande Cã Guyuk. Oito anos mais tarde, São Luís enviará Guilherme de Rubruck para junto do sucessor de Guyuk, Mongka. Irmão Guilherme lá chegando descobre, para sua grande surpresa, que pequenos súditos de seu senhor haviam precedido seu enviado extraordinário. Excluindo-se a chamada Paquete, nativa de Metz, que ele encontra nas ruas de Karakorum, conhece também Guilherme Boucher, cujo irmão mora na Grand Pont em Paris, ourives de seu estado, encarregado por seu novo patrão de fabricar-lhe uma fonte de "kimiz", a bebida nacional dos mongóis; coroando-a com um anjo tocando um trompete, belo símbolo da união franco-mongol sob o signo do fim dos tempos.

Desconsiderando-se estes encontros, os resultados serão minguados. Os soberanos mongóis, já envolvidos por uma potência burocrática budista ou muçulmana, em uma região do mundo onde os únicos exemplos do cristianismo – as comunidades nestorianas – permanecem geralmente desprezadas, são pouco receptivos aos longínquos e relativos esplendores do papado. Assim, os mongóis integrar-se-ão progressivamente às religiões dominantes de sua área de expansão: o budismo a leste; o Islam a oeste; e o Ocidente, para realizar seus sonhos, resignar-se-á a tomar o caminho mais longo, mas mais seguro, o da acumulação capitalista.

Penetrando na região dos "Tártaros do Poente"

É neste contexto, o da aliança com os mongóis, que é preciso situar a aventura dos Polo. Contudo, no início nada parecia predestiná-los a esta tarefa. Veneza, verdadeira senhora de Constantinopla, atrás da fachada de um "Império Latino", exercia um monopólio econômico sobre o mar Negro e, daí, sobre os terminais das estradas leste e norte, a da seda e a das peles. Marco Polo "o velho", irmão mais velho de Nicola e Mafeu, valendo-se desta situação, estabeleceu-se em Constantinopla, onde possuía uma casa de comércio, com uma "antena" em Soudak, na Criméia. Será junto do irmão mais velho que os dois Polo vão instalar-se, antes de tomarem a decisão de encarregarem-se da "sucursal" de Soudak. Assim, eles embarcarão, depois de uma estada em Veneza, em 1260, no que será sua primeira grande viagem, "para lucrar", como refere simplesmente o manuscrito francês do livro de Marco Polo.

Soudak é a fronteira da estrada das peles. Além dela fica o país dos "Tártaros do Poente", os mongóis da Horda de Ouro, senhores da estepe russa. Seu soberano, Berké, foi o primeiro príncipe da linhagem de Gêngis a aderir ao islamismo, falha séria nos sonhos do Ocidente. Mas os irmãos Polo não parecem preocupar-se com isso. Eles penetram em seus domínios para procurar mercadorias na fonte, visitam Berké em sua capital e, através de uma troca de presentes, obtêm o direito de comerciar em seu território.

Decorrera apenas um ano quando um acontecimento veio perturbar suas atividades. Para Marco Polo esse acontecimento seria a guerra entre Berké e Hulagu e a invasão por este último do sul da Rússia em 1261, que teria cortado o caminho de volta aos irmãos Polo. Ora, esta guerra, que se desenrolou de 1262-63, materializou-se por uma batalha indecisa no Cáucaso, e os exércitos de Hulagu não parecem ter ultrapassado este limite. Em contrapartida, neste mesmo ano de 1261 houve um acontecimento importante para os Polo, que Marco, prisioneiro dos genoveses durante a redação de seu livro, fez provavelmente questão de deixar passar em silêncio. Miguel Paleólogo, imperador bizantino, acabara de retomar, com a ajuda dos genoveses, Constantinopla das mãos dos venezianos. Ao mesmo tempo, o mar Negro isolado tornava-se monopólio dos genoveses. Os Polo estavam cortados de suas bases de retaguarda. Também a saída pelo sul através do Cáucaso estando cortada devido à guerra com Hulagu, sobrava apenas o leste. Foi assim que os irmãos Polo partiram para Bukhara.

Bukhara é uma outra estrada de comércio, a da seda, e um outro domínio mongol, o da linhagem de Tchaghatai, dependendo na época de Cublai, soberano da China e chefe supremo dos mongóis. Os Polo aí permanecerão três anos até 1265, e nesta data um enviado de Hulagu a Cublai os levará com ele, para apresentá-los ao Grande Cã como espécimes "latinos", que este último jamais havia visto antes.

Os Polo embarcam, pois, para a China. Será preciso um ano para chegarem à capital de verão de Cublai, onde permanecem durante o verão de 1266. Cublai conversa com eles sobre a Europa e decide enviá-los como embaixadores a Roma. Fornece-lhes salvo-condutos, as famosas *tabuinhas*, das quais Marco Polo é tão orgulhoso, e uma carta para o papa onde lhe pede para "enviar-lhe até cem homens sábios para ensinar a religião e a doutrina cristãs".

Não sabemos se esta carta ainda existe nos arquivos do Vaticano, mas ela foi fonte de uma nova esperança para o Ocidente e os irmãos Polo foram seus portadores. A partir deste momento, os Polo se tornam instrumentos de um destino capaz de mudar, segundo as convicções da época, a face do mundo, e o relato de Marco Polo demonstra que eles estavam conscientes disto, o que determinará a continuação de sua história.

A interpretação segundo a qual os dois comerciantes transformaram-se em missionários por causa desta carta pode parecer contestável. Tanto mais que os salvo-condutos que obtiveram, pela via desta missão, lhes asseguraram uma imunidade e uma liberdade de circular, e portanto, de comerciar, a toda prova. Foi assim que saíram não apenas sãos e salvos de um quarto de século de duras provas, como também voltaram a Veneza milionários. No espírito de um patrício veneziano, onde acaba a religião e onde começa o comércio? Um não impede o outro. A conversão ao cristianismo do Grande Cã dos mongóis não teria aberto um campo inesperado ao Ocidente, a Veneza, à casa de Polo? A conversão sempre fez o comércio progredir.

Os Polo tomam o caminho de volta, para atingir três anos mais tarde – estamos em 1269 – as margens do mar Mediterrâneo. Ficam sabendo que o papa morreu. O legado de Roma aos lugares santos, Teobaldo Visconti, não parece querer tomar iniciativas antes da eleição de seu sucessor. Voltam a Veneza, onde Nicola, que deixara sua mulher grávida, encontra um filho de quinze anos. Marco.

Dois anos se passam e o novo papa ainda não foi eleito. Temendo, como salienta Marco, que Cublai comece a inquietar-se com sua ausência, decidem regressar, desta vez a três. Voltando a São João d'Acre, eles revêem o legado Visconti, obtêm cartas e iniciam a viagem quando, em setembro de 1271, chega a notícia de que Visconti acaba de ser eleito papa. Retornam a Acre, mas o papa não parece ter mais iniciativas que o legado. Em lugar dos doutores da lei, os Polo obtêm ao todo dois monges, mais ou menos desconhecidos, que irão fugir pouco depois, aos primeiros rumores de perigo.

Os Polo partem, então, na primavera de 1272, para chegar três anos e meio mais tarde junto a Cublai. Dois desvios e duas paradas marcam esta viagem: um desvio pela Armênia e o sul do Cáucaso, provavelmente para evitar uma incursão do sultão do Egito no norte da Síria, depois uma subida à Pérsia, do Golfo Pérsico ao Khorasam, após o abandono da idéia de um trajeto por mar; uma parada de aproximadamente um ano nas portas da China para receber a autorização de entrar e uma outra no Alto Afeganistão, devido a uma doença de Marco Polo.

A chegada dos três Polo na China encontra Cublai e os mongóis presos a estruturas milenares do Império chinês e, conseqüentemente, pouco dispostos a aderirem ao cristianismo que, aliás, a presença de apenas três venezianos não tornava particularmente atrativo. Os Polo, que certamente duvidavam disto, resignaram-se e integraram-se da melhor maneira na burocracia sino-mongol, aí permanecendo por dezesseis anos.

É difícil reconstruir a vida e a atividade dos Polo durante este período. De um lado, Marco Polo toma conta do relato e elimina os outros dois, que serão citados apenas duas vezes nesta parte da obra; de outro lado, talvez para não entediar os nobres personagens aos quais destina seu livro, evita personalizar o relato. Fala de si mesmo principalmente como testemunha das coisas observadas, mas muito pouco enquanto ator, salvo na parte introdutória e em outras raras passagens. Logo, só podemos tentar uma cronologia aproximada.

Depois de um último aprendizado da língua mongol e dos usos da corte, Marco Polo passa sua prova com uma missão no Yunnan, no sudoeste da China, a qual pode ser situada entre 1277-78. A seguir, podemos supor que ele estivesse presente em Pequim durante os acontecimentos que se seguiram ao assassinato do ministro das finanças de Cublai, em 1282. Exerceu também durante três anos uma função não-determinada, mas que poderia estar ligada à de fiscal aduaneiro, na cidade de Yangzhu, no Kiang-su. Finalmente foi enviado como embaixador ao Ceilão, talvez em 1284, e em outra missão ao reinado de Champa, no Vietnam, em 1288 ou talvez mais tarde.

Assim passam os anos, os irmãos Polo envelhecem, bem como Cublai. Os Polo inquietam-se com a sorte que os aguarda após a morte do Grande Cã e pedem permissão para partir. Inutilmente. A burocracia celeste não libera seus funcionários sem uma forte razão. A ocasião apresenta-se, finalmente, em 1291. Arghun, neto de Hulagu e soberano mongol da Pérsia, quer substituir sua esposa morta por outra da mesma tribo, célebre pela beleza de suas mullheres, e envia um embaixador para tratar do assunto junto a seu tio-avô. A moça é escolhida, mas na volta surgem os problemas. Os descendentes de Gêngis que reinam na Ásia central estão em rebelião endêmica contra seus primos sedentarizados da Pérsia e da China, e isto torna a viagem terrestre perigosa. Marco Polo propõe então a solução providencial para a missão e para os Polo: tendo-se familiarizado com os mares do sul devido a suas embaixadas, ele poderia servir de guia em uma volta por mar. A proposta é aceita, mas a viagem não será menos difícil. Ela durará três anos, dos quais cinco meses de parada em Sumatra. Durante este tempo os embaixadores e a maioria da missão morrem. Arghun morre e Cublai também. Mas nossos heróis e a futura esposa sobrevivem e, depois de tê-la confiado ao filho de Arghum, podem finalmente regressar a Veneza em 1295, após uma ausência de um quarto de século.

A aventura, contudo, não termina para Marco Polo. Depois de ter saído ileso de seu périplo, é capturado em uma das guerrilhas em que se envolvem regularmente venezianos e genoveses e é aprisionado em 1298 na prisão de Gênova. Esta reclusão é uma sorte inesperada para posteridade. Pois, condenado à inatividade, passa seu tempo a ditar suas memórias a um companheiro de infortúnio, Rusticiano de Pisa. Esta é, ao menos segundo ele, a origem de seu livro. Deve, contudo, tratar-se de um esboço, completado depois de sua liberação, porque, à medida que as pesquisas revelam a autenticidade de suas informações, tal redação, sem notas e sem documentação, torna-se cada vez menos plausível. Além do mais, na última parte de seu livro, Marco Polo menciona acontecimentos que se desenrolaram durante sua prisão, dos quais ele só tomou conhecimento após sua libertação.

O resto da vida de Marco Polo é um conto que termina bem: um rico casamento e três filhas, uma vida feliz que finaliza nas honras da República, em 1324.

Lendas e milagres num geógrafo do real

O livro de Marco Polo apresenta o caso extremamente raro de um texto que não somente envelhece bem, mas que se valoriza com o tempo. Embora muito célebre desde seu aparecimento e amplamente difundido, mesmo antes da imprensa, este "livro das maravilhas" foi primeiramente acolhido com muito ceticismo. Sua época, habituada a uma geografia maravilhosa e estandartizada, escandalizou-se com suas inovações. Se ele tivesse descrito o reino das Amazonas ou o dos Pigmeus, ninguém teria se comovido. Mas contar que as ruas da cidade da China eram pavimentadas com tijolos e que pedras negras queimavam, era demais. Assim, a reabilitação se fará lentamente, à medida que as coisas descritas se tornem conhecidas por outras fontes. E, se pensarmos que o segundo europeu a visitar várias das regiões percorridas por Marco Polo o fez somente no século XIX, compreende-se por que apenas agora estudos críticos de sua obra foram realizados. Hoje, quando a maior parte dos problemas históricos e geográficos trazidos por este texto já foram elucidados com a utilização de fontes chinesas, mongóis, persas, árabes etc., podemos afirmar que o resultado desta enorme confrontação fornece também a prova do valor de sua informação.

Ao longo de seu livro, Marco Polo apresenta qualidades de observação, de documentação, de precisão que não se atribuiriam facilmente a um homem de sua época. Entretanto, não é preciso estender-se demasiadamente sobre este assunto; o próprio texto, com o mínimo de anotações indispensáveis, é amplamente suficiente para prová-lo. Em compensação, se a regra não tem mais necessidade de provas, as execuções exigem atenção – porque elementos legendários existem também neste texto, e, apesar de marginais, ocupam por isso mesmo um espaço especial que merece explicações. Estas permitirão ao mesmo tempo resolver problemas de interpretação que ainda restam e situar melhor o texto em sua época.

Em primeiro lugar, seria necessário evitar a armadilha da "modernidade" da informação fornecida ou assimilar o autor a um personagem de nossa época. Mesmo se ele continua excepcional entre seus contemporâneos, Marco Polo é um homem de seu século: o século XIII; portador de sua ideologia e de sua concepção de mundo. Já vimos o peso do contexto político e ideológico no qual se move e o papel que ele interpreta neste contexto. É, portanto, a partir desta base que deveremos procurar os elementos legendários em sua obra.

Um primeiro elemento que salta aos olhos é a credulidade ou a indulgência com a qual Marco Polo, aliás, sempre preocupado em tomar precauções ou em fornecer provas de seu testemunho pessoal, relata milagres, visando provar a superioridade da fé cristã perdida entre os infiéis. Sua fonte sem dúvida é a tradição nestoriana, à qual pertence a quase totalidade dos cristãos da Alta Ásia. Ele considera os nestorianos como heréticos em relação ao catolicismo romano, mas acontece que esta tradição e seus milagres constituem as únicas provas da preponderância das ilhas de cristianismo no oceano islâmico ou budista. Marco Polo necessita destes milagres, não tanto para os mongóis, cuja causa está perdida e que jamais lerão seu livro, mas para os cristãos "deste lado do mar", desta pobre Europa que certamente duvidaria ao ler o fausto e a magnitude nos quais se banha a

Ásia infiel. Por isso ele se surpreenderá várias vezes em sua narração relatando com espanto os poderes extraordinários dos "idólatras" e os cortará, com medo de induzir seus leitores à tentação. O papel de novos apóstolos do cristianismo assumido pelos Polo no conjunto de sua missão salvadora para o Ocidente, e do qual Marco é, em seu livro, a personificação e o porta-voz, traz consigo, como uma necessidade, estes elementos legendários, cuja relação dos milagres constitui apenas uma parte.

Um outro aspecto, bem mais importante, é a transposição do fundo apocalíptico que o Ocidente cristão – e o Oriente – nutria em seu seio ao longo da Idade Média. O cristianismo, enquanto religião popular, retoma o messianismo judaico. A aceitação da vinda do Messias, a redenção e o Paraíso Celeste satisfazem apenas parcialmente. Ou melhor, a recompensa no além é a doutrina do cristianismo recuperada pelo poder secular e eclesiástico, enquanto que o fundo popular permanece fundamentalmente milenarista, na espera da volta do Messias e de um Paraíso bem terrestre. A perturbação produzida pela aparição e expansão do Islam torna evidente esta necessidade do retorno. As velhas profecias retornam à superfície e atualizam-se a nível da luta contra o infiel e da vitória final, situada no fim dos tempos – os tempos atuais, bem entendido – e nos portais de novos tempos. A tentação do Ocidente de facilitar o apocalipse, lançando-se nas Cruzadas, exacerba o fervilhar das lendas. Neste contexto, a chegada dos mongóis tem um valor de fim dos tempos, de realização das profecias. Marco Polo, nutrido por estas lendas, como todos os seus contemporâneos, acha-se bruscamente projetado em seu centro como instrumento de sua realização. Sua marcha sobre Pequim adquire, então, com esta interpretação, um valor particular. Ele se comporta diante destes elementos como o evangelista que verifica ao longo de seu percurso a conformidade das Escrituras com os acontecimentos que relata. Contudo, como se trata aqui de um percurso real, a verificação implica sobretudo uma localização, e é desta tarefa que vai se encarregar Marco Polo. Quanto ao leitor do século XX, é preciso que possa recuperar a lenda, à qual o autor não se refere explicitamente, considerando-a como conhecida, para apreender a interpretação proposta. É a propósito desta recuperação que vamos nos referir agora brevemente.

As transformações na Ásia central, da qual a explosão mongol foi a última grande fase, haviam começado bem antes, e a atenção da Europa, já em alerta pelas cruzadas, foi despertada para esse lado. É então que, aproximadamente em 1145, um bispo da Terra Santa conta que um rei cristão vindo do Oriente vencera o rei dos Medas e dos Persas. Este rei, que seria descendente dos reis magos, chamava-se Prestes João. Assim nasceu a lenda do Prestes João, que teve uma vida longa, pois encontramos seus prolongamentos até o século XIX. Pode-se estabelecer suas raízes históricas, a partir das origens, da seguinte maneira: efetivamente, em 1141, o último grande Imperador Seldjoukide, do Irã, Sandjar, sofrera uma derrota decisiva contra os Karakhitai, povo turco vindo do leste, descendente dos Khitan que haviam dominado a China do norte de 907 a 1122. Ora, a Igreja nestoriana, perseguida pelos bizantinos, infiltrara-se pela Ásia central até a atual Manchúria, e por esta época vários povos turcos ou mongóis professavam, inclusive as famílias reais, o cristianismo nestoriano. Isto confere uma sólida base histórica a esta lenda. Os europeus haviam, pois, cristalizado, bem antes de Gêngis, suas esperanças orientais na figura do Prestes João, e as tentativas de identificação começaram em seguida. Na segunda metade do século XII um povo turco-mongol, os Kereyit, torna-se senhor da Mongólia. Este povo é em parte cristão, como seu soberano Ong Cã, nesta época suserano de Yesugei, pai do futuro Gêngis Cã. A identificação não tarda em fazer-se: desde o fim do século, Ong Cã foi considerado como o Prestes João.

Marco Polo aceita, inicialmente, esta identificação. Os fatos, contudo, desmentem esta lenda. Ong Cã foi vencido e morto por Gêngis. Se Gêngis ou seus sucessores se cristianizassem, não teríamos mais necessidade de outro Prestes João, mas se não... E Marco Polo pôde constatá-lo melhor no próprio local. Sua interpretação é historicamente mais válida. Os Oengut, uma outra tribo turca, são igualmente cristãos, bem como seus soberanos, que são ainda, hereditariamente, chefes religiosos. Logo, são todos sacerdotes e são todos Prestes João, como dirá Marco Polo. Tornado título, o nome se pereniza, torna-se intemporal e mais conveniente para a lenda. Além disto, esta família é uma aliada hereditária dos Grandes Cãs. O Prestes João, a despeito de poder tornar-se o próprio Grande Cã, torna-se seu mentor. Finalmente, por um último artifício, Marco Polo transforma os príncipes Oengut em descendentes de Ong Cã e desta forma disciplina a lenda, dando-lhe um aspecto coerente.

Há idêntica preocupação de localização e de precisão para as outras lendas, como, por exemplo, a de Gog e Magog. Estes povos, habitando a extremidade nordeste da terra, segundo o Velho Testamento, deveriam sair de seu antro com a aproximação dos Últimos Dias para invadir a terra. O Corão apóia-se na Bíblia, acrescentando um outro personagem que se tornou legendário, que é Alexandre, o Grande. Este último teria construído uma grande muralha para fechar Yadjoudj e Madjoudj (Gog e Magog) até o fim dos tempos. A Europa já identificara a expansão mongol com os povos citados pela Bíblia, e quando Marco Polo, chegando à China, encontra-se diante da Grande Muralha, ele não duvida um só momento de que se trata da muralha da lenda. E esta dependência parece-lhe tão exclusiva que, uma vez estabelecida, não mencionará mais a muralha da China, como se ela só existisse enquanto justificativa de Gog e Magog. Quanto à identificação dos nomes, a questão nem chega a se colocar com relação a Magog: obviamente são os mongóis. E, como era-lhes necessário um companheiro, Marco Polo decide que os Gog são os Oengut. De acordo com esta interpretação, os invasores do fim dos tempos transformam-se assim em aliados "objetivos" do Ocidente.

O próprio Alexandre, o Grande, está na origem de um outro grande ciclo legendário. Símbolo da luta do Ocidente contra o Oriente, ele fora o primeiro a conquistar o terreno do adversário – o Egito, a Mesopotâmia, a Pérsia – e a ir mesmo além dos limites do mundo conhecido. Sua reputação é tal que ele acabou por ser reconhecido por seus adversários e se encontra no Islam sob o nome de Dhou'l-Karmain – "Aquele que tem dois cornos" –, reminiscência da apropriação por Alexandre do culto de Zeus Amon, o deus carneiro. O "Romance de Alexandre", lenda em capítulos independentes, várias vezes aumentada e completada durante a Idade Média, abunda em elementos que dizem respeito aos limites extremos das conquistas de Alexandre. Neste além, o macedoniano teria deixado colônias, reinos perpetuando a cultura ocidental – ilhas familiares em um mundo desconhecido, relíquias de um imperialismo antigo, mas também grãos de uma futura eclosão. Aí também Marco Polo encarregou-se de despistar, de localizar estas pequenas ilhas no Alto Afeganistão. E aqui, como em outros trechos, ele traz uma informação plausível para fixar um elemento legendário à base histórica. Estas regiões do Alto Afeganistão – o Badakhshão, o Nuristão – são efetivamente os últimos refúgios das tribos indo-européias que haviam tomado parte nos reinados indo-bactrianos dos sucessores de Alexandre. Os povos que os povoam e sobretudo suas famílias reais reivindicavam parentesco com Alexandre, o Grande, ainda na época de Marco Polo, mas igualmente seis séculos mais tarde, na época de Kipling.

Uma outra ilha do Ocidente cristão, perdida na Ásia, é o túmulo de São Tomé, o Apóstolo. Os atos deste apóstolo falam desde o século IV da evangelização da Índia por São Tomé, mas será ainda uma vez Marco Polo o primeiro a descobrir esta compostela asiática no extremo sul da Índia.

Falta ainda uma última lenda, mal identificada hoje em dia, porque esquecida há muito tempo, a da Árvore Só-Árvore Seca. Aqui também se trata de camadas superpostas ao longo dos séculos, e o que importa é tentar traçar os contornos de sua significação na época de Marco Polo. Seu duplo nome já indica suas duas raízes longínquas. Enquanto Árvore Só, ela é a que se ergue no fim do mundo conhecido e constitui o limite entre este lado e o além: este além onde tudo se funde no sentimento do desconhecido, o tempo e o espaço, o Inferno e o Paraíso, o medo e a esperança. Enquanto Árvore Seca, ela é a do pecado e do arrependimento, símbolo desta dualidade indissociável: árvore verde ressequida-árvore seca que reverdecerá. O limite, entretanto, é feito para ser ultrapassado e o desconhecido nunca está vazio. Se não ultrapassarmos a Árvore Seca é a outra, a que fica no além, a que está carregada com nossos medos e nossas esperanças, a causa e o efeito de nossos pecados, o instrumento de nosso arrependimento, que virá nos invadir. Foi assim que o Anticristo veio à Terra Santa, que violou o santuário – porque pecamos e para nos dar a oportunidade de nos arrependermos. Ora, o arrependimento é o aniquilamento do pecado e do Outro que é sua personificação; encontra-se, pois, indissoluvelmente ligado à guerra santa, aliás tanto na cristandade quanto no Islam. Quando o arrependimento se completar e o Outro for repelido para além da Árvore Seca, será o fim desta era e o início dos tempos novos. E a Árvore Seca reverdecerá.

Excluindo-se os arquétipos muito antigos no Gênese e além nas civilizações mesopotâmicas, encontra-se uma primeira evocação desta árvore no livro de Daniel, o último do Antigo Testamento, escrito nos tempos conturbados das lutas dos Macabeus contra os sucessores de Alexandre, o Grande. Aqui, a árvore é situada no sonho de Nabucodonosor, o último rei "bárbaro" da Mesopotâmia, antes que esta função seja relegada aos reis da Pérsia, no imaginário coletivo judaico-cristão.

"Eis aqui uma árvore – diz Nabucodonosor, contando seu sonho.

No centro da terra
de grande porte,
A árvore cresce, torna-se frondosa,

sua altura atinge o céu
sua vista os confins de toda a terra.
Sua folhagem era bela, seu fruto abundante
ela dava sombra às feras dos campos,
em seus galhos aninhavam-se os pássaros do céu
e toda carne se nutria dela."

E então o Anjo do Senhor chega:

"Em voz alta, ele grita:
Abatei a árvore, quebrai seus galhos,
arrancai suas folhas, arremessai seus frutos,
que as feras fujam de seu abrigo
e os pássaros de seus galhos.
Mas que permaneçam na terra tronco e raízes
em laços de ferro e de bronze na relva dos campos."

Na interpretação do sonho neste texto, a árvore simboliza o reinado pagão tocado pelo verdadeiro Deus. Já no livro de Daniel, a árvore é implicitamente "só", enquanto única, e explicitamente "seca", porque tocada pela cólera de Deus. Mas ela ainda não tem a função de limite. Em contrapartida, mais adiante no mesmo livro, onde o texto adquire um tom nitidamente apocalíptico, veremos "o filho do homem" caçar os inimigos até os confins da terra.

O caráter apocalíptico "militante" do livro de Daniel torna-o extremamente popular ao longo da Idade Média. Mas à época, não mais se satisfazendo com alusões aos selêucitas e aos ptolomeus, foi procurar elementos para atualizá-lo, principalmente depois da aparição do Islam. Bizâncio, mais diretamente ameaçada, se sobressairá na produção destes anexos, conhecidos sob o nome de "Pseudo-Daniel". E é desta forma que veremos em um manuscrito datado do século XIV novas façanhas do filho do homem: "...e quatro anjos o tomarão e o farão entrar em Santa Sofia e o coroarão como rei e lhe darão à sua direita uma espada, dizendo-lhe: Sê corajoso e domina e vence teus inimigos. E ele, tomando a espada das mãos dos anjos, aniquilará os ismaelitas (os muçulmanos), os etíopes, os francos, os tártaros e toda sua descendência, e os ismaelitas os dividirá em três partes, a primeira aniquilará pela espada, a segunda batizará e a terceira expulsará com grande fúria até a Árvore Única, e na sua volta os tesouros da terra lhe serão abertos e todos serão ricos e ninguém será pobre."

Este manuscrito, posterior ao texto de Marco Polo, não nos permite chegar às origens da Árvore Única, mas veremos no início do século XV esta lenda juntarse a outra, de origem aparentemente mais antiga, a da Maçã Vermelha.

A Maçã Vermelha é, em sua origem, o globo que mantém em sua mão a grande estátua eqüestre de Justiniano, o Grande, em Constantinopla. A outra mão da estátua aponta para o Oriente, em direção ao inimigo hereditário, que é neste período, e permanecerá até a aparição do Islam, os assânidas da Pérsia. Este globo de cobre dourado, que significa o poder do Império, torna-se a Maçã Vermelha no imaginário popular. Seu desaparecimento, no decorrer das vicissitudes que a capital do Império conheceu, provavelmente durante sua tomada pelos cruzados em 1204, transforma este símbolo em uma lenda apocalítica. A maçã, isto é, o poder perdido, só será recuperada por um novo herói, que recobrirá as terras perdidas expulsando o inimigo, que é agora representado pelo Islam e mais particularmente pelos turcos. Assim, reencontramos de um lado Daniel e seus prolongamentos, através do filho do homem, o herói esperado, enquanto a maçã perdida, que será reencontrada depois da vitória, refere-se simplesmente a uma matriz que é a árvore da qual saiu: a macieira. Deste modo, durante os dois últimos séculos de Bizâncio, a Maçã Vermelha se tornará a Macieira Vermelha, a qual será assimilada à Árvore Única. Será apenas depois da queda de Bizâncio que o termo Macieira Vermelha prevalecerá e criará raízes na tradição popular grega como símbolo da luta contra os turcos.

As diferentes lamentações fúnebres sobre a tomada de Constantinopla pelos turcos mencionam indiferentemente a Árvore Única ou a Macieira Vermelha. Ducas, historiador deste período, conta como depois da entrada dos turcos na cidade o povo refugiou-se sob a coluna justiniana onde se encontrava a estátua em questão: "... porque eles ouviam há muitos anos falsos profetas dizerem que a cidade será entregue aos turcos e que estes aí entrarão à força, massacrando os romanos até a coluna... Depois, aparecerá um anjo com uma espada e com a espada entregará a realeza a um homem pobre e sem educação, que estará sob a coluna e lhe dirá: 'toma esta espada e vinga o povo do Senhor.' E então os turcos voltar-se-ão sobre seus passos e os romanos os perseguirão massacrando-os e os expulsarão da cidade e dos lugares do Ocidente e do Oriente até os limites da Pérsia, em um lugar denominado a Árvore Única."

Ducas, precisando a profecia, nos propõe também uma localização. Mas de que limite da Pérsia se trata? Oriental ou Ocidental? É possível que durante o último século de Bizâncio, sendo os turcos senhores da Ásia Menor, até as portas de Constantinopla, o limite tenha sido levado a oeste da Pérsia. Os "Pseudo-Daniel" do fim do século XIV falam da batalha decisiva que se desenrolará "no lugar de Partené". Este nome pode tanto significar a "Parte", isto é, a Pérsia, quanto Atropatené, isto, é o atual Azerbedjã, logo, a oeste da Pérsia. E é em Tabriz, a capital do Azerbedjã, que Odorico de Pordenone, viajante da metade do século XIV, e Clavijo, no início do século XV, reencontrarão sua Árvore Seca. Contudo, textos ocidentais que são anteriores parecem antes indicar o limite oriental.

A referência à Árvore Seca, e não à Árvore Única, encontra-se no Ocidente em textos de um outro tipo: os romanos e as peças de teatro da Idade Média. Como se o afastamento do perigo tornasse o símbolo menos presente, projetando-o um pouco no folclore. Em compensação, uma presença bem enraizada na literatura desde o começo do século XII indica a antigüidade da lenda.

O texto mais antigo que se possui é o Jogo de São Nicolau, uma das primeiras peças de teatro francesas, datada do ano de 1200, ou ao menos do início do século XIII. Aí aparecem, em uma tentativa de aliança contra o Ocidente cristão, o emir de Iconium, isto é, o sultão Seldjoukide da Ásia Menor, o emir de Oliferne, provavelmente o sultão da Pérsia, o emir de Orkenie, do grego Hyrcanie: o antigo nome de Khorasã, e o emir de além-Árvore Seca. Seria duvidoso tentar tirar uma indicação geográfica precisa destes elementos; entretanto, poderíamos dizer que a Árvore Seca parece estar situada nos limites do mundo conhecido e além da Pérsia. Da mesma maneira, no romance do Conde de Poitiers que dataria da metade do século XIII, Constantino, rei de Bizâncio, ameaça o emir da Babilônia de destruir seu império até a Árvore Seca.

Enfim um último texto ocidental, posterior a Marco Polo: *As Viagens do Senhor de Mandeville*, uma obra-prima da geografia legendária datando da metade do século XV, localiza a Árvore Seca na Terra Santa, no vale do Hebron. Deixando claro seu conteúdo apocalíptico, ligado à libertação da Terra Santa por um rei cristão, propõe-lhe uma outra lenda, a da árvore de bálsamo e produtos miraculosos, dos quais também encontraremos traços na descrição que será dada por Marco Polo.

Concluindo, poderíamos dizer que no século XIII a lenda da Árvore Só-Árvore Seca se esclarece a partir de dois centros: Bizâncio, onde o conteúdo apocalíptico do lugar da vitória final contra o infiel predomina; a Europa, onde, apesar da persistência do conteúdo apocalíptico, o elemento dominante parece ser o limite do mundo conhecido. Marco Polo está bem a par desta dupla fonte e o demonstra, precisando que se trata da Árvore Única que os cristãos deste lado do mar, isto é, a Europa católica aquém do Mediterrâneo, chamam de Árvore Seca. A seguir, segundo seu procedimento de raciocínio habitual, ele procura uma base real para sobre ela assentar a sua lenda. E ele encontra no Khorasã, no nordeste da Pérsia, onde provavelmente na época a lenda colocava a Árvore, na saída do grande deserto, limite plausível da separação de dois mundos, uma árvore única e maravilhosa. Esta, provavelmente um plátano, que por seu tamanho e sua localização na beira do deserto já teria construído para si uma reputação legendária e talvez tenha até mesmo sido identificada como a Árvore Única pelos cristãos do país, convém perfeitamente ao objetivo. O relato que Marco Polo dá desta árvore é um exemplo perfeito de dupla linguagem onde a descrição realista de um plátano se superpõe a uma realização profética. As folhas, verdes de um lado e brancas do outro, são bem as de um plátano, mas também folhas que seriam verdes de um lado e secas do outro. Os frutos não-comestíveis do plátano são também os da Árvore de Daniel depois da maldição do Anjo. Quanto ao bálsamo que dela é extraído, refere-se à árvore de bálsamo da Terra Santa. As referências histórico-geográficas servem também para confirmar a mesma lenda. A localização neste lugar da última batalha entre Alexandre e Dario não é histórica, mas reforça a predestinação do lugar como o da batalha final entre o Ocidente e o Oriente. A menção do rio Gion, o Amu Darya, que é ao mesmo tempo um dos quatro rios lendários do Paraíso Terrestre, refere-se à proximidade do limite do mundo conhecido. Aliás, em Marco Polo, como em outros autores ocidentais de sua época, a transferência dos nomes Tigre e Eufrates, dois outros rios do Paraíso, para Volga e Araxe indica um deslocamento deste Paraíso para regiões mais longínquas situadas no Nordeste, logo conformes ao limite posto pela Árvore.

Enfim, a referência ao livro de Alexandre, requerendo a autoridade do vencedor e do transgressor dos limites, coloca um problema curioso. Salvo prova em contrário, a lenda de Alexandre não contém na época de Marco Polo menção sobre a Árvore Seca. Será acrescentada a ela mais tarde, em um de seus múltiplos anexos, "os votos do Pavão". Assim, poderíamos supor que a síntese progressiva da lenda se faz na tradição antes de passar à escrita.

Com esta lenda da Árvore Só-Árvore Seca, sobre a qual nos estendemos porque supomos que ela constitui um dos pontos obscuros do relato de Marco

Polo, completamos mais ou menos os elementos escatológicos do fundo religioso cristão tratados por este texto. Outras referências existem, como a localização dos três magos nos zoroastrianos da Pérsia ou a dos cripto-cristãos, que são provavelmente maniqueus, ao sul da China, mas colocam muito menos problemas deste tipo.

Os dois aspectos legendários do relato poliano percorridos até aqui, os milagres de propaganda cristã e as lendas apocalípticas, constituem o lado religioso da superioridade presente ou futura do Ocidente que Marco Polo defende. Será possível discernir elementos que visem a defender uma superioridade técnica? Talvez seja temerário afirmá-lo, mas existe um relato que nos leva a acreditar: é a assim chamada participação dos três Polo no cerco de Syangyang e sua invenção das máquinas capazes de obter a vitória. Ora, as datas são formais, o cerco durou cinco anos, de 1268 a 1273, durante os quais os Polo estavam, sem nenhuma dúvida, ausentes da China. As crônicas chinesas, que mencionam abundantemente o acontecimento, citam em detalhes as novas máquinas de guerra utilizadas; certos comentadores falam até da utilização das primeiras armas de fogo, e dão também os nomes e a origem dos engenheiros empregados: muçulmanos do Irã enviados por Abagha. Somos, pois, obrigados a admitir, até prova em contrário, que se trata de uma fabulação consciente de Polo, a única que chegamos a detectar realmente em seu relato, pela qual ele se apropria de uma façanha que lhe é totalmente estranha. Esta particularidade merece explicação, tanto mais que aqui, como em outros lugares, Marco Polo apresenta-se não somente como indivíduo mas também como representante do Ocidente, e enquanto em outros lugares de seu relato ele não perde ocasião de expor as realizações e a eficiência do Império dos Yuan e até mesmo de fazer comparações desfavoráveis para a Europa, aqui, ainda uma vez, ele sente necessidade de elogiar sua superioridade técnica. Se esta análise fosse justa, veríamos, ao lado da superioridade religiosa várias vezes explicitamente sustentada, um caso único de superioridade técnica, mas, infelizmente para Marco Polo e o Ocidente, mal escolhida.

Estes aspectos legendários que constituem, direta ou indiretamente, a defesa dos valores do mundo do qual o autor é originário compõem a maior parte do fundo legendário poliano, mas não o esgotam. Resta a própria visão deste mundo, a qual não é conscientemente defendida porque não é aparentemente contestada. E esta visão do mundo é, ao pé da letra, antes de tudo geográfica. Marco Polo age como geógrafo, seu livro chama-se *A Descrição do Mundo*. Neste livro ele pretende contar o conjunto do mundo, localizar e descrever a totalidade dos elementos que a visão do mundo de sua época contém, inclusive os elementos legendários, os quais não se distinguem enquanto tais dos elementos reais. Fazem simplesmente parte do mundo desconhecido, inexplorado. No momento em que Marco Polo se encarrega de sua exploração, é preciso que estes elementos sejam localizados, instaurando uma nova categoria do legendário.

Marco Polo não age como um geógrafo do legendário. Basta ler, por exemplo, Mandeville para compreender a diferença. Utiliza seu espírito crítico, "positivo", para refutar uma lenda, quando isto é possível. É o caso do amianto: com informações que tem de fonte segura sobre a extração e a fabricação deste produto, refuta suas origens animais a partir da legendária salamandra. Ou quando, aplicando a definição legendária do unicórnio ao rinoceronte de Sumatra, ele apercebe-se da diferença e constata que este nada tem a ver com o animal gracioso seduzido por uma donzela. Mas ele não pode refutar igualmente, sob pretexto de não tê-los verificado, elementos que a geografia de seu tempo considera como bem reais, por exemplo os homens com cauda ou com cabeça de cachorro. O fato de não tê-los encontrado não é prova suficiente de sua inexistência, sobretudo diante do peso da tradição. Tanto mais que certos arquétipos legendários parecem existir na maioria dos povos, de maneira que o viajante que encontra os mesmos relatos em culturas independentes e até isoladas se vê obrigado a crer em sua realidade, se não estiver armado de um *a priori* científico determinando sua inexistência. Assim, encontraremos o relato dos homens com rabo – que não são macacos, esclarece-nos – em Sumatra, dos homens com cabeça de cachorro nas ilhas Nicobar e o eterno reinado das mulheres, sob a forma das ilhas macho e fêmea, no sul da Arábia.

Um relato baseado em fontes chinesas, mongóis e persas

A parte consagrada neste prefácio aos aspectos legendários do livro de Marco Polo não deve criar a ilusão de que eles constituem, qualitativa ou quantitativamente, a parte mais importante de sua obra. Somente o fato de focalizá-los e isolá-los permite demonstrar, *ao contrário*, a veracidade do resto do relato. Contudo, a parte informativa do texto também traz problemas de classificação, demasiado longos para serem abordados aqui. Um rápido esboço parece-nos, contudo, necessário.

O texto que possuímos hoje – e não há razões para crer que existiria um outro mais detalhado – é muito curto, se considerarmos que recobre um quarto de século de peregrinações na maior parte da Ásia. Implica, pois, uma escolha operada pelo autor em um material necessariamente mais vasto. Os critérios desta escolha são aparentes, tanto na introdução quanto no interior do texto. A obra não era destinada a uma academia qualquer, como o relatório de uma expedição científica. Sua pretensão era o divertimento dos nobres que a leriam e a edificação dos burgueses, que poderiam igualmente documentar-se sobre a origem dos produtos e das mercadorias que lhes interessassem. Esta destinação implica uma obra relativamente curta, agradável de ler, onde os diferentes sujeitos se alternam para não entediar o leitor. É, finalmente, o relato típico do gênero "viagem" assim como se desenvolverá até os itinerários românticos do século XIX. Contudo, uma vez considerado este detalhe, quais são os tipos de informação contidos no texto?

Para tentar analisar a informação fornecida por Marco Polo seria necessário começar por estabelecer critérios. Colocar-se em relação ao leitor de hoje seria um bom ponto de partida, mas não é o bastante. De que leitor se trata? Daquele que conhece a fundo a história secreta dos mongóis ou os anais da corte dos Yuan, ou daquele que se aproxima da obra como de um romance de aventuras? O interesse deste livro consiste precisamente no fato de que ambos encontram respostas, mas em diferentes locais. O que já se constitui em si em um critério.

Portanto, uma parte das informações recebidas por Marco Polo é corroborada pelas fontes chinesas, mongóis ou persas. Trata-se sobretudo dos elementos históricos, geográficos ou administrativos, estes últimos concernentes à corte e às atividades públicas na China, que não podem ser hoje consideradas em seu conjunto como fontes originais. Entretanto esses elementos, cuja veracidade, excetuando-se algumas confusões nas datas e nas relações entre os personagens, está provada, constituem uma fonte tão exata quanto viva para o leitor que não pode ter o prazer de mergulhar nos textos originais. Às vezes, eles chegam a completar as informações das fontes locais; é o caso da descrição dos palácios do Grande Cã, de certos acontecimentos dos quais Marco Polo deve ter sido testemunha, como o assassinato do ministro das finanças de Cublai, ou os lugares cujas fontes escritas não chegam até esta época, por exemplo os reinados de Sumatra, e nesta medida constituem uma fonte original.

O restante que forma quantitativa e qualitativamente a maior parte do texto é uma informação única em seu gênero, no que diz respeito às atividades e à vida quotidiana dos povos visitados, seus hábitos indumentários, alimentares, sexuais, funerários e religiosos, contendo informações sobre os bens produzidos e também sobre a flora e a fauna dos países percorridos. Esta parte do texto, de longe a mais interessante, porque nos ensina coisas que nos são desconhecidas, é a menos estudada. Os comentadores de Marco Polo, que há um século e meio se dedicam, com justa razão, a provar a veracidade de seus dizeres, debruçam-se de preferência sobre a verificação dos elementos históricos e geográficos contidos no texto. Assim, a maior parte do enorme trabalho que foi realizado serve para demonstrar a concordância de seus elementos com as fontes existentes, deixando de lado a exploração do material original contido neste relato. É verdade que a informação fornecida por Marco Polo é tão vasta que uma análise completa em uma só obra é impossível. Vários pesquisadores consagraram sua vida a esta atividade e publicaram volumes impressionantes de notas abordando quase exclusivamente os aspectos histórico-geográficos. Talvez agora, que esta parte parece mais ou menos estabelecida, tenha chegado o tempo de ir mais longe.

Depois de ter tentado fazer uma apresentação extremamente sumária do livro de Marco Polo, poderíamos concluir dizendo que este texto é o lugar onde o maravilhoso atinge sua mais alta expressão: a da realidade. Ao longo do relato, o real não é mais obtido dissecando-se o maravilhoso: é o maravilhoso que adquire conteúdo e torna-se realidade. Esta realidade é inevitavelmente a morte de um certo maravilhoso, mas também o nascimento de um outro. Dois séculos depois de Marco Polo, quase não se falará mais da Árvore Seca, do Prestes João ou do Gog e Magog; se falará, contudo, do ouro de Cipango e dos tesouros do Oriente revelados por seu livro. Na visão do mundo, o maravilhoso percebido como real deixará seu lugar ao real percebido enquanto maravilhoso, e Marco Polo aí estará para alguma coisa. É para realizar este maravilhoso que partirão os grandes exploradores do século XV e seus sucessores. Realizá-lo, isto é, materializá-lo, convertê-lo em riquezas a serem pilhadas, em mão-de-obra a ser escravizada. A visão apocalíptica do desconhecido recuará com os limites do maravilhoso debitado em colônias, protetorados e outras zonas de influência. O apocalipse, a proclamação da felicidade na Terra, a ser atingida pelo aniquilamento ou pela escravização do Outro, o desconhecido, o infiel, não serão mais para amanhã, eles se instalarão no quotidiano.

Stéphane Yerasimos
Paris, 11 de fevereiro de 1980

(Tradução de Zilá Bernd)

Nota do Editor: Ao longo deste livro, o leitor perceberá que a ortografia dos nomes próprios de localidades e acidentes geográficos aparece de uma forma no texto corrigido e de outra na Introdução e Notas. Sendo um manuscrito redigido em 1298 e publicado inúmeras vezes antes da invenção da tipografia, o texto do *Livro das Maravilhas* sofreu incontáveis alterações e os nomes próprios modificaram muito sua grafia.

Elói Braga Júnior, tradutor desta edição e profundo conhecedor da saga polista, adotou uma grafia semelhante à da edição portuguesa de Valentim Fernandes (publicada pela primeira vez em 1502).

Já nas Notas e na Introdução de Stéphane Yerasimos, o maior polista vivo, as cidades e vilas aparecem com seus nomes atualizados ou, em caso de localidades inexistentes, com a grafia mais semelhante possível ao nome original.

Por fim, os nomes próprios foram uniformizados e aportuguesados e Koubilai Khan tornou-se, simplesmente, Cublai Cã.

Livro Primeiro

Parte I

1

Aqui começa a introdução do livro denominado: A Descrição do Mundo

Senhores, Imperadores, Reis, Duques e Marqueses, Condes, Fidalgos e burgueses, e todos vós que desejais conhecer as diferentes raças e as variedades das diversas regiões do globo, tomai este livro e mandai que vo-lo leiam; e nele encontrareis todas as imensas maravilhas e curiosidades da nobre Armênia e da Pérsia, dos tártaros e da Índia e diversas outras províncias da Ásia Menor e de uma parte da Europa, desde o momento em que se parte na direção do Vento Grego[1], do Levante e do Tramontano[2]; assim as descreverá nosso livro e vo-las explicará, clara e ordenadamente, como as conta Misser Marco Polo, sábio e nobre cidadão de Veneza, tal como as viram seus olhos mortais.

Algumas coisas, porém, não viu, mas escutou-as de outros homens sinceros e verdadeiros. Portanto, nos referimos às coisas vistas por vistas e às ouvidas por ouvidas, para que nosso livro seja fiel, sem artifícios e enganos e para que as aventuras que aqui se descrevem não sejam tomadas por fábulas. E todos que o lerem e entenderem devem crer nele, pois as coisas que conta correspondem à verdade; e eu vos certifico de que, desde que Deus Nosso Senhor modelou Adão e Eva com suas mãos até hoje em dia, não houve cristão, nem sarraceno, nem pagão, nem tártaro, nem índio, nem homem algum de geração alguma, que tanto tivesse visto, investigado e sabido das maravilhas e diversidades do mundo como o mencionado Marco Polo viu, investigou e soube; e, pelas circunstâncias de sua vida, podemos compreender que este nobre cidadão é um espírito justo e bom, já que durante toda a sua existência foi protegido dos Senhores e Príncipes; por isso vos digo que seria grande desventura não ficarem escritas todas as preciosas maravilhas que viu e ouviu, para que os povos que não as viram nem conheceram delas tomem conhecimento através deste livro. E repito-vos que, para se inteirar daquilo que descreve, viveu nestas diferentes regiões e províncias quase vinte e seis anos, da adolescência à idade de 40 anos.

Depois, permanecendo na prisão de Gênova por causa da guerra, e não querendo ficar ocioso, pensou em redigir este livro, para o prazer dos leitores. E foi ele que quis expor todas estas coisas a Misser Rusticiano[3], cidadão de Pisa, que se encontrava na mesma prisão, no ano de 1298 do nascimento de Nosso Senhor Jesus Cristo.

2

Os Irmãos Polo partem de Constantinopla para percorrer o mundo em busca de fortuna

É verdade que no tempo em que Balduíno era imperador de Constantinopla[4] e Misser[5] Ponte de Veneza governava a cidade em nome do duque de Veneza, no ano de 1252, dois nobres cidadãos de Veneza, Misser Nicola Polo, pai de Misser Marco, e Misser Mafeu Polo, irmão de Nicola, se encontravam no porto de Veneza e decidiram partir, carregados de mercadorias e preciosidades, em um de seus barcos a vela. Navegando sobre o mar profundo e com um bom vento, com a proteção de Deus, chegaram a Constantinopla com suas mercadorias. Nobres, prudentes e atentos, permaneceram algum tempo nesta cidade, negociando, trocando e adquirindo jóias de rara beleza e grande valor. Reunidos em conselho, resolveram cruzar o Grande Mar[6], partindo em direção a Soldadia[7].

3

Misser Nicola e Misser Mafeu partem de Soldadia

Tendo residido algum tempo em Soldadia e compreendendo que já não havia o que fazer nesta cidade, refletiram e decidiram partir para ainda mais longe. Que vos direi eu? Partiram de Soldadia e, forçando seus cavalos, meteram-se a caminho. Tanto cavalgaram que não houve obstáculo que os detivesse até que chegaram à corte de um grande rei tártaro, chamado Berca Cã[8], senhor de uma parte da Tartária situada entre Bolgara e Sara[9]. Este Berca Cã recebeu com grandes honras Misser Nicola e Misser Mafeu e celebrou com regozijo sua chegada. Os dois irmãos ofertaram-lhe todas as jóias que haviam trazido de Constantinopla, em consideração por sua grandeza e cortesia. Aceitou-as Berca com grande complacência e muitíssimo lhes agradeceu.

Fez-lhes então entregar em troca duas vezes quanto valiam as jóias e lhes convidou para permanecerem em seu reino, onde seriam bem-vindos.

No momento em que os irmãos, depois de todo um ano residindo nas terras de Berca, mostraram-se dispostos a retornarem a Veneza, acendeu-se uma guerra das mais violentas entre Berca e Ulau Cã[10], senhor da Tartária do Levante. Partiram um contra o outro com todas as suas forças, combatendo-se com fúria, e houve grande perda de vidas de uma e outra parte, tendo Ulau saído vencedor. O exército de Berca foi subjugado e Ulau tornou-se senhor de toda a região. Nestas circunstâncias, homem algum poderia cruzar aqueles caminhos e trilhas sem cair prisioneiro; e como era daquela direção que tinham vindo e agora só podiam avançar na direção contrária, os dois irmãos comentaram:

– Já que não nos é dado tornar a Constantinopla com nossas mercadorias, sigamos até o Levante, contornando o principado de Berca por um itinerário desconhecido. Poderemos, talvez, retornar a Veneza por outra rota.

Fizeram seus preparativos, equiparam-se convenientemente e despediram-se de Berca partindo em direção a uma cidade chamada Uchaca[11], no extremo sul do reino deste senhor. E depois deixaram Uchaca e, vencendo o rio Tigre, cruzaram um deserto que levava dezessete dias para passar e nele não viram nem cidades nem castelos, mas apenas tribos tártaras, com suas tendas e seus rebanhos.

4

Nicola e Mafeu chegam à cidade de Bucara

Atravessaram o deserto e chegaram a uma nobre e formosa cidade chamada Bucara[12]. A província se intitulava Bucária e o rei chamava-se Baroc[13]. Era esta a mais linda cidade da Pérsia.

Ali chegados, não podiam avançar nem retroceder; e, em vista disso, permaneceram nela três anos. Nessa época chega um emissário de Hulagu, o senhor do Levante, que era enviado ao grande senhor de todos os tártaros, chamado Cublai.

E foi enorme o assombro deste emissário, quando deparou com Misser Nicola e Misser Mafeu, pois jamais havia visto um latino naquelas paragens. Disse aos dois irmãos:

– Senhores, advirto-os de que o grande soberano dos tártaros nunca viu um latino e tem muita vontade de conhecê-los; assim, se vierem comigo, asseguro-lhes que ele os verá com muito agrado e os encherá de honras e bens.

Os dois irmãos responderam-lhe que com prazer fariam o que ele pedia, se era coisa fácil; e ele replicou que chegariam sãos, salvos e sem nenhum aborrecimento caso fossem em sua companhia.

5

Os Polo confiam no emissário do Grã-Cã

Ouvindo as razões do mensageiro enviado, aparelharam seus cavalos e decidiram segui-lo. Puseram-se pois a caminho e viajaram durante um ano inteiro através de montanhas e em direção ao Levante, depois à esquerda no rumo do Tramontano e em seguida em direção ao Vento Grego[14]; e chegaram ao fim, cortando por atalhos e despenhadeiros. Encontraram grandes maravilhas e coisas extraordinárias que não descreveremos porque Misser Marco, filho de Misser Nicolau, que também viu todas estas coisas, as contará mais adiante, neste mesmo livro.

6

Chegada dos Polo ao território do Grã-Cã

Quando chegaram à presença do Grã-Cã, este recebeu-os festivamente, com todas as honras e cortesias, tendo sido grande a sua alegria ao vê-los. Fez-lhes várias perguntas sobre muitas coisas, especialmente tudo quanto dizia respeito aos imperadores, de como mantinham o poder e administravam a justiça, como combatiam e, enfim, como viviam e o que faziam; em seguida, logo os interrogou a respeito dos reis, dos príncipes e dos barões.

7

O Grã-Cã se informa acerca do Papa e dos cristãos

E logo se informou acerca do Papa, de todos os feitos da cristandade, da Igreja Romana e dos costumes dos latinos. Misser Nicolau e Misser Mafeu disseramlhe toda a verdade, e cada um por sua vez, como convém a homens prudentes e cultos, conhecedores da língua dos tártaros: o tártaro.

8

O Grã-Cã envia os Polo, como embaixadores, ao Papa em Roma

Quando o grande soberano que tinha por nome Cublai Cã[15], senhor de todos os tártaros[16] do mundo, e de todas as províncias, reinos e regiões destes vastos sítios, acabou de escutar as aventuras dos latinos, contadas pelos dois irmãos tão naturalmente, ficou muito satisfeito e a si mesmo prometeu enviá-los como embaixadores ao Papa. E pediu-lhes que se encarregassem desta missão, na companhia de um dos seus barões[17]. Responderam-lhe que fariam como lhes mandasse, como se fora o seu próprio senhor, o doge[18].

Então, o Grã-Cã fez chamar um dos seus barões, chamado Cogatai[19], dizendo-lhe que queria que fosse acompanhar os dois irmãos e ver o Papa. Respondeu-lhe Cogatai:

– Sou o vosso servo e pronto às vossas ordens.

Logo o grande soberano fez preparar os passaportes em turco e deu-os aos dois irmãos e ao seu barão, encarregando-os de serem intérpretes da sua mensagem junto ao Pontífice.

É mister dizer-vos o que continha o documento e as razões da embaixada: pedia que lhe enviasse até cem sábios da cristandade, que conhecessem as sete artes e soubessem provar aos idólatras e aos gentílicos que todos os ídolos que tinham em suas casas eram obra do demônio, e demonstrar, pela força do raciocínio, que a lei cristã era melhor do que a deles. Encarregou, ainda, os dois irmãos de trazerem azeite da lâmpada que alumia o sepulcro de Deus Nosso Senhor, em Jerusalém. Já estais, pois, inteirados do que dizia a mensagem que o grande soberano enviava ao Papa, por meio dos dois irmãos.

9

Cublai dá aos dois irmãos as tábuas de ouro de sua mensagem

Depois de lhes ter entregue a mensagem que enviava ao Papa, o Grã-Cã fez-lhes dar umas pequenas placas de ouro, nas quais dizia o que os três embaixadores deveriam receber, nos sítios por onde passassem, cavalos, arreios e escolta, de um país para o outro. E quando Misser Nicolau e Mafeu terminaram os seus preparativos e ficaram bem abastecidos de quanto necessitavam, despediram-se do grande soberano, montaram a cavalo e empreenderam a jornada.

Passado pouco tempo, o barão caiu doente e não pôde continuar. Ficou para trás, numa cidade. Quando os dois irmãos viram que não se recompunha, deixaram-no e continuaram a sua viagem; e eu vos direi que em qualquer lugar eram homenageados e bem servidos em tudo quanto desejavam. Cavalgaram tanto que chegaram a Laias[20], na Armênia, para o que empregaram três anos; e isso sucedeu porque nem sempre podiam prosseguir na sua rota, dado o mau tempo, a neve e os rios que tinham de atravessar a vau.

10

Os Polo chegam à cidade de Acre

Deixaram Laias, para chegar à cidade de Acre[21]; isso sucedeu no mês de abril do ano de 1269 da Encarnação. Ali se inteiraram de que o Papa havia falecido; e quando souberam que o Papa – que se chamava Clemente IV[22] – estava morto, muito se entristeceram e partiram em busca do Legado da Igreja Romana no reino do Egito. Este homem venerando e ilustre, de muita autoridade, era chamado Teobaldo de Placência.

Expuseram-lhe a importante missão de que eram incumbidos pelo Grã-Cã ao Papa e, quando o Legado acabou de ouvi-los, pareceu-lhe que era coisa prodigiosa e singular, de grande honra e proveito para a cristandade, aquela que os dois irmãos lhe contavam.

– Senhores – disse-lhes – já que, como vedes, o Papa morreu, aconselho-vos a esperar que haja outro Papa, e então lhes levareis a vossa embaixada.

Compreendendo ser razoável o que o Legado lhes dizia, pensaram que nesse intervalo poderiam ir a Veneza ver a família. E foram de Acre a Negroponto[23]. E em Negroponto embarcaram numa galera que os levou a Veneza.

Misser Nicolau soube que, neste interregno, sua mulher havia morrido e lhe deixara um filho de quinze anos de idade, que se chamava Marco, e é quem compôs este livro. Misser Nicolau e Misser Mafeu permaneceram cerca de dois anos em Veneza, à espera da eleição de um novo Pontífice.

11

Partida dos Polo para o Oriente levando Marco

Depois de esperarem o tempo que conheceis, e vendo que não elegiam o novo Papa, julgaram que já se haviam demorado bastante, para regressarem junto do Grã-Cã, e resolveram voltar. Então partiram de Veneza, levando consigo a Marco, dirigindo-se diretamente a São João d'Acre, à procura do Legado acima referido. Com ele conversaram sobre estes assuntos e pediram-lhe vênia para ir a Jerusalém recolher o azeite da lâmpada do sepulcro de Jesus Cristo, já que o Grã-Cã havia expressado o desejo de possuí-lo.

O Legado deu-lhes a permissão. Foram logo ao Santo Sepulcro, a Jerusalém, e, havendo recolhido o azeite, voltaram a Acre, para dizer ao Legado:

– Senhor, muito nos demoramos em tornar à presença do Grã-Cã, e como ainda não há Papa, julgamos nosso dever ir dizer-lho.

E o Legado (que é a mais importante personagem da Igreja Romana) respondeu-lhes:

– Posto que quereis voltar à terra do Grã-Cã, dou-vos o meu aplauso.

Escreveu então uma missiva ao Grã-Cã, explicando-lhe como Misser Nicolau e Misser Mafeu haviam trazido a sua embaixada, mas não tinham podido cumpri-la inteiramente, por não haver ainda um novo Papa.

12

Os Polo partem de Acre

De posse das credenciais, os Polo puseram-se a caminho para tornar às terras do Grã-Cã. E tanto andaram que chegaram a Laias. Mas, ainda mal tinham chegado, foi eleito Papa, com o nome de Gregório, o tal Legado chamado Teobaldo de Placência, depois do concílio de Lyon[24].

Grande alegria experimentaram ao ouvir esta novidade; e não tardou a chegar a Laias um emissário do Papa, dizendo a Misser Nicolau e Misser Mafeu que retrocedessem à presença do Pontífice. Não posso dizer-vos a alegria que isto lhes causou; e responderam que de bom grado iriam. Então, o rei da Armênia[25] fez armar uma galera, para que nela embarcassem; e assim os enviou, com grandes honras, ao antigo Legado.

13

Os Polo são recebidos pelo Papa

Chegando a Acre, foram visitar o novo Papa e prostraram-se humildemente na sua presença. O Pontífice recebeu-os com grande deferência, dando-lhes a sua bênção e fazendo-lhes grande festa. E concordou em que os acompanhassem dois dos mais sábios pregadores de toda a província, Nicolau de Vicenza e Guilherme de Trípoli.

Logo que o Papa despachou os seus decretos apostólicos e documentos, contendo a mensagem que enviava ao Grã-Cã, e dando a todos a sua santa bênção, partiram os quatro na companhia de Marco, filho de Misser Nicolau. Seguidamente encaminharam-se para Laias; mas havia pouco tempo que tinham chegado, quando Bondocdari[26], sultão de Babilônia, invadiu a Armênia com um grande exército causando estragos em todo o distrito; e os nossos embaixadores viram-se em perigo de morte. Considerando isto, os dois padres pregadores hesitaram em prosseguir. Entregaram, por fim, a Misser Nicolau e a Misser Mafeu os seus diplomas e cartas pontifícias; e separaram-se deles, regressando com o mestre de campo.

14

Os Polo chegam à cidade de Clemen-fu, onde se encontra o Grã-Cã

Misser Nicolau, Mafeu e Marco, filho de Nicolau, puseram-se a caminho e cavalgaram muito durante várias primaveras e estios, até chegarem à cidade de Clemen-fu[27], onde se encontrava o Grã-Cã. Não farei menção, senão mais adiante, do que se lhes deparou no caminho, pois desejo contá-lo a seu tempo, neste livro.

Sabei apenas que empregaram nesta viagem três anos e meio, pois as grandes nevadas e as chuvas e os rios transbordados impediam-nos de cavalgar no inverno. E, em verdade, quando o Grã-Cã soube que chegavam, enviou ao seu encontro um mensageiro com quarenta dias de antecipação; e foram bem atendidos e servidos por todos.

15

Os Polo no palácio do Grã-Cã

Quando Nicolau, Mafeu e Marco chegaram a essa grande cidade, foram ao palácio principal, onde se encontrava o Grã-Cã, rodeado de muitos barões. Ajoelharam-se e humilharam-se perante ele; mas o Grã-Cã fê-los erguer, cumulou-os de honras e recebeu-os com enorme júbilo, interrogando-os acerca do que haviam feito desde que se tinham separado.

Asseguraram-lhe os irmãos que tudo havia corrido bem, posto que voltavam sãos e salvos. Então, apresentaram-lhe os diplomas e cartas que o Papa lhe enviava e lhe causaram grande alegria. Quando o Grã-Cã viu o jovem Marco, perguntou-lhes quem era.

– Senhor – retorquiu Misser Nicolau – é meu filho e vosso servo.

Não é necessário alongar-me em referir-vos por mais tempo as grandes manifestações de carinho e as honras com que foram recebidos pelo Grã-Cã.

16

O Grã-Cã envia Marco como embaixador

Marco, filho de Misser Nicolau, aprendeu com tanta perfeição a linguagem e os costumes dos tártaros que a todos causava surpresa, pois, desde a sua chegada à corte, aprendeu a escrever e a falar quatro línguas. E, como era sábio e prudente, o Grã-Cã dedicou-lhe grande carinho, estimando o seu valor.

Quando reconheceu a inteligência de Marco, enviou-o como embaixador a uma região onde era mister seis meses para se chegar. O jovem cumpriu a sua missão de maneira esclarecida e prudente.

Havia ouvido dizer, repetidas vezes, que, quando o Grã-Cã enviava mensageiros às diferentes partes do mundo e estes não sabiam referir-lhe mais do que o objeto da missão para que haviam sido mandados, alcunhava-os de néscios e ignorantes, pois mais lhe aprazia ouvir falar sobre os costumes e curiosidades das cortes estrangeiras do que sobre as notícias relativas ao pretexto com que os enviara.

E Marco, que disto sabia, esmerou-se em contar ao Grã-Cã as novidades, coisas estranhas e quantas curiosidades havia visto, no decorrer da sua embaixada.

17

Marco regressa de sua missão e relata ao Grã-Cã o que observou

Quando Marco voltou da sua missão e se encontrou na presença do Grã-Cã, depois de referir-se à maneira como havia negociado e conduzido a sua embaixada, contou tudo o que vira, tanto durante o caminho como nas cidades; tão sábia e eloqüentemente o fez, que o Grã-Cã ficou encantado; e aqueles que o ouviram refletiram que este jovem, se chegasse a ter longa vida, não deixaria de alcançar fama de homem proveitoso e de grande sabedoria. Que mais vos direi? Desde então, o jovem foi chamado Misser Marco Polo, e assim o chamaremos daqui em diante, em nosso livro.

Sabei, em verdade, que Misser Marco viveu dezessete anos com o Grã-Cã e não deixou de ir em missões, por ele enviado; que vendo lhe trazer continuamente notícias, de onde quer que fosse, e cumprir tão cabalmente as suas negociações, o teve em grande estima e cumulou-o de honras, não querendo separar-se dele.

Por esta razão os barões começaram a invejá-lo.

E isto explica por que Misser Marco conhece mais dessa região do que nenhum outro homem, dela entendendo talvez ainda mais do que os próprios naturais, pois se aplicava a estudá-la com toda a inteligência.

18

Os Polo solicitam autorização ao Grã-Cã para voltarem à Europa

Depois de Misser Nicolau, Misser Mafeu e Misser Marco se terem demorado com o Grã-Cã o tempo que conheceis, disseram entre si que era chegada a hora de voltarem à sua terra natal.

Pediram autorização várias vezes e com grande cautela; mas o Grã-Cã apreciava-os tanto e via-os com tanta complacência na sua corte que por nada deste mundo queria consentir nisso.

Entretanto, a rainha Bolgara, mulher de Arghum[28], rei do Levante, morreu; e a dita rainha pusera no seu testamento que mulher alguma que não fosse da sua linhagem poderia casar com Arghum nem sentar-se no trono.

Arghum reuniu, então, três dos seus barões: o primeiro chamava-se Ulatai; o segundo Apusta; o terceiro Coja; e enviou-os ao Grã-Cã, acompanhados de brilhante escolta, para que procurassem a mulher que fosse da linhagem da rainha Bolgara, sua defunta esposa.

Quando os três barões chegaram junto do Grã-Cã e lhe explicaram o objeto da sua viagem, este recebeu-os admiravelmente. Fez vir à sua presença uma menina, que se chamava Cogatim[29], e que pertencia à linhagem da rainha Bolgara. Era jovem e graciosa e não tinha mais que dezessete anos.

Disse o Grã-Cã aos barões ser esta moça a que mais lhe convinha, e eles acharam-na muito do seu agrado.

Enquanto isso se passava, tinha regressado Misser Marco das Índias e de diferentes mares e entretinha a corte com os seus relatos sobre estas regiões; e os três barões que haviam travado conhecimento com os sábios latinos Misser Nicolau, Misser Mafeu e Misser Marco dirigiram-se-lhes e disseram que desejariam navegar em sua companhia, tendo ido junto do Grã-Cã pedir-lhe o favor de os enviar por mar, e de seguirem com eles os três latinos.

O Grã-Cã, que já sabeis quanto lhes queria, acedeu a essa graça e permitiu aos latinos que partissem com os barões e a gentil menina.

19

Os Polo se despedem do Grã-Cã

Quando o Grã-Cã se decidiu a vê-los partir, fê-los vir à sua presença e entregou-lhes duas pequenas tábuas, como salvo-conduto para circularem livremente nos seus domínios, encontrarem escolta por onde passassem e tudo fosse livre de despesa.

Além disso, encarregou-os de uma embaixada ao rei de França, ao rei de Espanha e a outros reis cristãos; e logo fez aparelhar catorze veleiros de quatro mastros e doze velas cada um, que vos poderia descrever, mas seria excessiva dissertação sobre um pormenor.

Quando os navios ficaram aparelhados, os três barões, a jovem, Misser Nicolau, Misser Mafeu e Misser Marco despediram-se do Grã-Cã e embarcaram com uma guarnição de seiscentas pessoas, depois de aprovisionados os barcos para um prazo de dois anos.

Fizeram-se ao mar e navegaram cerca de três meses até chegarem a uma ilha, para os lados do Meio-Dia, que se chama Java; e nesta ilha viram muita coisa, que vos contarei adiante neste livro.

Deixaram logo a ilha e navegaram dezoito meses no mar das Índias, antes de chegarem ao seu destino.

Quando chegaram, verificaram que o rei Arghum tinha morrido; e a menina foi dada por esposa a Gazan[30], filho de Arghum. Pois não vos minto dizendo-vos que quando entraram nas naus eram seiscentas pessoas, sem a marinhagem, e todos haviam perecido, salvo dezoito de entre eles. Encontraram o reino de Arghum sob a regência de Acatu. Recomendaram-lhe a princesa e assim cumpriram a sua embaixada.

Quando Misser Nicolau, Misser Mafeu e Misser Marco deram por terminada a missão que lhes havia confiado o Grã-Cã, receberam quatro pequenas tábuas de ouro, com a ordem escrita em letras também de ouro, para que os três mensageiros fossem honrados e servidos em qualquer parte, como se se tratasse da própria pessoa do rei e que os cavalos e despesas que tivessem correriam sempre por conta deste.

Isto vos refiro, para que vejais em que grande estima os tinham, em vista do apreço que lhes dedicava o Grã-Cã, que lhes confiara a rainha Cogatim e a filha do rei Manzi[31], para que as levassem a Arghum, senhor do

Levante; e assim o cumpriram. Asseguro-vos, também, que serviram estas senhoras como se fossem suas próprias filhas, cuidando de que chegassem sãs e salvas.

E estas, que eram jovens e belas, consideravam-nos como a seus próprios pais, e obedeciam-lhes e acatavam as suas vontades. Escoltaram-nas até as deixarem nas mãos dos seus barões.

A rainha Cogatim, já mulher de Gazan reinante nessa altura, queria tanto aos três latinos que se consumia por agradar-lhes e tratá-los carinhosamente. Quando se despediram dela, para voltar à sua terra, chorou de amargura.

Isto vos conto em elogio à conduta dos três cavaleiros latinos a quem foram confiadas aquelas senhoras para as escoltarem a países tão remotos, aos seus reinos e senhores. Mas deixemos agora este caso, para prosseguirmos no nosso relato.

Quando os mensageiros se despediram de Acatu, puseram-se a caminho e cavalgaram tanto que chegaram a Trebizonde[32], e de Trebizonde a Constantinopla, e de Constantinopla a Negroponto, e de Negroponto a Veneza. Isto foi no ano de 1295 da Encarnação de Cristo.

E agora, já que vos contei o prólogo, começa a descrição do livro propriamente dito.

Notas

1. O vento nordeste e, por extensão, em direção ao nordeste.

2. O vento do norte e, por extensão, em direção ao norte.

3. O nome de Rusticiano é também gravado Rusticelli, Rusticello, Rustiziano. Era poeta famoso na época. Em se-

tembro de 1298, depois de retomar de sua longa viagem, Marco Polo armou, às suas próprias custas, uma galera para combater Gênova. Entretanto os venezianos foram derrotados na batalha naval de Curzola e Marco feito prisioneiro e levado a Gênova, onde passou quase dois anos à espera do resgate em companhia de Rusticiano que fora feito prisioneiro na batalha naval de Melória (N. do T.)

4. A Quarta Cruzada, desviada de seu objetivo inicial pela política expansionista de Veneza, chegara à tomada de Constantinopla em 1204 e à divisão dos despojos do Império bizantino entre os barões ocidentais sob a alta supervisão de Veneza. No cume desta nova hierarquia feudal estava nominalmente o imperador "latino" de Constantinopla. Balduíno II (1228-1261) foi o último desses imperadores, expulso pelos bizantinos em 1261. Quanto ao poder real, era exercido pelos representantes de Veneza, como bem o indica o texto.

5. Misser ou Messer. Tratamento cerimonioso dispensado aos nobres da época. O mesmo que Excelência em nossos dias (N. do T.).

6. O Mar Negro.

7. Feitoria veneziana na Criméia, hoje Soudak.

8. Berke, soberano da Horda de Ouro, 1257-1266.

9. Bolgara é a antiga capital dos Búlgaros do Volga e residência de verão dos soberanos da Horda de Ouro. Encontrava-se a uma centena de quilômetros ao sul de Kazan, perto do Volga, e Sara deriva de Sary (palácio), cidade fundada por Batu, primeiro soberano da Horda de Ouro (1227-1255), por volta de 1250. Residência de inverno, situava-se perto de Stalingrado.

10. É Hulagu, primeiro soberano Ilkânida (1256-1265). Berke foi o primeiro soberano mongol a converter-se ao Islam, rompendo assim com a política antiislâmica de seus primos, cuja ponta-de-lança era precisamente Hulagu. Esta guerra será contada em detalhe mais adiante, nos capítulos 223-228. Data de 1262 e, como será visto, Hulagu não pôde ganhar uma batalha decisiva e não avançou no país de Berke. Logo, a razão dada pelos irmãos Polo não parece sustentar-

se. É possível que a verdadeira razão, que Marco Polo, prisioneiro dos genoveses no momento da redação, não quis confessar, tenha sido a tomada de Constantinopla por Miguel Paleólogo, aliado dos genoveses, aos latinos e aos venezianos, o que destruiu a parte posterior da casa comercial dos Polo.

11. Cidade situada próxima da atual Saratov, na margem direita do rio Volga, que Marco Polo aqui chama de Tigre.

12. Bukara, na antiga R. S. S. do Ubequistão.

13. Barak, soberano da Transoxiânia da linhagem de Tchaghatai (1266-1271). Os irmãos Polo não puderam encontrar Barak enquanto soberano durante sua primeira estada em Bukara porque tiveram que deixar a cidade o mais tardar no verão de 1265, mas o encontraram durante sua volta, no ano seguinte.

14. Essas indicações deixam supor que a estrada seguida pelos irmãos Polo passasse pelo norte dos montes Tien-Shan em vez de atravessar o Pamir e seguir pelo deserto pelo sul, como foi o caso na segunda viagem (ver mapas).

15. Cublai Cã era neto de Gêngis Cã, e foi o grande unificador da China. (N. do T.)

16. A Tartária é o Turquestão de hoje, região asiática entre a Sibéria, Afeganistão, o mar Cáspio e o mar de Aral. (N.do T.)

17. O barão na corte de Cublai Cã era um nobre, semelhante ao senhor feudal. (N. do T)

18. Doge era o supremo magistrado nas antigas repúblicas de Gênova e Veneza. (N. do T)

19. Cogatai ou Gogatae. A ortografia dos nomes próprios, desde que Marco Polo ditou suas aventuras até que elas fossem impressas pelos tipos de Gutenberg, sofreu tantas modificações que só por milagre continuaram reconhecíveis. (N. do T.)

20. Hoje Paias, no golfo de Alexandrette (Turquia). Laias, porto que pertence ao reino da Pequena Armênia, pequeno estado saído das Cruzadas e, na época, vassalo dos mongóis Ilkânides da Pérsia, era a única saída possível para o Mediterrâneo em um itinerário que atravessava exclusiva-

mente terras mongóis, concretizando, assim, a aliança cristã-mongol contra o poderio muçulmano que conservou sempre as costas da Síria.

21. São João d'Acre, hoje Akka (Israel). Último reduto dos cruzados na Palestina, tomado em 1391 pelos mameluks do Egito.

22. Clemente IV estava morto em 29 de novembro de 1268. Quanto à tristeza extrema dos irmãos Polo, devia ser muito relativa, pois Clemente IV, eleito em 26 de fevereiro de 1265, durante a estada dos Polo na Ásia Central, nem deve ter sido conhecido por eles.

23. Este nome indica tanto a Ilha de Eubé (Grécia) quanto sua capital, Chalkis. A reconquista do império latino de Constantinopla pelos bizantinos apoiados pelos genoveses tendia a reverter a supremacia veneziana em proveito dos genoveses. Contudo, Negroponto permanecia uma praça forte veneziana.

24. Teobaldo Visconti, papa de 1271 a 1276, sob o nome de Gregório X. O concílio que cita Marco Polo foi realizado entre maio e junho de 1274.

25. Leão III (1269-1289), vassalo dos mongóis e por isso alvo preferido de Baybars, soberano do Egito, única grande potência muçulmana da época no Oriente Médio.

26. Cognome de Baybars, dito Bondocdari, sultão do Egito (1260-1277). Quanto à Babilônia dos autores da Idade Média, ela designa mais freqüentemente o Cairo e por extensão o conjunto do Egito. A conhecida invasão de Baybars na Pequena Armênia data de 1275. Mas no ano de 671 da Legião (1272-1273), Baybars efetuou um *raid* até Birecik, ao sul da atual Turquia. É possível que o texto se refira a este acontecimento. Devido a seu trajeto através dos planaltos da Anatólia, impraticáveis no inverno, a partida dos Polo deve situar-se na primavera de 1272.

27. K'ai-p'ing feu, capital de verão de Cublai Cã. A cidade será descrita no capítulo 85.

28. Sua mulher, a quem se faz referência, chama-se Bouloughan (= Zibeline). Ela pertencia à tribo dos Baya'out,

cujas mulheres tinham fama pela beleza, e Arghum teria pretendido tomar uma mulher da mesma tribo.

29. Cogatim ou Co-ca-chim. Adotamos a forma ortográfica moderna procurando foneticamente nos aproximar da nomenclatura poliana. A edição quinhentista de Valentim Fernandes nos foi de grande utilidade, mas nem sempre seguimos sua onomástica (o que é azul; por extensão, como o céu). No original, Kockoetchim (N. do T.).

30. Gazan, soberano Ilkânide (1295-1304).

31. *Manzi* era o nome dado pelos mongóis à China do Sul, governada pelos imperadores Song de 960 a 1279. Aqui deve se tratar provavelmente de uma filha do antepenúltimo imperador.

32. Trebizonde, hoje Trabson (Turquia), era a capital de um reino bizantino, na época vassala dos Ilkânides. Esta cidade tornava-se, após a expansão dos mameluks em direção ao norte da Síria, uma das raras saídas do mundo mongol para os mares interiores.

Parte II

20

A Armênia Menor

Em verdade, há duas Armênias[33]: a Maior e a Menor. Da Menor é rei um soberano tributário do Tártaro. A região é rica em vilas e castelos, e abundante a todos os respeitos, produz grande quantidade de caça, de outros animais e pássaros, mas é uma província pouco saudável. Antigamente, os homens eram galhardos e valentes capitães; agora são raquíticos e vis, não tendo mais qualidade que a de serem grandes bebedores.

Há na costa uma cidade chamada Laias, que é notável pelo seu comércio. Todas as espécies de panos, de sedas, brocados e outras tantas coisas preciosas passam por esta cidade. E todos os mercadores de Veneza e Gênova, bem como de outros lugares, vêm aqui adquirir as suas mercadorias.

Homens e mercadores, que querem ir a terra firme, começam a sua rota por esta cidade.

Acabamos de vos esclarecer acerca da Armênia Menor; agora vos contaremos o que se refere à Turcomânia[34].

21

Da província de Turcomânia

Na Turcomânia há três espécies de habitantes, que são: os turcos, que rezam a Maomé e observam a sua lei. Muito simples e de linguagem rude, vivem nas planícies onde sabem existir abundância de pastagem, visto que se dedicam ao pastoreio. Criam espécies cavalares de grande corpulência[35].

O resto da população compõe-se de armênios e gregos, com eles misturados em vilas e castelos. Vivem do comércio e da arte, pois sabei que fabricam os mais belos tapetes, superiores aos do resto do mundo; também tecem panos de seda, púrpura e outras cores, belos e ricos como nenhum, além de muitíssimas coisas mais.

As cidades são: Cônia[36], Cesárea e Sebasto; e há outras inúmeras vilas, cidades e castelos, os quais passo em claro, para não ser demasiado extenso. Todos estão submetidos ao Tártaro do Levante que é o seu senhor. E deixemos esta província para nos ocuparmos da Armênia Maior.

22

A Armênia Maior

A Armênia Maior é uma província muito extensa: principia numa cidade chamada Arzigã, na qual se fabricam os melhores "bogarães"[37]. Também ali vi as mais belas facas que existem no mundo. Tem minas de prata riquíssimas. Os habitantes são armênios e súditos dos tártaros. Cidades e castelos abundam, sendo Arzigã a mais nobre, porque tem um arcebispo. As outras são Argiram e Darizim. É uma província muito rica.

Ali vivem, no verão, as hostes do Tártaro do Levante, por existirem nela muito bons campos de pastagem para o gado; mas somente no verão, pois no inverno o frio é tão intenso e a neve tão abundante que não deixariam viver os animais. E por isso emigram no inverno para os países quentes, onde encontram pastos em abundância. É nesta Armênia Maior, numa alta montanha[38], que se encontra a Arca de Noé. Confina, ao sul e ao Levante, com um reino chamado Mossul, que é habitado por cristãos nestorianos, dos quais vos contarei mais adiante algumas particularidades.

Na zona limítrofe da Geórgia existe uma grande fonte de que sai um licor que é semelhante ao óleo[39], em tal abundância que podem carregar-se cem navios de uma só vez; mas não é proveitoso para beber e sim para queimar, e serve para untar os camelos, protegendo-os contra urticárias e furúnculos; os homens vêm de muito longe recolher este óleo, e em toda a comarca não se queima senão esta substância.

Deixemos agora a gente da Armênia Maior, para nos ocuparmos da província da Geórgia.

23

O rei Davi da Geórgia e Alexandre, o Grande

Na Geórgia, há um rei que se chama Davi Nelic, o que significa rei Davi[40]. Também está submetido ao Tártaro. Antigamente, todos os reis desta província nasciam com um signo de águia no ombro direito. Trata-se de uma raça forte e valente, destra nas armas, de bons flecheiros e excelentes lidadores. São cristãos de rito grego. Trazem o cabelo penteado à maneira dos sacerdotes.

Foi desta província que não conseguiu passar Alexandre, quando quis dirigir-se ao Poente, por ser o caminho estreito e extremamente perigoso, pois de um lado está o mar e do outro uma altíssima montanha, onde é impossível cavalgar.

Esta foi a razão que impediu Alexandre de passar. Fez este levantar uma torre para fechar a passagem, e construir uma fortaleza, de modo que não pudessem atacá-la; e foi então chamada a Porta de Ferro[41], a que se refere o livro de Alexandre, com a qual encerrou os Tártaros entre duas montanhas.

Aliás, não é certo que fossem tártaros, mas um povo chamado Cômano[42], pois naquela época não existiam ali tártaros. Há muitas cidades e praças-fortes, onde há seda em abundância e se tecem brocados de seda e ouro, dos mais formosos.

Encontram-se pássaros, gaviões, e toda a espécie de coisas em grande quantidade. Vivem do comércio e da indústria. Na província há montanhas altíssimas, desfiladeiros apertados e temíveis, tanto que eu vos digo que os tártaros não conseguiram nunca apoderar-se completamente dela.

Há também um mosteiro chamado de São Leonardo, que contém a especialidade maravilhosa que vou referir-vos: próximo do mosteiro há um lago, vindo de uma montanha, que durante todo o ano não tem nem um peixe, grande ou pequeno.

E quando chega a Quaresma, pelo contrário, surgem peixes em grande quantidade, até ao sábado santo, ou seja, na véspera da Páscoa da Ressurreição. De forma que, nesta época, há milhares de peixes; e no resto do ano, como vos digo, não fica nem um só.

O lago que vos falo está ao lado da montanha que se chama Gueluchelã; tem cerca de seiscentas milhas, e está afastado umas doze jornadas do mar[43]. O Eufrates e outros rios desembocam nele. Ultimamente, foi navegado por mercadores genoveses, até muito longe. De ali vem a seda a que chamam guela.

Temo-vos referido os limites da Armênia ao Poente. Agora vos falaremos de outros confins, que estão para o lado do Sul e do Levante.

24

Do reino de Mossul

Mossul é um grande reino, habitado por diferentes povos, dos quais agora vos falarei. Existe a população árabe, que reza a Maomé. Há outra espécie de gente, que se diz cristã, mas não depende da Igreja de Roma. Tem um Patriarca com funções de arcebispo, bispo e abade, a que eles chamam católico, e envia os seus sacerdotes à Índia, a Catai[44] e a Bagdá; o mesmo que faz o Papa de Roma. E eu vos anuncio que quantos cristãos encontrardes nestas regiões, ou são nestorianos[45] ou jacobitas[46].

Os tecidos de seda e ouro que ali se fabricam são chamados musselinas; são finíssimos e transparentes. Todas as espécies caras saem deste reino. Nas montanhas vivem umas gentes com o nome de Curdos; uma parte sarracena, que adora a Maomé, compõe-se de gente malévola: homens de terríveis armas, que saqueiam os mercadores sempre que podem.

Deixemos o reino de Mossul e falemos da grande cidade de Bagdá.

25

A tomada de Bagdá

Bagdá é uma grande cidade, onde vivia o califa[47] de todos os sarracenos do mundo, assim como Roma é o centro da cristandade. Ao meio da cidade passa um grande rio, pelo qual se pode ir ao Mar das Índias; mercadores, bem como mercadorias, seguem por ele sem cessar.

Deveis saber que contam dezoito jornadas desde Bagdá ao Mar das Índias, navegando por este rio. E os mercadores que querem chegar às Índias vão por esta via até uma cidade chamada Quisi[48]; e entre esta e Bagdá existe uma outra grande cidade, chamada Bassorá, à volta da qual se criam as melhores palmeiras que há no mundo.

Em Bagdá tecem-se os mais variados brocados e panos de ouro e seda, de diversos tecidos e púrpura, bordados de toda a sorte de animais e pássaros. É a cidade maior e mais nobre da região.

O califa de Bagdá tinha um imenso tesouro de ouro, prata e pedras preciosas – e eu vos direi como e por quê. Em 1255 da Era de Cristo, o grande senhor dos tártaros, cujo nome era Hulagu, irmão daquele que reina hoje em dia, reuniu um grande exército e veio a Bagdá, sitiou-a e tomou-a pela força. Foi um feito muito notável, pois ali havia para cima de 100.000 cavaleiros e infantes.

Ora, quando conquistou a cidade, encontrou no Palácio do Califa uma torre cheia de ouro, prata e outros tesouros tais que jamais se viram maiores reunidos em um só lugar. Quando deparou com isto, Hulagu fez trazer à sua presença o califa e disse-lhe:

– Senhor, por que reuniste tantos tesouros? Não sabias que eu era teu inimigo e vinha com um poderoso exército, para despojar-te de tudo? Quando isto soubeste, por que não repartiste o teu tesouro com os teus cavaleiros e soldados, para que defendessem a cidade e a tua pessoa?

O califa não soube que responder-lhe. Então, Hulagu tornou:

– Posto que vejo amas tanto os teus tesouros, vou dar-te a comer deles.

E, no mesmo instante, fez prender o califa e encerrá-lo na torre do tesouro, mandando que nada lhe dessem de comer nem de beber; e logo exclamou:

– Califa, come desse tesouro, já que tanto o apreciavas; nunca mais comerás outra coisa na tua vida.

Dito isto, deixou-o na torre, onde veio a morrer, passados quatro dias[49]. E mais tinha valido que o califa desse os tesouros aos seus homens, para a defesa das suas terras e gentes, em lugar de perecer com eles e ver-se assim despojado. Este foi o último dos califas de Bagdá.

Agora vos falaremos de Tauris. Podia-vos haver referido, anteriormente, outros feitos e aventuras, mas, como a matéria se presta a um largo relato, vou abreviá-lo.

26

A maravilhosa história das montanhas de Bagdá

Queremos relatar uma grande maravilha que sucedeu entre Bagdá e Mossul. Houve, no ano 1255 da

Encarnação de Cristo, um califa de Bagdá que odiava os cristãos, e dia e noite pensava no modo de os converter em sarracenos, ou fazê-los perecer, se não o conseguisse. Todos os dias reunia os seus ministros em conselho, com seis sábios, e juntos preparavam os seus planos, pois todos eles odiavam os cristãos. Um dia o califa e os sábios que o rodeavam encontraram no Evangelho este período: "*Se um cristão tem tanta fé como um grão de areia, com a sua oração obterá de Deus que se juntem duas montanhas.*"

Quando acabou de ler este trecho, o califa alegrou-se imensamente, porque viu nele um pretexto para converter os cristãos à religião sarracena, ou perdê-los a todos.

Mandou o califa, então, reunir os cristãos do seu reino; e, quando se encontraram na sua presença, indicou-lhes o Evangelho e fê-los ler o texto. Depois de inteirados dele, perguntou-lhes se aquilo era verdade. Os cristãos reponderam-lhe que era essa a única verdade.

– Dizeis, pois – replicou o califa – que quem tem fé, com as orações feitas a Deus, é capaz de juntar duas montanhas?

– Assim é – volveram os cristãos.

– Ofereço-vos uma alternativa – disse o califa. – Posto que sois cristãos, deve haver entre vós quem tenha um pouco de fé; de modo que fareis mover aquela montanha que vedes daqui, a menos que vos convertais à lei de Mafoma e assim estareis na verdadeira fé, e vos salvareis. Dou-vos, pois, dez dias para conseguirdes isto. Se ao cabo não o houverdes feito, condenar-vos-ei, a todos, à morte.

Dito isto, calou-se o califa e mandou os cristãos embora.

27

As palavras do califa infundem terror aos cristãos

Ouvindo isto, os cristãos tiveram grande receio de morrer. Contudo, confiavam no seu Criador, que os livraria de tão duro transe. Os sábios cristãos reuniram-se em conselho, pois havia arcebispos, bispos e sacerdotes entre eles.

Mas nada mais puderam fazer do que rezar a Deus Nosso Senhor para que, em sua grande misericórdia, os inspirasse nessa ocasião e os fizesse escapar de uma morte certa, se não executassem aquilo que o califa lhes tinha exigido. Sabei, pois, que dia e noite se prostravam em oração e rezavam devotamente ao seu salvador, Deus do Céu e da Terra, para que os socorresse no duro transe em que se viam.

Permaneceram oito dias e oito noites orando – homens, mulheres e crianças. Aconteceu que um anjo do Senhor apareceu a um bispo, que era homem de vida santa e imaculada, e lhe disse:

– Vai junto de um sapateiro que só tem um olho. Dir-lhe-ás que reze para que a montanha se mova; e a montanha mudará de local.

Eu lhes contarei como era a vida deste sapateiro.

Em verdade vos digo que era homem honrado e casto. Comungava com freqüência e a sua alma não estava manchada por pecado algum. Ia à missa diariamente e freqüentava amiúde a Igreja. Tinha maneiras tão gentis e uma vida tão exemplar que não havia pessoa melhor, cem léguas em volta. Uma coisa atesta que tenho direito a dizer que era homem de grande fé. Havia ouvido, várias vezes, que no Evangelho se dizia: "*Se o olhar vos fizer pecar, é preciso arrancar os olhos ou proceder de modo que não voltem a pecar.*"

Ora, um dia chegou a sua casa uma bela senhora, para lhe comprar uns sapatos. O mestre quis ver-lhe o pé e a perna, para saber que sapatos poderia calçar-lhe. E fez-lhe mostrar a perna e o pé, que eram tão formosos que jamais houve outros mais belos. Quando o mestre viu as pernas desta mulher, foi tentado, porque os seus olhos se deleitaram com elas.

Então, deixou a senhora ir-se embora, e não quis vender-lhe os sapatos. E, quando ela se afastou, o sapateiro disse, de si para si:

– Ha! desleal e perverso, em que pensas? – E, pegando numa sovela[50], deu um corte num olho, de tal sorte que o vazou e nunca mais viu com ele. Assim, este bom sapateiro sacrificou um dos seus olhos; e certamente era um homem santo. Mas voltemos ao relato.

28

O bispo e o sapateiro zarolho

Tendo o bispo a revelação de que a oração do sapateiro zarolho faria mover a montanha, comunicou-a aos cristãos. E os cristãos conseguiram que se fizesse comparecer ali o sapateiro. Então, disseram-lhe que elevasse uma prece ao Senhor, para que a montanha se movesse.

Quando o sapateiro se inteirou daquilo que os cristãos pretendiam dele, respondeu-lhes que não era tão santo que o Senhor o escutasse em milagre tamanho. Mas os cristãos instaram fervorosamente com ele, para que intercedesse pela sua salvação, até que o persuadiram a cumprir a sua vontade e a elevar ao Criador a sua prece.

29

O sapateiro faz mover a montanha

Expirado o prazo concedido pelo califa, os cristãos levantaram-se de madrugada; homens, mulheres e crianças foram até junto da montanha em procissão, levando a Cruz do Salvador. Eram mais de 100.000 reunidos no campo, os que rodeavam a Santa Cruz. O califa assistia, por seu lado, com um sem-número de sarracenos, prontos a exterminar os cristãos, se a montanha não se movesse.

E os cristãos – grandes e pequenos – tinham muita aflição e medo; mas, sem embargo, confiavam no seu Criador. Quando todos, cristãos e sarracenos, se encontravam reunidos no vale, o sapateiro ajoelhou-se ante a Santa Cruz e, alçando os braços ao Céu, implorou ao Salvador a graça de mover a montanha, para que os cristãos não tivessem que morrer de morte adversa.

E acabada que foi a sua oração, pedindo a clemência do Céu, a montanha principiou a agitar-se e a mover-se violentamente[51]. E assim que o califa e os sarracenos viram isto, deixaram-se tomar de surpresa e mais do que um se converteu; e o próprio califa se fez secretamente cristão. Quando morreu, encontraram-lhe uma cruz no peito; e os sarracenos não o sepultaram no túmulo dos outros califas, mas em lugar separado.

E assim se produziu o milagre.

33. A pequena Armênia, também conhecida como Cilícia, era formada pela região de Adana, na atual Turquia, e a zona montanhosa nas proximidades. Os armênios refugiados depois da conquista da Grande Armênia formaram este pequeno estado que preservou-se até 1375. A Grande Armênia, que corresponde aos altos platôs do leste da Turquia de hoje, formava um outro estado que foi destruído no começo de século XI pelos bizantinos.

34. É a Turquia Asiática. Compreende o planalto do Anatólia, península banhada pelo Mediterrâneo, o Mar Egeu, o de Mármara e o Mar Negro. (N. do T.)

35. Há 50 anos (1934), o conde Matarazzo importou esses gigantescos cavalos que eram vistos nas ruas de São Paulo puxando os carros de sua indústria. (N.do T.)

36. Artigo Iconium, atual Konia no centro da Turquia, era na época a capital dos Seldjoukides da Anatólia. Em seu itinerário, Marco Polo deve ter passado por Kaiseri e Sivas, mas não por Konia, situada mais a oeste.

37. Bolgarões ou Boquerantes, tecido cujo nome vem provavelmente da cidade de Bukhara. De algodão fino e muito precioso na época de Marco Polo, terminou por designar um tecido grosseiro utilizado como forro.

38. O Monte Ararat. (N. do T.)

39. Refere-se Marco Polo ao petróleo.

40. Davi V, rei da Geórgia oriental (1243-1272).

41. O ponto mais estreito da passagem entre o Cáucaso e o mar Cáspio, onde atualmente situa-se a cidade de Derbend, na República autônoma do Daghestão (ex-URSS).

42. Nome dado pelos Bizantinos a um povo que se autodenomina *vakiptichak.* Vizinhos do Oghouz, desencadearam sua migração depois destes últimos, mas orientaramse para a Rússia meridional, onde se instalaram até a invasão de mongol. Quanto à digressão de Marco Polo, ela não é

muito clara pois os Cômanos, assim como os mongóis, não existiam nesta região no tempo de Alexandre.

43. Trata-se do Golfo Pérsico.

44. China. (N. do T.)

45. Nestório, heresiarca criador do nestorianismo, nasceu na Síria e morreu nos desertos da Líbia em 440. Foi patriarca de Constantinopla em 428 e deposto pelo concílio de Éfeso em 432. Sua doutrina reconhece em Jesus duas pessoas. (N. do T.)

46. Os jacobitas eram os membros de uma seita religiosa fundada e chefiada por Jacó, bispo de Edessa, no século VI. (N. do T.)

47. Califa. Título que os soberanos que exerceram depois de Maomé o poder espiritual e temporal tomaram.

Os principais califatos foram: 1º) *O Califado do Oriente*, fundado por Abu-Becre em Meca e mais tarde transferido para Bagdá pelos abássidas (632-1258); 2º) *O Califado de Córdova*, fundado em Córdova, por Abderamã (756-1031); 3º) *O Califado do Egito*, fundado pelos fatimistas (909-1171). Foi em Bagdá, especificamente, que a civilização muçulmana atingiu o seu apogeu. (N. do T.)

48. Ilha de Qish (Irã) no Golfo Pérsico.

49. Esta versão é igualmente contada por certos historiadores persas, mas conforme a história oficial o califa foi simplesmente esmagado sob as patas de seus cavalos.

50. Sovela – Instrumento de sapateiro próprio para furar couro de calçados. (N. do T.)

51. Uma edição inglesa de Marco Polo fala de um terremoto. (N. do T.)

Parte III

30

A cidade de Tauris

Tauris é uma grande cidade, numa província chamada Yrac[52], onde há numerosas vilas e castelos; mas como Tauris é a mais nobre cidade desta província, falaremos dela e de sua história. Os homens de Tauris são de grande valor. A cidade está tão bem localizada que, da Índia, Bagdá, Mossul, Urmuz e de muitas outras cidades, enviam ali as suas mercadorias; assim como sucede que os mercadores italianos vêm de países distantes buscá-las em Tauris.

Há abundância de pedras preciosas. É uma cidade na qual os mercadores se enriquecem, assim como os navegantes. A população é um misto de raças: tem armênios, nestorianos, jacobitas, geórgios e persas: há homens que adoram a Mafoma (a maioria deles); chamam-se estes taurisinos. A cidade está rodeada de numerosos jardins, cheios de abundantes frutas.

Os sarracenos de Tauris são maus e desleais; a lei que lhes foi dada pelo profeta Maomé manda-os que façam todo o dano que puderem aos cristãos e a todos que não tenham a sua fé e diz-lhes que roubá-los não será pecado. Por este motivo, fariam coisas terríveis se o governo não proibisse que eles as fizessem. Todos os sarracenos do mundo têm e respeitam esta lei.

31

A Pérsia – Os três Reis Magos

A Pérsia era noutros tempos uma grande província, nobre e importante, mas os tártaros destruíram tudo. Na Pérsia encontra-se a cidade de Sava[53] e dali partiram os três Reis Magos, quando vieram adorar a Jesus Cristo. Nesta cidade estão eles sepultados em três magníficos túmulos; encima-os uma tabuleta de pedra, muito bem lavrada. Estes túmulos encontram-se lado a lado; os corpos dos Reis Magos estão intactos, bem como as barbas e o cabelo.

Um chama-se Baltazar, o outro Gaspar e o terceiro Belchior. Misser Marco fez um interrogatório a várias pessoas sobre os três Reis Magos e nada soube acerca de estes três reis, a não ser que eram na verdade reis e que estavam ali sepultados desde a mais remota antigüidade. Mas eu vou contar-vos o que ele averiguou mais tarde sobre este assunto:

Um pouco mais distante, a três dias de viagem, encontra-se um alcáçar chamado Gasalaca[54], isto é, castelo, Castelo dos Adoradores do Fogo. Isto corresponde à verdade, pois estes homens adoram o fogo; e vou dizer-vos por que é que o adoram as gentes desse castelo.

Conta-se que, na antigüidade, três reis desta região partiram para adorar a um profeta que acabava de nascer e levarem-lhe presentes: ouro, incenso e mirra, para saberem se esse profeta era Deus, se era rei da terra ou mago. E comentavam que, se pegasse o ouro, seria um rei terreno; e se pegasse o incenso, seria um deus, e se pegasse a mirra, então seria um mago.

Chegando ao local onde havia nascido o Menino, o mais novo daqueles reis saiu da caravana e foi sozinho vê-lo, e verificou que era parecido consigo próprio, pois tinha a sua idade e estava vestido como ele; ficou assombrado o Rei Mago.

Logo a seguir foi o segundo Rei Mago, que era de meia-idade, e certificou-se do mesmo; aumentava a surpresa deles.

Finalmente foi o terceiro rei, que era o mais velho dos três, e sucedeu-lhe aquilo que tinha sucedido aos outros. Ficaram muito pensativos. Quando se reuniram, contaram uns aos outros o que tinham visto e maravilharam-se todos.

Decidiram, então, ir os três ao mesmo tempo, encontrando o Menino do tamanho e com a idade que lhe correspondia (pois não tinha mais do que três dias). Prostraram-se diante dele, oferecendo-lhe o ouro, o incenso e a mirra. O Menino aceitou tudo aquilo e em troca ofereceu-lhes um cofrezinho fechado. Os Reis Magos voltaram aos respectivos países.

32

Ainda os Reis Magos

Após terem cavalgado durante algum tempo, os três reis disseram entre si que queriam ver o que o Menino lhes havia dado. Abrindo o cofrezinho observaram que só tinha dentro uma pedra; surpreendidos, perguntaram o que significaria aquilo. Pois que, tendo o

Menino aceitado as três oferendas, compreendido estava que era Deus, rei terrestre e mago; e deveria haver um sentido oculto naquilo tudo.

Com efeito, o Menino deu aos três reis a pedra como a dizer-lhes que fossem firmes e constantes em sua fé. Os três reis pegaram nela e foram deitá-la a um poço, ignorando ainda o seu significado; e quando a pedra caiu ao poço, um fogo ardente baixou do céu, penetrando no poço.

Vendo isto os reis ficaram estupefatos e arrependeram-se de terem atirado fora a pedra, pois que era um talismã. Apanharam o fogo que saía do poço, para levá-lo até os respectivos países e pô-lo num magnífico e riquíssimo templo.

Desde então, esse fogo continua a arder e todos o adoram como se fora um deus. E os sacrifícios e holocaustos que oferecem são todos com esse fogo sagrado; nunca vão buscar outro fogo que não seja esse, tão maravilhoso, andando léguas e léguas para apanhá-lo quando ele se acaba, isto pelas razões que já conheceis. São numerosas as pessoas que adoram este fogo naquela região.

Tudo isto foi contado ao meu senhor Marco e também lhe foi dito que, dos três Reis Magos, um era de Sava, outro de Ava[55] e o terceiro de Gasalaca. E agora, que vos contei esta história, citarei outras cidades da Pérsia, falando dos seus costumes e gente.

33

Os oito reinos da Pérsia

Na Pérsia há oito reinos, porque é uma extensa província; o primeiro chama-se Casvin[56]; o segundo, lá para o Meio-Dia, Curdistão[57]; o terceiro, Lor[58]; o quarto, Gulistã[59]; o quinto, Ispaã[60]; o sexto, Serasi[61]; o sétimo, Soncara[62]; o oitavo, Tunocaim[63].

Todos estes reinos estão voltados para o Meio-Dia, menos um, que está voltado para o Nascente.

Neste reino há magníficos cavalos, que levam a vender à Índia. E sabei mais que são cavalos de grande valor, porque cada um deles é vendido por 200 libras. Também têm os burros melhores do mundo, que valem 30 marcos de prata cada um; são grandes corredores e muito resistentes. Esta gente leva os cavalos à venda até Quisi e Ormuz, que são duas cidades no litoral da Índia; encontram ali compradores para eles, levam-nos para o interior da Índia e ali tornam a vendê-los por alto preço.

Neste reino há gente muito cruel e homicida e há sempre questões com ela; se não fosse pelo respeito ao seu senhor, o Tártaro do Levante, matariam todos os negociantes que andam em viagem por aquelas paragens. E, apesar da soberania dos tártaros, não deixam os do reino de praticar vilanias; se os mercadores não estivessem bem munidos com armas e flechas, seriam maltratados e mortos. Todos estes malfeitores são muçulmanos, e respeitam a lei do Profeta.

Na cidade há muitos mercadores e artífices que vivem do seu trabalho e do comércio; tecem o brocado de ouro e seda, de toda a espécie; há por ali abundância de tudo: milho, aveia, trigo, cevada, alpiste e toda a qualidade de vinhos e de frutas.

Deixemos estes reinos e eu vos falarei da grande cidade de Iasdis[64], e de tudo o que se relaciona com ela.

34

A nobre cidade de Iasdis

Iasdis é uma nobre cidade da Pérsia. Fabricam-se nela brocados de seda, a que dão o nome de iasdis, e que os comerciantes levam até outras regiões para obterem avultados benefícios. Adoram Maomé.

Afastando-se dali, é preciso cavalgar sete jornadas numa planície, e não há mais do que três sítios com habitações onde se possa descansar. Há belos cavalos, muito bem tratados, muita caça nos bosques, perdizes e tordos com abundância. Também há grande número de burros selvagens. Ao fim de sete jornadas de caminho encontra-se um reino chamado Quirmã[65].

35

O reino de Quirmã

Quirmã é outro reino da Pérsia; antigamente, tinha um senhor hereditário, mas depois da conquista dos tártaros já não é assim; tem um governador imposto pela vontade do tártaro. Neste reino há muitas pedras, chamadas turquesas. Encontram-se nas montanhas, saindo das rochas; há também minas de ferro e de ônix.

Os arreios dos cavalos são bem lavrados e cinzelados, tanto os freios como as esporas, os selins, as espadas, os arcos, os coldres, aljavas, bainhas e o resto das armaduras de uso.

As mulheres e as meninas bordam com perfeição sobre brocados de seda de todas as cores; bordam pássaros, flores e outras coisas. São elas que fazem as gualdrapas para os cavalos dos barões e dos grandes capitães; e tudo feito tão maravilhosamente que dá prazer admirar. Também confeccionam almofadões, cobertas de cama, coxins, e tudo com invulgar perfeição.

Nas montanhas nascem pássaros de variadíssimas qualidades. Os que melhor sabem voar são duma raça menor: falcões sarapintados de vermelho no peito e por baixo do pescoço; estes voam com tanta rapidez que nenhum outro pássaro poderá alcançá-los, e menos ainda passar-lhes adiante.

Saindo da cidade de Quirmã, galopa-se outras sete jornadas, encontrando, ao passar, vários castelos, casarios e granjas em grande quantidade.

É muito agradável andar a cavalo nestas regiões, por haver nelas abundante caça de perdizes. Ao fim das sete jornadas de bom caminhar por essa planície encontra-se uma enorme calçada íngreme, cuja ascensão dura duas jornadas e outras duas para descer depois pela vertente oposta. Também aqui abunda a fruta. Noutros tempos havia casas, mas agora é terreno onde apenas pastam algumas manadas, conduzidas pelos pastores.

Nesta parte do reino de Quirmã há frio tão grande no inverno que é preciso cada um ter grande provisão de mantas e agasalhos, se não quiser morrer gelado.

36

A cidade de Camandi

Após duas jornadas a cavalo, atingimos uma imensa planície, onde se encontra a cidade de Camandi[66], que outrora foi uma grande e nobre cidade. Mas ficou reduzida a pouco, porque os tártaros saquearam-na em várias ocasiões. Esta planície é muito quente. A província que vamos mencionar chama-se Rudbaris[67]. Seus frutos principais são: tâmara, maçãs e outras qualidades que não podem existir nas nossas regiões do norte.

Nesta planície existe uma qualidade de pássaros chamados francolins e que são diferentes dos de outros países, pois são negros e brancos e têm o bico e as patas encarnadas.

Os bois são muito grandes e alvos como a neve, têm pêlo liso e curto, os chifres são grossos e curtos e não-pontiagudos. No lombo, têm uma proeminência redonda com a altura de dois palmos; estes bois são muito robustos; quando lhes põem a carga, fazem como os camelos, deitam-se e levantam-se sem que os mandem. Levam cargas pesadíssimas, pois são animais fortíssimos.

Há também carneiros do tamanho de burros, e com a cauda tão grossa e comprida que não pesa menos de vinte libras. E são muito gordos e bons para comer.

Nesta planície há vários castelos e vilas fortificadas, com muralhas altas e fortes, para a defesa contra os caroanas[68], que são bandidos que aparecem naquele país. Por que têm eles o nome de caroanas? Porque as mães são índias e o pais são tártaros.

Quando esta gente atravessa o país, dedicando-se a roubar, fazem-no com manha, com sortilégios e obras diabólicas, conseguindo que o ar fique escuro a ponto de nada se distinguir no horizonte. E conseguem que estas trevas durem uns sete dias. Conhecem perfeitamente a região.

Quando têm escurecido o país, cavalgam apertados uns contra os outros, em grupos que chegam a ser de 10.000 (às vezes mais e às vezes menos), de tal modo que ficam a ocupar toda a parte que pretendem devastar, não escapando à sua triste sorte nenhuma besta, nenhum homem e nenhum objeto. Quando fazem prisioneiros, matam os velhos e levam os novos, que depois vendem como servos ou escravos.

O seu rei chama-se Nogodar[69] e foi à corte de Djagatai[70] (este era irmão do Grã-Cã), levando 10.000 homens, para travar relações com ele, pois que era seu tio e ao mesmo tempo um grã-senhor. Depois de ter obtido a hospitalidade, Nogodar imaginou e pôs em prática uma grande façanha.

Vou dizer-vos como: quando se separou do seu tio Djagatai, que vivia na Armênia Maior, fugiu com 10.000 homens, todos cruéis e malvados; passou por Badasiã e por uma província chamada Pasciai, por outra chamada Quesciemur, perdendo gente e gado, porque os caminhos eram estreitos e maus.

Depois de terem atravessado todas estas províncias, entraram na Índia pelo lado duma província chamada Dilivar[71]. Apoderaram-se de uma linda cidade chamada Dilivã, assentando aí os seus arraiais e depondo o rei Asidin[72], sultão dos mais poderosos. Aí ficou Nogodar com as suas hostes e ninguém mandava mais do que ele; e fez guerra aos outros tártaros que viviam em países vizinhos.

É esta a origem desse país e das tribos que fazem a escuridão para poderem ser bandidos. Misser Marco foi preso por esta gente, durante a escuridão, mas pôde fugir e refugiar-se num castelo chamado Gonosalmi[73]. Dos seus companheiros, poucos puderam salvar-se: uns foram presos, outros mortos ou vendidos. Mas passo a contar-vos coisas mais amenas.

52. É o Iraque Adjemi, por oposição ao Iraque Árabe, que é o Iraque atual.

53. A atual cidade de Saveh, a cem quilômetros a sudoeste de Teerã.

54. O nome seria Kala-i Atachparastan (= Castelo dos Adoradores do Fogo), mas o lugar não está determinado. Segundo indicação dada no capítulo seguinte, deveria situar-se perto de Kashan.

55. Aveh, a uns 20 quilômetros ao sul de Saveh.

56. A palavra reinado possui, em Marco Polo, a significação geral de província. Qazvin é uma cidade situada a 150 quilômetros ao nordeste de Teerã.

57. Trata-se do Curdistão iraniano.

58. A atual província de Luristã.

59. Tratar-se-ia do Chulistão, que é um distrito da província de Fars.

60. A atual Isfahan.

61. Shiraz, capital da província de Fars.

62. Ele estaria se referindo a um pequeno estado chamado Shabankara, a sudeste da atual província de Fars, na época sob dominação mongol.

63. Este nome seria composto de duas palavras. Tun e Kain, designando duas cidades que situavam-se a nordeste de Tabas em Khorasan.

64. A cidade de Yazd, a sudoeste do grande deserto iraniano.

65. Kerman, capital da província do mesmo nome ao sul do deserto.

66. A planície é a situada entre as montanhas e a costa. Camadi é identificada como uma cidade arruinada perto de Kerimabad, nesta planície.

67. Este nome não foi identificado enquanto topônimo, mas *rudbar*, em persa, indica uma região banhada por um curso d'água.

68. O mistério dos caroanas permanece. Trata-se talvez dos descendentes dos Kushana, povo indo-cita do início da nossa era, instalado ao sul do Afeganistão e no atual Paquistão, donde a origem mestiça assinalada por Marco Polo, isto é, de um povo não-identificado até hoje que manifestou-se por volta da era mongol. Uma outra direção de pesquisa poderia orientar-se aos ancestrais dos Tziganes, oriundos desta região, mas todo o trabalho neste domínio está por ser feito.

69. O Nogodar histórico seria um neto de Tchagatai; Marco Polo mistura aqui os laços de parentesco. Quanto às invasões mongóis da Índia, houve várias, em 1242, 1246, 1257. De qualquer forma, não é possível que um novo povo possa ser constituído nos trinta anos que separam a primeira invasão da visita de Marco Polo. É evidente que no texto que segue o autor mistura vários elementos históricos para construir seu próprio relato.

70. Tchagatai mais tarde converteu-se ao cristianismo. Os cristãos de Samarcanda construíram então uma igreja em louvor de São João Batista (Vide capítulo 52). (N. do T.)

71. Dilivar corresponde à província e à vila de Delhi.

72. Este é o nome que melhor corresponde ao de Ghiyaseddin Oulogh, sultão de Delhi na época da passagem de Marco Polo (1265-1286). Os soberanos correspondentes às datas das invasões mongóis da Índia são: Alaeddin Maçoud, antes de 1246, e Nasireddin Mahmoud, de 1246 a 1265, o que reforça a impressão de que a história sofreu a interpretação do autor.

73. Possivelmente uma localidade destruída nesta mesma planície de Djiruft, perto de Vakilabad.

PARTE IV

37

Da província e da cidade de Ormuz

Esta planície estende-se até o Sul, numa extensão de cinco jornadas de caminho. E, ao cabo destas cinco jornadas, encontra-se outra planície que é um declive de 20 milhas e de muito mau piso. Aparece ali gente suspeita e o trânsito é perigoso. Ao fim desta descida há uma planície das mais lindas, ao fim da qual se encontra a província de Ormuz. Para atravessá-la são necessárias duas jornadas; tem magníficos rios e muitas palmeiras. Há abundância de pássaros estranhos que não existem noutra parte. Depois de ter cavalgado essas duas jornadas, chega-se ao Oceano, e na sua costa há uma cidade chamada também Ormuz e que é a capital.

Os mercadores da Índia vêm até ali em seus barcos e galeras, trazendo toda espécie de pedras finas, pérolas e brocados de couro e seda, dentes de elefante e outras coisas preciosas. Uma vez chegados àquela terra, entregam tudo aos habitantes da mesma, os quais, por sua vez, os distribuem por todo o Universo.

É uma cidade muito comercial. Dela depende a vida

de muitas outras cidades e de muitos castelos; é a capital do reino cujo rei se chama Ruomedã Acomat[74]. Esta terra é muito quente e insalubre, mas bastante fértil.

Quando um mercador estrangeiro morre ali, o rei apodera-se de todos os seus haveres. Nesta região, há um vinho feito de tâmaras e especiarias muito saboroso e esquisito; quando alguém o bebe fica bêbado, e ao mesmo tempo com o ventre desembaraçado, o que faz muito bem e tonifica os músculos.

Os homens daquela terra não comem pão de trigo nem carne; porque se o fizessem adoeceriam logo. Bebem vinho de palmeira e comem peixe. Também comem muitas cebolas.

As suas galeras são muito más, afundam-se com facilidade, porque as suas tábuas não estão cravadas com pontas de ferro, mas apenas ajustadas com tornos de pau e fio tirado da casca das árvores que dão a noz da Índia; este fio é tratado e fica rijo como a crina do cavalo. Com este fio ou cordel, fazem uma rede e com ela cobrem a carena[75], mas, embora dure bastante, ao cabo de algum tempo o fio apodrece, porque o ferro é melhor. As naves têm um mastro, uma vela e um leme; falta-lhes uma coberta; quando lhes põem carregamento, cobrem tudo com panos. O cavername[76] não é untado com breu, mas apenas com óleo de peixe.

A navegação é agradável, feita nestas galeras; mas, como já disse, não oferecem segurança alguma e naufragam freqüentes vezes, pois de mais a mais há grandes tempestades no mar da Índia e assim morre nelas muita gente.

A população é negra e adora a Maomé. No verão os habitantes fogem da cidade, porque o calor é tão grande que se lá ficassem morreriam; vão para os arredores, para as suas quintas, onde há nascentes e rios. Não raras vezes sopra, no verão, um vento forte e quente, que mataria toda a gente que teimasse em ficar na cidade. Quando o sentem, fogem para a água e nela se demoram até que ele passe, e assim se livram do seu ardor.

Semeiam trigo, cevada e outros cereais, no mês de novembro, para colhê-los em março; e assim sucede também com a colheita de todos os frutos, pois que essa colheita faz-se e avalia-se no mês de março; em passando este mês, não encontrareis nem uma só erva ou fruto, visto que o Sol tudo queima.

Nesta terra, quando morre um homem que tenha mulher, ela chora a sua morte até quatro semanas, todos os dias e uma vez cada dia. E juntam-se ao pranto na casa do dito morto os parentes e vizinhos, e gritam alto o seu desgosto, queixando-se duramente contra a morte.

Deixemos agora esta cidade. Não vos darei pormenores da Índia, pois dela contarei coisas mais adiante, neste livro, quando entender que é o momento próprio.

Voltaremos a atravessar a montanha e regressaremos por outro caminho à cidade de Quirmã, da qual já vos falei, porque para alcançar esta região (e dela quero falar-vos) é preciso voltar à dita cidade.

Já vos disse que o rei Ruomedã Acomat, do qual ficamos então separados, é quem reina em Quirmã. O caminho de regresso de Ormuz a Quirmã está todo cheio de campos, ricos de plantações; há banhos quentes. Há perdizes, frutos e tâmaras em grande quantidade.

O pão de trigo é tão amargo que ninguém poderá comê-lo sem estar a ele habituado, e isto devido a ser muito amarga a água em que ele se amassa. Os banhos de que vos falo são com água de fontes quentes e excelentes para várias enfermidades e mazelas[77].

Desejo falar-vos agora de outras terras que irei mencionando no meu livro.

38

Uma região pobre e selvagem

De Quirmã partimos a cavalo, durante sete jornadas, indo por caminhos feios e aborrecidos. Durante três dias não achamos um único rio e as fontes que encontramos eram de água salgada; a água é verde, igual à cor das ervas, e tão amarga que ninguém poderá bebê-la. Se, por acaso, algum viajante toma dessa água, logo adoece. O sal dessa água é tão forte que um só grão dá cólicas terríveis. Por esta razão, os homens que viajam por ali levam água para si e para as suas bestas; estas bebem às vezes água má, quando têm sede, e ficam doentes.

Durante três dias, não encontramos uma única habitação; todos os arredores são desertos e de aspecto árido. Não se vê um único rasto de animais, pois que nenhum alimento encontrariam.

Ao fim destas três jornadas, fizemos outra tirada de quatro, nas mesmas condições; tudo é aridez e desolação; a água é amarga, não há árvores nem animais, à exceção de alguns burros selvagens. Por fim, depois destas quatro jornadas, acaba o reino de Quirmã e entramos na cidade de Cobina[78].

39

A cidade de Cobina

Cobina é uma grande cidade; os seus habitantes adoram a Maomé. Há nela ferro e aço, em grande quantidade; fabricam-se ali grandes espelhos de metal; é em Cobina que se faz a *atutia*, um medicamento muito bom para os olhos; vou dizer-vos como ele é feito: pegam em terra com cobre e calamina[79], que serve para fazer o latão; põem-na num forno muito quente e sobre este uma vasilha de ferro. A umidade que adere à vasilha forma a tal substância chamada *atutia* e o que fica da terra no fogo chama-se a *espódia*, com a qual se faz o latão[80].

NOTAS

74. Roukneddin Mahmout, príncipe de Ormuz, de 1243 a 1277.

75. Carena, parte do navio que fica mergulhada na água. O mesmo que quilha ou querena. Costado do navio. A peça que se estende da proa à popa. (N. do T.)

76. O cavername compreende o conjunto de cavernas de um navio, isto é, as peças que assentam sobre a quilha, formando o arcabouço da embarcação. (N. do T.)

77. As informações de Marco Polo referentes a Ormuz coincidem com os relatos dos viajantes do séc. XVII ao XIX, notadamente o cavaleiro Chardin.

78. A atual Kuhbonan, na província de Kerman.

79. Calamina – Mineral ortorrômbico, metassilicato de zinco, também denominado hemimorfita. (N. do T.)

80. 700 anos mais tarde os cientistas descobriram a terramicina. (N. do T.)

PARTE V

40

A província de Timocaim

Distanciando-se de Cobina, atravessa-se um deserto, durante mais de oito dias; esse deserto é seco, árido, sem frutas e sem árvores; a água ali é amarga e péssima e temos que levar mantimentos para nos alimentarmos, menos a água para os animais, pois que apesar do mau sabor eles bebem-na, embora de má vontade.

Ao fim das oito jornadas, encontramos uma província chamada Timocaim. Há, nesta província, muitos castelos e cidades; confina ela com a Pérsia pelo lado do Poente, e logo após fica uma vastíssima planície onde cresce a Árvore Só, que os cristãos chamam de Árvore Seca[81].

Nesta província também crescem plátanos; vou dizer-vos como são: muito altas e grossas, as folhas são dum lado esbranquiçadas e do outro verdes; a casca é semelhante à do castanheiro; a madeira que produzem é forte e amarelada; a 100 milhas, naquelas redondezas, não se vê outra espécie de arvoredo, a não ser numa determinada direção, a umas 10 milhas de distância, onde há árvores diferentes. Neste lugar é que, segundo se diz, houve a batalha entre Alexandre e Dario[82].

As cidades e os castelos são ricos e têm muitas coisas boas; o clima é temperado, nem muito quente nem muito frio. A população reza a Maomé. O tipo dos indígenas é garboroso; em especial, as mulheres têm grande beleza.

Deixemos esta região e falemos doutra chamada Mulhed, onde viviam o Velho da Montanha e seus assassinos[83].

41

Aladino, o Velho da Montanha

Mulhed significa herético, segundo a lei de Maomé. Vou contar-vos a sua história tal como a ouviu, repetidas vezes, Misser Marco.

Ao Velho chamavam na sua língua Aladino. Fez construir, num vale, entre duas montanhas, o mais belo jardim que jamais se viu. Havia neste vale os melhores frutos da terra. No meio do parque foram edificadas as mais suntuosas moradias e palácios que os homens já viram; eram dourados e pintados com maravilhosas cores.

No centro do jardim havia uma fonte, com muitas bicas, de onde jorravam o vinho, o leite, o mel e ainda a água. Havia nesse jardim as donzelas mais belas do mundo; estas sabiam tocar todos os instrumentos e cantavam como os anjos, e o Velho fazia acreditar aos seus súditos que aquele reino era o paraíso. E todos acreditavam no que ele dizia, porque Maomé deixou escrito que aqueles que fossem para o céu teriam todas as mulheres formosas que quisessem ter, e encontrariam ali fontes preciosas, donde sairiam água, mel, vinho e leite.

Foi por isso que o Velho da Montanha mandou construir aquele jardim, semelhante ao paraíso descrito por Maomé, e os sarracenos julgavam realmente que tal jardim era esse paraíso.

Nesse jardim só entravam aqueles que o Velho escolhia para executores de suas vinganças, e que eram sempre jovens e destros no manejo das armas. Davalhes uma bebida para que adormecessem, e, quando acordavam, achavam-se no jardim, sem perceberem por onde haviam entrado.

42

O Velho da Montanha e os assassinos

Quando os jovens acordavam e se viam naquele recinto, acreditavam, pelas coisas que lhes tinham dito, que estavam no céu. Lindas mulheres e formosas meninas estavam todo o dia com eles, tocando e cantando e satisfazendo-lhes todos os gostos e apetites. Desta forma tinham tudo quanto desejavam e nunca sairiam dali por livre vontade sua. O Velho, que tinha a sua corte numa esplêndida moradia, fazia acreditar a esses montanheses ingênuos que era um profeta. Todos acreditavam nele e na sua palavra.

Quando o Velho queria mandar um emissário a qualquer ponto, fazia que alguns desses súditos tomassem uma bebida e, quando estavam adormecidos, mandava que os levassem ao seu palácio. E quando eles acordavam e lhes dizia que tinham que partir com tal missão, admiravam-se e nem sempre se mostravam contentes. Por sua vontade, não se afastariam do paraíso onde tinham estado.

Humilhavam-se diante do Velho, porque acreditavam que fosse um profeta. O Velho perguntava-lhes donde vinham; eles repondiam: do paraíso, assegurando que esse paraíso era tal e qual como o outro que Maomé descreveu aos seus antepassados, e contando-lhes as maravilhas que ele encerrava.

Aqueles que não o conheciam tinham desejos de morrer e de ir para o céu, para poderem alcançá-lo. Desta forma, quando o Velho queria matar um grã-senhor, escolhia para assassinos moços dos mais bem parecidos. Enviava-os em digressão pelo país e dizia-lhes que matassem esse homem.

Eles partiam e executavam o que se lhes mandava fazer; e voltavam logo para a corte (pelo menos voltavam os que ficavam com vida, pois havia muitos de entre eles que eram mortos depois de cometido o crime, e aceitavam a morte com deleite, pensando nos prometidos gozos).

43

Os assassinos adquirem treino no crime

Os que conseguiam voltar para junto do seu senhor diziam-lhe que tinham cumprido o seu mandato. O Velho mostrava-se muito contente e festejava a façanha. Já o tinham posto a par daquele que fora mais diligente na execução, pois ele enviava homens que o informavam de que tinha sido mais arrojado e atrevido.

Quando o Velho queria que desaparecesse algum senhor ou outro qualquer homem que o estorvava, escolhia os seus servidores os mais atrevidos, mandava-os para onde queria, dizendo-lhes que os enviaria ao paraíso se fizessem desaparecer, matando, este ou aquele homem. Cumpriam tudo de muito boa vontade, de forma que a vítima não escapava à sua má sorte, quando o Velho resolvia que assim fosse.

Assim pereceram vários barões e reis que não tinham a mais leve suspeita de que quisessem exterminá-los.

Contei-vos as façanhas do Velho da Montanha e as dos assassinos; agora vou dizer como ele foi derrotado e por quem. Outra coisa me ia esquecendo dizer-vos: este Velho tinha dois cúmplices, dois homens com os seus maus costumes. Um deles mandou-o a Damasco e o outro ao Curdistão. Mas deixemos isto e vejamos como ele acabou.

No ano de 1262 do nascimento de Cristo, Hulagu[84], o senhor dos tártaros do Levante, sabedor das façanhas deste Velho, decidiu acabar com ele. Reuniu os seus barões, enviou-os bem munidos de gente e de armas e fizeram cerco ao castelo durante três anos; este era tão forte que não conseguiram destruí-lo.

Nunca se teriam apoderado do castelo se os sitiados estivessem bem providos de tudo; mas ao cabo de três anos acabaram-se os mantimentos e nessa altura o Velho da Montanha, que se chamava Aladino, teve que render-se e mais toda a sua gente; morreu infamemente. Desde então, não houve mais assassinos e acabou o terror que o Velho da Montanha semeara[85].

Deixemos por agora isto, e continuemos o nosso relato.

81. Este termo presta-se a três níveis de interpretação. Primeiramente, trata-se de uma árvore real, provavelmente um plátano, aqui descrito de Khorasan, sem que este faça parte da terminologia geográfica de sua época. Enfim, e aqui reside a chave do enigma, este termo corresponde a uma lenda escatológica à qual Marco Polo dá uma consistência geográfica. Sobre esta lenda, ver a introdução.

82. Segundo Plutarco, a grande batalha entre Alexandre e Dario não se deu em Arbelas e sim em Cogamelas, nome que significa *casa do camelo*. (N. do T.)

83. De hashash ou hashish, a droga que seria utilizada pelos membros da seita ismaelita fundada em 1090 por Hassan Sabbah, o centro desta seita encontrava-se no castelo de Alamut, ao norte de Qazvin, no Irã, que é o lugar descrito por Marco Polo, mas os ocidentais conheceram sobretudo durante as Cruzadas o ramo sírio da seita, comandado por um representante do grã-senhor de Alamut, que trazia o título de Cheike el Djebel, literalmente traduzido como o Velho da Montanha.

84. Hulagu, o mesmo que, em 1265, derrotou o califa de Bagdá. Observe-se que a narração de Marco Polo não segue a ordem cronológica crescente (vide capítulo 25). (N. do T.)

85. A conquista das praças fortes ismaelitas por Hulagu data de 1256 e seu último grã-senhor nesta época era Rukneddin, filho de Alaeddin, acima citado.

Parte VI

44

Sopurga, a cidade dos melões

Ao sair deste castelo, cavalga-se através de formosos campos e vales onde há ricas pastagens, frutos, erva, tudo em abundância. Os exércitos gostam de parar ali, pela grande quantidade de coisas que encontram para se alimentarem. Atravessa-se esta região em oito dias, passando por vilas e castelos. Os habitantes adoram a Maomé. Há trechos em que é preciso cavalgar por um deserto de cinqüenta ou sessenta milhas, onde escasseia a água. Quanto aos cavalos, agüentam-se sem beber até encontrarem uma fonte.

Cavalgando oito dias, chega-se a uma cidade muito rica, chamada Sopurga[86]. Nela existem os melhores melões do mundo, e em grande quantidade. É de uso secarem-nos do seguinte modo: cortam-nos em toda a volta, são postos logo ao sol e ficam mais doces do que o mel. Com estes melões negociam os habitantes da cidade; são vendidos nos arredores. Também há uma grande variedade de caça e de pássaros. Deixemos esta cidade e falarei doutra chamada Balachai[87].

45

Balachai, a cidade onde Alexandre se casou

Balachai é uma grande e nobre cidade. Na antigüidade foi mais próspera; mas as invasões dos tártaros e doutros povos deitaram-na a perder. Noutros tempos tinha magníficos palácios e casas de mármore, mas estas foram destruídas. Foi aqui que Alexandre casou com a filha de Dario[88]. Os seus habitantes adoram a Maomé.

Chega a terra do senhor dos tártaros do Levante até esta cidade, que confina com a Pérsia. Deixemos esta cidade e falemos doutro país, chamado Dogã[89].

Saindo da cidade de Balachai, cavalga-se durante doze jornadas, sem encontrar sinal algum de habitações, porque aquela gente fugiu toda para a montanha, refugiando-se nas fortalezas, com medo dos bandidos que a traziam apavorada. Há água em abundância, há caça a fartar e muitos leões.

Todos os que atravessam a região têm que levar, para si e para os cavalos, muitos mantimentos, pois não os encontrarão durante os doze dias da travessia.

46

A montanha de sal

Após uma caminhada de doze dias encontra-se uma cidade fortificada chamada Taichã.[90]

Esta é uma região muito bonita e as montanhas do Meio-Dia são altas e dão muito sal; os homens vêm buscá-lo de todos os lados, até de grandes distâncias, porque o sal é excelente, ali; é tão duro que não pode partir-se, a não ser com uma picareta de ferro; e há em tal abundância que durará até o fim do mundo.

Há três jornadas de caminho desde esta cidade entre Nordeste e Levante, sempre passando pelos povoados e por uma comarca cheia de frutos, de trigo e de vinha.

Os habitantes daquela região adoram Maomé, mas, apesar disso, bebem muito vinho, que o há excelente e abundam os lugares onde bebê-lo. Nada põem na cabeça, a não ser uma tira retorcida, com dez palmos de largura. Essa tira cobre-lhes inteiramente a cabeça. É uma gente hábil na caça e dedica-se também à falcoaria.

Suas vestimentas não passam de peles de animais que eles próprios caçam, cosem e adaptam ao seu corpo; com as mesmas peles se calçam também; todos ali sabem coser as peles.

Caminhando três jornadas[91], encontra-se uma cidade chamada Escassem, pertencente a um conde. Os outros castelos e cidades estão no sopé da montanha. Pelo meio dessa cidade de Escassem passa um grande rio. Há muitos ouriços. Os caçadores perseguem-nos, com os seus cães; então, o animal esconde-se dentro de si próprio e aparecem sobre a sua espinha os espinhos que cobrem o dorso; consegue assim ferir mais de um cão.

Escassem está situada numa grande província que tem o mesmo nome. O povo usa um idioma seu e dedica-se a trabalhos de campo; gosta de montar a cavalo e de construir, na montanha, casas espaçosas. Também vive nas cavernas que ele mesmo cava na montanha; esta é de terra mole.

Partindo desta cidade, volta-se a entrar num povoado, andando léguas e léguas sem encontrar habitações, comida ou bebidas. Precisamos levá-las conosco, se quisermos tê-las.

No outro extremo da província está Balastia[92], que vos descreverei.

47

A província de Balastia. Os descendentes de Alexandre

Balastia é uma província onde as pessoas adoram Maomé. Tem idioma próprio. É um grande reino hereditário, quer dizer que a dinastia descende em linha reta de Alexandre e da filha de Dario, o grande rei da Pérsia. Todos estes reis chamam-se em sarraceno zulcarnianos[93], o que significa descendentes de Alexandre, por amor do grande rei.

Nesta região encontramos as pedras preciosas denominadas *balasses*[94], muito belas e de grande valor. Nascem nas montanhas e se alguém as apanhasse sem licença do rei seria morto; e se as levasse para fora da terra igualmente o matariam, e perderia todos os seus bens, pois todas estas pedras são do rei, e ele as manda ali buscar só para si.

O rei envia essas pedras preciosas de presente a vários reis, príncipes e grandes senhores; a um por amabilidade, a outro para obter a sua amizade. Mas também dá ordem que vendam essas pedras, para comprar ouro e prata. Por isso, não permite que vá uma pessoa qualquer apanhá-las, nem consente que um qualquer as venda. Deixariam estas pedras *balasses* de ter tanto valor. Faz o possível também para que ninguém as transporte para qualquer lado.

Neste região há outras montanhas onde se encontra lápis-lazúli do mais fino e melhor – a pedra da qual se tira o azul e que está nos filões da montanha, como os outros minerais. Também há por ali minas de prata.

É uma comarca muito fria; nascem ali cavalos magníficos, que correm sem arreios. Têm um pé muito firme, bom para andar na montanha. Também ali nascem muitos falcões-sagrados, lindíssimos, que voam muito alto. Há grande quantidade de aves de toda a qualidade; há trigo e cevada.

Não há na região oliveiras, mas fazem óleo de nozes e de gergelim.

Nesta terra há os desfiladeiros, tão estreitos em vários pontos que os inimigos não podem lá entrar nem combater; as cidades e castelos nas montanhas são fortalezas das melhores. Os homens são bons atiradores; vestem-se com a pele dos animais, pois o pano ali é muito caro.

As mulheres nobres usam calças de linho ou de algodão, como vos contarei adiante. Algumas delas tapam as pernas com 100 braçadas de tela, outras só com 80 ou 60, o bastante para provarem que têm pernas grossas, porque os homens daquela terra gostam das mulheres de coxas grossas e nádegas opulentas.

Depois de vos ter descrito este reino, falarei de várias gentes que se encontram no Meio-Dia, a dez jornadas desta província.

48

A província de Baschia. Homens de brincos

A dez jornadas de Balastia há uma província denominada Baschia[95]. Os indígenas são idólatras e têm idioma próprio. Os homens usam nas orelhas uns brincos de ouro e prata, com pérolas e pedras preciosas; são maliciosos, ágeis e cautelosos.

O clima desta província é cálido. Todos se alimentam de carne e de arroz. Deixemos este relato para falarmos de outra província, a sete jornadas de distância, e que se chama Tesmur[96].

49

A província de Tesmur

É uma província povoada por idólatras e que tem idioma seu. Os homens entretêm-se com toda a espécie de bruxedos e artimanhas diabólicas. Fazem com que os ídolos falem. Por suas artes, mudam o tempo e provocam a escuridão dos ares. Fazem mil coisas com os poderes mágicos que têm. São chefes de outras tribos idólatras e abastecem-nas de ídolos.

Deste país podemos ir até ao mar das Índias. A gente da terra é morena e magra; as mulheres são muito bonitas e morenas como os homens. Os seus alimentos consistem em carne e arroz.

É esta terra de clima temperado; nunca há frio nem calor. Tem bosques frondosos. É um país autônomo, o seu rei é justiceiro. Há eremitas que vivem nas suas celas e guardam a mais rigorosa abstinência; são castos e não atraiçoam a sua fé; são como santos e vivem muitos anos. Abstêm-se de pecar, por amor aos seus ídolos. Estes eremitas construíram muitas abadias e mosteiros da sua religião.

Nesta terra vendem-se mais corais do que em qualquer outra parte.

Deixemos esta província e não continuaremos a falar da Índia, porque na volta falarei de tudo o que lhe diz respeito. Por isso, retrocederemos até a nossa província, isto é, Balastia, pois que seria impossível ir por outro lado.

50

A província de Bochã

Partindo de Balastia navegam-se doze jornadas para o Levante e sobre um rio que pertence ao irmão do rei de Balastia, e em cujas propriedades há muitas casas e castelos. Os homens são valentes e rezam a Maomé.

Depois de doze jornadas chega-se a uma província de pequena extensão (pois que se percorre em três jornadas, em todos os sentidos) e se chama Bochã. Usam idioma próprio os seus habitantes, que têm sangue guerreiro.

Têm por chefe um senhor, a quem chamam None, o que significa conde, mas são súditos do senhor de Balastia. Têm animais em grande quantidade, caça, veados de toda espécie.

Afastando-se deste lugar, caminhamos doze dias até o Nordeste, indo por sítios montanhosos, e chegamos a um sítio que é o mais alto do mundo. Ali, há um vale entre duas montanhas; nele corre um rio magnífico, e é onde há as melhores terras para pastar; um animal, mesmo fraco, engorda ali em dez dias.

Há grande abundância de feras e uma multidão de carneiros selvagens, enormes, com cornos de seis palmos e mais; geralmente, de três ou quatro palmos. Destes cornos fazem os pastores as escudelas onde comem; com eles também encerram os animais em cercados.

Esta planície chama-se Pamir[97] e durante doze jornadas não se encontra nenhum povoado; convém que os viajantes levem as suas provisões. Não há pássaros voadores, por causa do frio. O fogo não é tão claro como noutras partes, ainda por causa do frio, e tudo leva muito tempo a cozer.

Deixemos esta narrativa para tratarmos doutras coisas do Nordeste e do Levante. Ao fim das doze jornadas, convém cavalgar outras quarenta, entre o Nordeste e o Levante, indo por montes, costas e vales, atravessando rios e desertos, sem casa alguma e sem possibilidade de adquirir seja o que for; por esta razão, os viajantes devem levar consigo o que é preciso para se alimentarem. Chamam a esta região Belor[98].

Durante essas quarenta jornadas não se encontra povoação alguma, nem sequer crescem ervas. Os que por ali passam devem acautelar-se com provisões. Nos montes mais altos vivem idólatras cruéis, muito maus, que se sustentam de caça e se vestem de peles.

51

O reino e a cidade de Caschar

Caschar[99], noutros tempos, era um reino; agora, pertence ao Grã-Cã. A população adora a Maomé. Há muitas povoações e castelos e a mais importante cidade é Caschar. Está também situada entre Nordeste e Levante; crescem ali muitas plantas de algodão e saem desta região mercadores que vão por todo o mundo fazendo negócio com esta planta.

A população é miseravelmente pobre e muito sóbria no comer. Neste país há cristãos que têm a sua Igreja e as suas crenças. Os naturais daquela província têm o seu idioma próprio; na totalidade, pode a cidade ser visitada toda em cinco jornadas. Deixêmo-la para falarmos agora de Samarcanda.

NOTAS

86. Aqui estamos no norte do Afeganistão, a antiga Bactriana. A rota que será agora seguida até o fim da viagem é a Estrada da Seda, ou ao menos uma de suas numerosas variantes. Sopurga é a atual cidade de Shebergan.

87. Balkh, antiga Bactres, capital da Bactriana.

88. Segundo Plutarco, Alexandre casou-se com Estátira, filha de Dario III, em Susa. (N. do T.)

89. Dogã é Decã, isto é, a parte do Indostão situada ao sul dos montes Vindias. (N. do T.)

90. Taloqan, no Afeganistão, na mesma estrada.

91. É Ishkashem, no Afeganistão, sobre o Amu Darya, entre o Badakhshan afegão e o Badakhshan que pertencia à antiga URSS.

92. Trata-se de Badakhshan, situado a leste de Ishkashem; deve corresponder hoje à região autônoma de Badakhshab, que fazia parte da antiga R.S.S. do Tadjikistão, ainda que Marco Polo tenha tido que continuar a subir o alto vale do Amu Darya, que faz fronteira entre o Afeganistão e a ex-URSS.

93. Dhou'l Karnain (= com dois cornos). Os atributos dos deuses carneiros cristalizados por Júpiter-Amon e reto-

mados por Alexandre, o Grande, quando de sua divinização durante a conquista do Egito, serviram para perpetuar seu nome nos extremos confins de seu império. A persistência vivaz do soberano da colonização grega nestas regiões "descobertas" pelos ocidentais no fim do séc. XIX não é apenas uma lenda. Quando os últimos reis vendiam, para seguir para Kabul, seus objetos pessoais aos exploradores ingleses, encontrava-se a coberta de mesa de prata representando o cortejo de Baco, o selo dos grandes reis da Bactriana helenística.

94. Rubis do país Badakhsh ou Balash, que deu origem aos rubis "de cauda" em francês.

95. Esta região, situada ao sul de seu itinerário e provavelmente não visitada por Marco Polo, é o famoso Kafiristão, no qual localizou-se, com a ajuda de Kipling, a sobrevivência da lembrança de Alexandre. É o atual Nuristão.

96. Tesmur é Cachemira, uma província aparentemente não visitada por Marco Polo. As informações que ele dá mostram que o Islam ainda não havia penetrado nesta região.

97. Os Polo tiveram que subir um afluente esquerdo do Amu Darya, o Wakhan, para penetrar na região de mesmo nome formada pelo apêndice nordeste do Afeganistão que se prolonga entre o Pamir e Cachemira para alcançar a fronteira chinesa. Hoje lá se localiza a região autônoma do Badakhshan (ex-URSS), nos vales do Wakhan no Afeganistão e do Oksu na ex-URSS. Os Polo atravessaram passagens de mais de 4.600 metros.

98. O Belor seria, conforme comentadores, o norte da Cachemira, formado pelas regiões do Gilgit e do Baldistão.

99. Kashgar, na província de Sinkiang, na China.

Parte VII

52

A grande cidade de Samarcanda

Samarcanda[100] é uma grande e nobre cidade. Os seus habitantes são cristãos e sarracenos, e vassalos do sobrinho do Grã-Cã, que apesar disso não lhe quer bem; várias vezes lhe tem provado a sua inimizade. É o seu verdadeiro amo. Eu contarei um grande milagre que sucedeu nesta cidade.

Há na verdade pouco tempo que Djagatai[101], irmão carnal do Grã-Cã, se fez cristão; era o senhor desta região e de várias comarcas.

Sabedores os cristãos da cidade de Samarcanda que o seu amo era cristão, encheram o peito de alegria e construíram nesta cidade uma grande igreja, em louvor de São João Batista. Pegaram num grande bloco de pedra que pertencia aos sarracenos e puseram-no como pedestal de uma coluna que havia no meio da igreja e que sustentava a abóbada da mesma.

Aconteceu, porém, que Djagatai morreu, e quando os sarracenos souberam que ele havia falecido, cheios de fúria por saberem que a pedra estava numa igreja cristã, declararam que dali a tirariam à força. Isso era-lhes muito fácil, porque eram mais numerosos que os cristãos.

Assim, as principais pessoas sarracenas foram à Igreja de São João Batista e disseram aos cristãos qual era a sua categoria, exigindo que lhes entregassem a pedra.

Os cristãos retrucaram que lhes dariam o que quisessem, mas que lhes pediam e suplicavam que deixassem a pedra onde ela estava, pois que teriam grande desgosto se lha tirassem da sua Igreja.

Os sarracenos responderam que não queriam nem ouro nem tesouro algum, que só exigiam aquela pedra.

O poder do Grã-Cã pertencia agora a um sobrinho. Este ordenou que, dentro de dois dias, a pedra fosse restituída aos sarracenos. E, quando esta ordem chegou, os cristãos ficaram coléricos, sem saberem o que haviam de fazer...

Então houve o milagre que passo a contar-vos: quando chegou a madrugada do dia marcado para entregar a pedra aos sarracenos, a coluna que estava sobre o pedestal, por vontade de Nosso Senhor Jesus Cristo apartou-se dele e ficou suspensa no ar, à distância de três palmos da terra, e assim ficou, como se a pedra estivesse debaixo a segurá-la. Desde aquele dia a coluna ficou suspensa e assim está; isto foi tomado por um milagre.

Deixemos este caso e contaremos quais as propriedades de uma província chamada Carcã.

53

A província de Carcã

Carcã[102] é uma província que se percorre em cinco jornadas. A população obedece à lei de Maomé. Há alguns cristãos nestorianos. Pertencem à jurisdição do sobrinho do Grã-Cã, do qual vos falei há pouco. Vivem estes na abundância, mas sobre eles nada há de notável a contar; por isso falaremos de Cotã.

54

A província de Cotã

Cotã[103] é uma província que existe entre o Levante e o Nordeste; leva-se dez jornadas a percorrê-la. Pertence ao Grã-Cã. Os seus habitantes adoram a Maomé.

Há nesta província abundância de alimentos e algodão em quantidade; tem muitas propriedades, vinhas e jardins; vive do comércio e da indústria. Não é guerreira a gente desta província.

Daqui saímos para Peim, outra província da qual vos falarei.

55

A província de Peim

Peim é uma província que podemos visitar em cinco jornadas, situada entre o Levante e o Nordeste; os habitantes adoram a Mafoma e são vassalos do Grã-Cã; é rica em cidades e castelos e a capital do reino chama-se Peim. Há nesta província um rio cujas águas contêm pedras preciosas, jaspe e calcedônias. Há abundância de mantimentos. O algodão cresce ali à vontade. Vive a população da indústria e do seu comércio.

Tem esta terra um costume singular: quando um marido se separa da sua esposa para ir em viagem durante vinte dias ou mais, tem sua mulher o direito de escolher outro homem com quem se deitar até o marido voltar. Assim se usa nesta terra.

Todas estas províncias, Caschar, Carchã, Cotã, Peim e Ciarchiã, de que adiante se fala, pertencem à Grande Turquia.

56

Começa aqui o relato sobre a província de Ciarchiã

Ciarchiã[104] é uma província da Grande Turquia, entre o Nordeste e o Levante. Os seus habitantes adoram também Maomé. Possui numerosas cidades e castelos; e a mais formosa dessas cidades é a capital, chamada Ciarchiã.

Há um rio que tem nas suas águas pedras preciosas em abundância, que são vendidas aos mercadores de Catai e dão muita riqueza, porque aparecem em grande quantidade. Toda esta província tem muita areia: e de Cotã a Peim é toda a terra arenosa e estéril. Há águas amargas, mas também as há muito boas e doces.

Quando chega um exército inimigo, refugiam-se todos, com suas mulheres e filhos e cavalos, no descampado, durante dois ou três dias, onde haja água e onde possam viver. Ninguém descobrirá o seu paradeiro, pois o vento faz desaparecer o rasto dos passos no sítio por onde tiverem passado; parece até que nunca houve pisadas humanas por aqueles sítios.

Desta forma escapam ao inimigo, e se acontecesse que um exército passasse por ali, e se fosse um exército amigo, esconderiam os seus cavalos, porque não querem que os comam; os guerreiros não costumam pagar o que vão comendo.

Desde Ciarchiã há cinco jornadas de caminho por entre as dunas, onde existem águas malcheirosas e amargas. Nada há digno de menção nesta província. Ao fim de cinco dias encontramos uma cidade, no extremo do deserto, onde é preciso que os homens se abasteçam de víveres, para poderem atravessá-lo.

Prossigamos noutro relato.

57

A cidade de Lop

Lop[105] é uma grande cidade, ao pé do extenso deserto chamado Lop[106], entre Levante e Nordeste. Esta cidade pertence ao Grã-Cã. Os seus habitantes adoram a Maomé. Os que desejam passar o deserto descansam nela durante uma semana, para se refrescarem e para aliviarem a carga das suas cavalgaduras. Ao fim da semana abastecem-se de víveres para um mês e abandonam a cidade para entrarem no deserto. Este é tão grande que num ano não se pode percorrê-lo em toda sua extensão.

Na região mais estreita é preciso um mês para a travessia. Está cheio de dunas, montanhas e vales. Nada há ali para comer. Ao fim de um dia e de uma noite de caminho encontra-se, sem dificuldade, água com um sabor um tanto acre, mas que serve para matar a sede de uns 50 ou 100 homens, e dos cavalos. Só em três ou quatro sítios existe água amarga; as outras são boas e há 28 nascentes.

Nenhum pássaro existe; não encontraria o que comer. Mas ouvireis falar agora de uma maravilha que passo a contar-vos.

Se, cavalgando de noite por esse deserto, alguém se afastar da caravana e ficar um instante longe dos seus companheiros, para dormir ou para qualquer necessidade que tenha, ao querer novamente alcançá-los ouve vozes que lhe falam como se fossem dos seus companheiros de viagem e que até o chamam pelo seu próprio nome.

Isto faz com que se desoriente cada vez mais, de forma que de todo fica perdido. Deste modo pereceram e perderam-se muitos viajantes. Até durante o dia se ouvem as vozes desses espíritos e parece ouvirem-se também instrumentos estranhos, assim como o rufar dos tambores[107].

É assim que se atravessa o deserto, com grandes canseiras.

Deixemo-lo, pois já contamos alguma coisa, e vou falar-vos da província que se encontra neste deserto.

58

A província de Tangut

Após três dias de marcha no deserto de que já vos falei, encontra-se uma cidade chamada Sachim[110], propriedade do Grã-Cã; a província chama-se Tangut[109].

Nesta terra os homens são idólatras; mas há, também, alguns cristãos. Os idólatras têm a sua maneira de falar, não vivem do comércio mas sim da agricultura. Há muitos templos e mosteiros, cheios de ídolos de muitas classes, aos quais sacrificam e pelos quais têm o maior respeito[108].

Quando nasce a algum homem um filho, este engorda um carneiro para oferecê-lo a um ídolo. Ao fim de um ano, no dia da festa desse ídolo, aquele que criou o cordeiro leva-o com grande pompa ao templo.

Logo o conhecem e o levam diante do deus, com o maior respeito, e ali o deixam até ele fazer as suas orações, para que o ídolo proteja o seu menino, pois imaginam que os ídolos comem a substância da carne.

Feito isto, coze-se a carne, que é levada para casa, em triunfo, e convidam parentes e amigos a comeremna com o maior alvoroço; e, depois de comida a carne, guardam cuidadosamente os ossos num vaso e em lugar seguro, em vista de terem sido tocados pelo ídolo.

Se alguma pessoa morre, os parentes levam o corpo para o sítio onde há de ser queimado. No lugar indicado, os parentes fazem uma casinha de madeira, que cobrem de seda e de telas de ouro e, logo que o morto está depositado nesse túmulo, a assistência traz para ali vinhos e carne. Fazem isto porque imaginam que assim o morto será recebido no outro mundo.

Também quando o cadáver chega ao sítio onde há de ser queimado, os seus parentes e amigos fazem cortar, num papel, figuras humanas, carneiros, cavalos, camelos e moedas, e ainda outros simulacros; e tudo é queimado junto com o corpo do defunto; e pretendem que no outro mundo o morto tenha tantos servidores, animais e objetos como tantos foram os que ali queimaram em efígies de papel.

Quando levam o corpo a incinerar, fazem tanger quantos instrumentos possuem e fazem música em redor.

Também quando algum destes idólatras morre, os parentes chamam os astrólogos, dizem-lhes qual foi a data do nascimento, em que mês nasceu, em que dia e hora e, segundo essas indicações, os astrólogos adivinham por artes diabólicas em que data deve ser queimado o corpo. E assim fica o cadáver em casa uma semana, um mês e até seis meses, sem ser queimado.

Jamais um corpo é incinerado sem que o adivinho avise a família de que chegou a hora. Entretanto, o corpo fica depositado em casa e desta maneira fazem um caixão com pranchas de grossura de um palmo; põem nesse caixão o corpo do defunto e cobrem-no com panos ensopados em alcanfor e outros líquidos perfumados, conseguindo assim que o corpo do defunto não cheire mal.

Os parentes do defunto querem que este os acompanhe à hora das refeições e põem o caixão ao pé da mesa, dando-lhe de comer como se estivesse vivo; fazem isto tantos dias quantos forem aqueles que o tiverem em casa.

Este simulacro dura um bocado, tão convencidos estão de que a alma come estes alimentos. Algumas vezes o astrólogo diz-lhes que não convém que o morto saia pela porta principal, e fecham-na, pregando uma tábua e tirando o defunto por uma porta diferente ou abrindo um buraco na parede. Todos os idólatras têm esses mesmos costumes. Deixemos este assunto para falarmos noutras cidades que estão perto do deserto[111].

Notas

100. Em Kashgar se juntava uma bifurcação da Estrada da Seda, vinda de Bukhara e seguindo em direção a Samarcanda.

101. Djagatai era tio de Nogodar (vide capítulo 36). (N. do T.)

102. Yarkand, no Sinkiang. A partir de Kashgar, Marco Polo seguirá a estrada que descreve um grande arco de círculo em direção ao sul, seguindo a fronteira do deserto de Taklamakan, ao norte do Tibete.

103. Catão, a atual Hetian, no Sinkiang.

104. Isto é, o Turkistão atual.

105. Seria uma cidade hoje desaparecida situada à beira do Lop Nor – o lago Lop –, o que permitiria supor que a estrada atual desviava-se um pouco para o norte, ou seja, da atual cidade de Carxliq, sempre no Sinkiang, sobre a atual estrada.

106. Deserto de Gobi.

107. Nesta travessia do deserto de Gobi, Marco Polo atribui causas sobrenaturais a fenômenos naturais, a miragens óticas e acústicas que desde então foram descritas.

108. Cha-Tcheou, a atual Dunhuang na província de Kan-sou.

109. A província de Tangut corresponde, grosso modo, às atuais províncias de Kansou e de Ning-hia. Ela constituirá o antigo reino dos Tangut, de origem tibetana, que durou de 990 a 1227.

110. Trata-se dos mosteiros budistas. O budismo sob a forma tibetana era a religião oficial dos Tangut.

111. Entre Dunhuang e Suzhou, a próxima etapa, o itinerário sul da Estrada da Seda une-se ao itinerário contornando os montes Tien-Shan pelo norte, que foi provavelmente seguido pelos irmãos Polo quando de sua primeira viagem. Segundo seu hábito, Marco Polo descreve uma parte deste itinerário no sentido contrário a partir de seu ponto de junção.

Parte VIII

59

A província de Camul

Camul[112] é uma província que foi outrora um reino com cidades e castelos numerosos; a capital desse reino chama-se igualmente Camul. A província está encravada no deserto; de um lado, o grande deserto; do outro, um menor, que se pode atravessar em três dias.

Os indígenas são idólatras e têm o seu idioma; vivem comendo fruta, pois que a têm em abundância, alimento esse que vendem também aos viajantes que passam por ali.

São homens de caráter alegre que nada mais sabem do que cantar e tocar toda a qualidade de instrumentos e dar ao seu corpo os regalos que este pede.

São hospitaleiros, e se um estrangeiro vem hospedar-se em casa deles ficam encantados, dizendo às suas mulheres que façam tudo o que o seu hóspede pedir.

Saem estes homens de casa para tratarem dos seus afazeres e fora dela ficam dois ou três dias. O hóspede fica sozinho em casa com a mulher daquele que lhe deu hospedagem e faz dela o que quiser.

Deita-se com ela como se fosse a sua própria mulher e sentem-se os maridos muito honrados com essa distinção.

Todos os homens que vivem nesta cidade são assim enganados pelas mulheres, mas não se preocupam com isso. As mulheres são formosas, frescas e muito alegres e fazem no leito tudo o que o hóspede lhe pede.

Aconteceu que, nos tempos de Mangu-Cã[113], senhor dos tártaros, lhe foi dito que os homens de Camul permitiam a suas mulheres que fossem adúlteras. Mangu proibiu-lhes que dessem pousada aos forasteiros na sua própria casa.

Quando isto ouviram, os da população indignaram-se. Reuniram-se todos em conselho e decidiram o seguinte: levar a Mangu um grande presente, pedindo-lhe que lhes permitisse fazerem de suas mulheres todo o uso que quisessem, segundo o costume dos seus antepassados; estes permitiam aos estrangeiros que desfrutassem as suas mulheres e os seus bens. Que os ídolos viam esta maneira de proceder com complacência e assim se multiplicavam os seus haveres, em vez de minguarem.

Quando Mangu-Cã ouviu estas considerações, disse:

– Visto que quereis uma tal vergonha, assim a tereis.

E consentiu que fizessem a sua vontade e guardassem os seus costumes, como fazem até os nossos dias.

Deixemos Camul e vamos a uma outra província transmontana pertencente ao Grã-Cã.

60

A província de Chinchitala

Chinchitala[114] é uma província que está mais para o poente, ao pé do deserto e a uma distância de dezesseis jornadas.

Pertence ao Grã-Cã; há nela castelos e cidades e três classes de religiões: os cristãos, os que adoram a Maomé e os idólatras.

Nos confins desta província, para os lados do poente, há uma montanha, na qual se encontra ferro e ônix.

Também ali se encontra o mineral a que chamam salamandra[115]. Ficai sabendo que a salamandra não é um animal, como se diz, mas apenas o que vou explicar-vos; é certo que nenhum animal pode viver no fogo, porque por sua natureza está feito para os quatro elementos, e não apenas para um.

Como as pessoas não sabiam o que era uma salamandra, diziam que era um animal, mas não é assim.

Tive um companheiro de viagem, cujo nome era Zurficar[116], um turco muito sábio que, por três anos, teve concessão do Grã-Cã para explorar a salamandra, o ônix, o ferro e outras coisas. O Grã-Cã havia-o encarregado de governar durante esses três anos esta província, para ocupar-se da salamandra, e o meu companheiro explicou-me e eu vi tudo com os meus próprios olhos.

Quando se fazem escavações na montanha, tiram dela uma terra cheia de fios, como os da lã. Secam esses fios ao sol e pisam-nos num almofariz de metal, depois lavam-nos com água, apartam-nos da terra e afiam-nos. Com eles tecem panos muito bonitos.

Estes panos não são muito brancos, quando os tiram do tear, mas lançam-nos ao fogo e os deixam estar ali por uma hora, e quando os tiram estão brancos como a neve, e não se gastaram.

É esta a verdade e de tudo o mais que se conta das salamandras que vivem no fogo não ouvi coisa alguma. E de todas as vezes que o dito pano está sujo, não o lavam, mas deitam no fogo, e fica branco outra vez; mas é preciso que não tenha costuras.

E dizem que em Roma há um grande lenço deste pano, que o Grã-Cã enviou ao Papa, para envolver com ele o sudário de Nosso Senhor Jesus Cristo.

61

A província de Suciu

Distante desta província pelo espaço de dez jornadas, entre o Levante e o Nordeste não se encontra qualquer povoado; nada há digno de menção; ao fim de dez jornadas, achamo-nos numa província chamada Suciu, na qual há numerosas cidades e castelos; a capital chama-se também Suciu[117].

Há nela cristãos e idólatras; são todos vassalos do Grã-Cã. A província a que pertence e que mencionei acima chama-se Tangut[118]. Nas montanhas, colhe-se ruibarbo em quantidades. Ali o adquirem os mercadores para levarem e vendê-lo, pelo mundo. Os indígenas vivem da agricultura.

Deixaremos estes lugares e falaremos agora de uma cidade chamada Campiciu.

62

A cidade de Campiciu

Campiciu[119] é a principal cidade que se encontra no Tangut. Seus habitantes são idólatras e alguns adoram a Maomé. Há também cristãos que têm três grandes e formosas igrejas. Os idólatras também têm os seus templos e rezam segundo os seus ritos.

Possuem uma quantidade de ídolos; há os enormes; uns são de pedra, outros de madeira ou de barro, todos cobertos de ouro e muito bem-lavrados. Os ídolos maiores estão rodeados pelos menores, que parecem fazer-lhes reverências.

Já que vos falo dos ídolos, vou contar-vos mais pormenores acerca deles.

Sabei que o clero dos idólatras vive mais regularmente do que as outras pessoas. Evitam a injúria, embora não a tomem por um grande pecado. Mas se um homem procede com uma mulher de forma a ir contra o que é natural, esse homem é condenado à morte.

São muito respeitosos das leis dos seus deuses. Contam o ano por lunações, sem terem meses nem semanas. E, em algumas das lunações, guardam cinco dias seguidos, durante os quais não podem matar animais nem pássaros, nem comem rês que tenha sido sacrificada durante esses dias e vivem durante eles mais honestamente do que nos outros dias.

Têm direito a ter trinta mulheres, mais ou menos, segundo a proporção do seu patrimônio e se podem mantê-las. Mas a primeira é havida por mulher mais lídima. E sempre vos direi que não têm em conta certos pecados graves, porque vivem como os animais.

Misser Nicolau, Misser Mafeu e eu, Marco, vivemos um ano nesta cidade, por motivo de negócios que é inútil mencionar.

63

A cidade de Ezina

Saindo de Campiciu, cavalga-se durante doze jornadas, até chegar a uma cidade chamada Ezina[120], que é também vizinha do deserto de areia e pertence à província de Tangut. Os indígenas são idólatras; têm falcões e bichos raros; vivem da agricultura e não se dedicam ao comércio.

Nesta cidade, é preciso cada um abastecer-se para quarenta dias, pois, ao deixá-la, atravessa-se um deserto onde não há casas nem gente viva, salvo nos montes ou em alguns vales, onde moram alguns homens, no verão.

Encontram-se ali, amiúde, muitos burros selvagens e animais estranhos, e há bosques cheios de pinheiros. Depois de quarenta dias de caminhar nesse deserto chega-se a uma província onde há uma grande cidade chamada Karakorum[121].

Notas

112. Território da cidade de Kamil, atualmente Hami, no Sinkiang.

113. Mangu-Cã foi o quinto Cã; reinou de 1251 a 1259 e antecedeu a Cublai- Cã (vide cap. 69).

114. Os comentadores não estão de acordo sobre a identificação desta região, mas se considerarmos que ela deve

encontrar-se no mesmo caminho na sua direção noroeste podemos situá-la nas imediações do Urumchi no Sinkiang.

115. Quer dizer, o amianto.

116. A personagem não é identificada, mas seu nome indica que era muçulmana como uma grande parte de seus compatriotas e correligionários utilizados como funcionários no império do Grã-Cã.

117. Marco Polo volta a seu itinerário principal. A atual Suciu no Kan-su.

118. É a cidade de Ganzhu. Também em Kan-su.

119. Aqui e no capítulo seguinte será descrito um itinerário que se dirige para o norte.

120. Eçina, a atual Ejinaqi, encontra-se em um oásis do Gobi nas fronteiras da Mongólia.

121. Carocoroum, fundada por Oegoedei, foi a residência dos Grandes Cãs até a descida de Cublai a Cambaluc (Pequim) em 1260. Ela estava situada sobre o rio Orkhon ao norte da Mongólia. Guilherme de Rubruck, embaixador de São Luís, visitou-a em 1252 para assistir ao coroamento de Mongka.

Parte IX

64

Karakorum, onde surgiu o império tártaro

Terminado o caminho do dito deserto, chega-se à cidade de Karakorum, que tem três milhas de circunferência. Foi aqui que teve começo o império dos tártaros, que viviam nestas terras, onde então não havia cidades nem castelos, mas apenas pastagens.

Vou contar-vos os feitos dos tártaros e como eles conquistaram o mundo.

Os tártaros viviam nesta região, onde havia uma grande planície[122] sem habitações, nem cidades ou fortalezas; mas os pastos eram excelentes e os rios caudalosos. Não tinham rei mas é verdade que pagavam tributo a um senhor que no seu idioma chamavam Cã, o que significa grã-senhor. E era este o Prestes João[123], de quem falam todos, no grande Império.

Os tártaros davam-lhe uma renda de dez cabeças de gado[124]. Mas o povo multiplicou-se, e, quando isto viu, o Prestes João decidiu dividi-lo por várias regiões, e enviar, para governá-las, alguns dos seus barões.

Quando os tártaros ouviram o que o Prestes João pretendia fazer deles, ficaram enraivecidos. Emigraram então para outro deserto, onde o Prestes João não podia alcançá-los nem prejudicá-los. Declararam-se revoltados, não pagaram mais os seus tributos e assim viveram algum tempo.

65

Gêngis, o primeiro Cã dos tártaros

Aconteceu que, no ano de 1187 da Encarnação de Jesus Cristo, os tártaros elegeram seu rei um pastor que, na sua língua, se chamava Gêngis[125]. Era homem de muito valor, com bons sentimentos e valente. E quando o elegeram rei, todos os tártaros do mundo, que estavam separados em países estrangeiros, chegaram-se para ele e aclamaram-no como grã-senhor.

Gêngis Cã governou sabiamente o seu povo, e quando o sentiu forte, ampliou os seus domínios, conquistando muitas províncias. Mas não deixava matar os vencidos, tinha para com eles a maior clemência; não lhes fazia mal algum; prosseguia com as suas hostes, nas conquistas de outros povos.

Assim, conquistou as muitas terras de que tendes ouvido falar, e os habitantes, vendo o bom governo deste senhor e a sua bondade, submetiam-se de boa vontade. E era maravilhosamente amado e querido. Quando teve como súditos uma multidão capaz de encher a terra inteira, declarou que queria conquistar o mundo, e enviou emissários ao Prestes João, no ano de 1200 do nascimento de Cristo, a pedir-lhe a sua filha para mulher[126].

Quando o Prestes João ouviu o que Gêngis pretendia, respondeu asperamente que antes lançaria a filha a uma fogueira do que a daria por mulher a um servo e vassalo. Expulsou os mensageiros da sua presença, dizendo-lhes:

– Dizei ao vosso senhor que o condeno à morte por ser traidor e desleal, e por ter a audácia de pedir a filha do seu senhor para mulher, e que eu o farei morrer de morte afrontosa.

Partiram os emissários a toda a pressa e não pararam antes de chegar à presença do seu senhor, a quem contaram tudo o que lhes havia dito o Prestes João.

66

Gêngis prepara um grande exército para combater Prestes João

Quando Gêngis Cã ouviu as palavras que o Prestes João dissera contra ele, pareceu-lhe que de raiva lhe estalava o coração dentro do peito. Pois, repito, tratava-se de um grande senhor. Falou a todos os que o rodeavam, dizendo-lhes que tudo abandonaria, o seu domínio e senhorio, se não fizesse pagar bem caro ao Prestes João a afronta que lhe fizera, e que sem demora lhe provaria qual dos dois era o servo.

Reunindo a sua gente, organizou o maior exército que até então se vira, com todos os armamentos terríveis de que dispunha, e fez saber ao Prestes João que iria contra o exército dele e que se preparasse para se defender.

O Prestes João, ao saber que vinha um tal exército atacá-lo, disse muito confiante que tudo aquilo nada era e que daquela gente por não ser guerreira nada havia a temer; todavia, preparou-se e reuniu um exército enorme.

Assim preparados de uma parte e doutra, Gêngis Cã experimentou as suas forças, na grande planície chamada Tangut, que pertencia ao Prestes João, e ali aparelhou os seus cavalos, e eram tantos os homens que não podia contá-los.

Ali soube com regozijo que o Prestes João vinha ao seu encontro e viu que nesta planície tão ampla podia ser começada a batalha; tardava-lhe principiar a luta, corpo a corpo, com o inimigo.

67

Prestes João vai ao encontro de Gêngis Cã

Quando o Prestes João soube que Gêngis Cã vinha ao seu encontro, com toda a sua gente, caminhou com os seus guerreiros até chegarem à planície de Tangut e fizeram o acampamento a vinte milhas de distância das hostes de Gêngis Cã. Cada exército descansou, para estar bem disposto no dia da batalha.

Assim prontos para a luta, os dois exércitos esperaram. Gêngis Cã fez vir à sua presença os seus astrólogos, um cristão e o outro sarraceno, e perguntou-lhes qual dos exércitos seria o vencedor na contenda.

Os astrólogos consultaram as estrelas. O sarraceno não soube dizer a verdade, mas aquele que era cristão foi mais feliz e falou com acerto.

Apanhou uma cana, partiu-a em dois bocados iguais e pô-las dum lado e doutro, de modo a que ninguém lhes tocasse. Uma levava escrito o nome de Gêngis e a outra o do Prestes João. E disse:

– Senhor, vês esta cana que leva o teu nome, assim

como esta outra leva o do Prestes João; quando tivermos feito as nossas invocações, elas lutarão e a que ficar por cima da outra indicará quem há de ganhar a batalha.

Gêngis Cã disse que ansiava por ver o resultado e apressaram a experiência. Os astrólogos pegaram nos seus livros e leram as suas encantações.

Então, a cana que representava Gêngis ergueu-se sem que ninguém lhe tocasse e pôs-se em cima da outra. Quantos por ali estavam isto mesmo viram. E, vendo-o, Gêngis Cã não cabia em si de contentamento. E como tinha os cristãos por homens honrados, encheu-os de honrarias e teve-os na maior consideração, como a cavaleiros honrados e verdadeiros.

68

Gêngis Cã derrota Prestes João na Planície de Tangut

Durante dois dias, as duas hostes inimigas bateram-se duramente. E foi batalha maior e mais encarniçada que jamais viu o gênero humano. Houve grandes perdas, duma parte e doutra, mas afinal venceu Gêngis Cã esta batalha, na qual morreu o Prestes João.

Gêngis continuou nas suas conquistas. Depois desta vitória, reinou seis anos. Apoderou-se de vários castelos, cidades e províncias. Mas, ao cabo desses seis anos, indo a um castelo chamado Coaguin[127], foi ferido por uma seta; daí lhe veio a morte[128]. Foi uma desgraça, porque Gêngis Cã era sábio e valente[129].

Contei-vos como os tártaros elegeram o seu primeiro grã-senhor e como venceram Prestes João. Agora falarei dos seus usos e costumes.

122. Planície de Tangut. (N. do T.)

123. Marco Polo fixa, aqui, uma outra lenda, a de Prestes João – rei cristão situado além dos países muçulmanos, cuja origem histórica reside nos soberanos dos turcos nestorianos da Mongólia. Sobre o Prestes João, ver também a introdução.

124. Isto é, de cada cem cabeças, davam dez ao Prestes João. Era o dízimo. (N. do T.)

125. A data não corresponde à realidade, Marco Polo tendo tido, aparentemente, problemas com as conversões de um calendário a outro. Gêngis tornou-se soberano de seu povo em 1197 e imperador em 1205.

126. Aqui o erro é menor, porque o acontecimento está situado pela história mongol em 1202. Quanto ao relato, corresponde, grosso modo, aos fatos históricos, com a diferença de que Gêngis havia pedido a filha de Ong-Cã para seu filho Djoetchi e não para si mesmo.

127. Aqui Marco Polo toma abertamente liberdades para com os fatos históricos. Gêngis morreu 24 e não 6 anos depois da batalha com Ong-Cã, de uma queda de cavalo e não devido a uma flecha; quanto a Caagiu, não é identificável.

128. O lugar onde foram enterrados Gêngis e seus sucessores permanece desconhecido até nossos dias. Deveria situar-se no Kentei na nascente do Onon, ao norte da Mongólia. Quanto aos montes Atlai, eles se encontram a oeste da Mongólia.

129. A longa permanência de Marco Polo na corte mongol pode torná-lo suspeito de parcialidade, mas o conjunto dos historiadores não faz juízos muito desfavoráveis sobre Gêngis Cã.

Parte X

69

Os Cãs que reinaram depois de Gêngis

Depois de Gêngis Cã reinou Cin-Cã; o terceiro a reinar foi Batin Cã; o quarto, Alcon Cã; o quinto, Mangu-Cã, e o sexto, Cublai Cã[130], que é o maior e o mais poderoso de todos eles. Pois todos juntos não tiveram tão grande poder como Cublai, e nem os imperadores cristãos, mouros ou sarracenos podiam ter ou tiveram nunca tanto poder como ele. Isto demonstrarei neste livro.

Todos os reis dos tártaros e os do seu sangue são enterrados no monte Atlai. Mesmo que estejam a cem jornadas da montanha, para ali são levados, quando morrem. E, ao levarem o corpo destes senhores para a montanha, todos os homens encontrados no caminho do cortejo fúnebre são atravessados pela espada daqueles que levam o corpo; esses homens dizem:

– Ide servir a vosso senhor no outro mundo – pois acreditam firmemente que esse que assim morre irá servir o seu senhor. A mesma sorte têm os cavalos; quando morre algum grã-senhor, os seus melhores cavalos são sacrificados, para que possam servi-lo no outro mundo. E sabei isto: quando morreu Mangu-Cã, mais de 20.000 homens morreram, por serem encontrados na passagem do morto, que levavam à sepultura.

Mais coisas vos contarei dos tártaros; vivem eles, durante o inverno, em planícies férteis e em regiões temperadas, onde há pastos excelentes para o gado. No verão vivem em lugares frescos da montanha e nos vales, onde encontram água e pasto para os seus rebanhos. Têm casas, à maneira de tendas, cobertas de feltro, que levam para onde vão. Atam as vigas com tanto saber que são facilmente transportadas. E, quando armam estas casas improvisadas, põem a porta sempre para o lado do Meio-Dia.

Têm carretas também cobertas de feltro, e deste modo, quando chove, nada fica danificado no interior delas. Estes carros são puxados por bois ou por camelos. Neles levam as mulheres, os filhos e todas as suas coisas. A mulher é, naquela terra, quem tudo compra e vende, e fabrica o que é necessário ao dono da casa e à família, pois que os homens só se ocupam da caça e da guerra.

Alimenta-se esta gente de carne, caça e leite; come carne de cavalo e de cão, e até dos ratos, que abundam na planície, isto é, come toda a qualidade de carne e bebe leite de égua. Não são capazes de tocar nas mulheres uns dos outros, pois acham que isso seria uma vilania. As mulheres são leais e boas pessoas e são muitíssimo habilidosas nos seus trabalhos.

Os casamentos são feitos assim: cada homem tem direito a cinco mulheres, se lhe apetecer tê-las, e se puder mantê-las. Os maridos pagam o dote à sogra e a mulher nada dá ao marido. Tomam a primeira mulher pela melhor de todas e a mais digna de ser venerada.

Têm mais filhos do que os outros homens, isto em relação ao número de mulheres que têm. Casam com suas primas e com as madrastas. Também casam com as suas cunhadas, sempre que o irmão tenha morrido, e quando se casam celebram grandes festas.

70

O Deus dos tártaros e sua lei

Esta é a sua lei: acreditam num só deus, a quem chamam Vatigai[131], dizem que é um deus terrestre e cuida de seus filhos, do seu trigo e do gado; têm por ele o maior respeito e cada pessoa tem um destes deuses em casa. Representam-no geralmente feito de feltro e trapos e também à sua mulher e filhos. Sentam a mulher à esquerda e os filhos adiante. Quando comem, em sinal de veneração, untam a boca do seu deus com carne gorda e à mulher e aos filhos.

Feito isto, dizem que o deus e a sua família tiveram a sua parte. Depois, comem eles próprios. Bebem leite de égua, preparado de tal modo que parece vinho branco e é muito bom. Chamam a este vinho quemis[132].

Os homens ricos vestem-se de panos de ouro e brocado de seda e trazem por baixo das roupas ricas peles de zibelina e de arminho, que são muito raras e preciosas.

As suas armas são: o arco, a espada e a maça. Mas servem-se mais do arco do que de outra qualquer arma, pois sabem manejá-lo muito bem. Defendem o corpo com couraças de couro curtido, muito forte, de búfalo e de outros animais de pele dura.

São excelentes homens de armas e guerreiros valentes, que resistem mais do que quaisquer outros. Muitas vezes, quando estão em campanha, suportam um mês sem comer. Então bebem leite de égua e comem alguma carne de animais caçados. Os seus cavalos pastam o que encontram, visto não estarem acostumados a cevada nem palha. São muito disciplinados e obedientes ao seu senhor; quando estão na guerra, passam a noite a cavalo, armados dos pés à cabeça; os cavalos vão pastando as ervas que encontram, ao passarem. São corajosos, incansáveis na faina; é a gente mais bem preparada para conquistar reinos e império.

Dividem-se hierarquicamente da seguinte forma: quando um senhor dos tártaros vai à guerra, leva 100.000 cavaleiros e distribui-os assim: cada dez homens têm um chefe, um grupo de cem tem outro chefe, outro comanda 1.000 homens, e outro 10.000, de forma que o general não necessita reunir em conselho mais do que dez homens. Aquele que tem a seu cargo 10.000 homens não tem mais a fazer do que tratar com dez, e os que têm cem, com outros tantos, e assim sucede, porque cada um obedece ao seu chefe.

Quando o senhor de 100.000 homens quer enviar para a frente uma coluna do seu exército, chama os chefes de cada 10.000 homens, para que lhes entreguem 1.000 dos seus comandados e o chefe dos 10.000 pede 100 a cada um dos chefes de 1.000, e cada um destes pede 10 aos chefes de 100 e os chefes de 10 escolhem um dos seus homens. E assim para que todos igualmente sejam enviados.

Ao conjunto de 100.000 homens chamam tong, aos de 10.000, tomã, aos de 1.000, minies, aos de 100, gus, e aos de 10, us.

E quando o exército entra em ação, seja na montanha ou na planície, seguem à sua frente uns 200 homens e outros tantos atrás, e fazem isto para evitar surpresas do inimigo. Quando vão muito longe guerrear, só levam as armas, uns pequenos odres de couro para o leite que hão de beber, uma panela para cozer a carne e a tenda de feltro para se abrigarem da chuva. Posso dizer-vos que, se for preciso, cavalgam dez dias sem comerem e sem acenderem fogueiras; alimentam-se com o sangue dos cavalos, aos quais picam numa veia e chupam o sangue. Também levam leite feito numa pasta seca, e, quando a molham, essa pasta derrete-se e serve-lhes de bebida substancial.

Quando se batem com os seus inimigos, muitas vezes simulam fugir e rapidamente voltam e os assaltam quando não são esperados. Têm os seus cavalos bem ensinados, de modo que estes se atiram aos adversários como se fossem cães. Quando o inimigo imagina que eles estão vencidos e em fuga, é ele próprio que está perdido. E os tártaros combatem com tanta valentia que vencem sempre.

Tudo o que vos contei se refere aos usos e costumes dos tártaros antigos; no presente, deixaram muitos deles, conformando-se com os das províncias onde habitam. Os costumes de Catai são os dos idólatras; os do Levante são à maneira sarracena.

Aplicam a justiça do seguinte modo: quando algum homem rouba um objeto de pouco valor, pelo qual não mereça ser morto, dão-lhe sete vergastadas, ou 17, ou 27, ou 37, ou 47, até 107, segundo o valor do roubo. Se roubam um cavalo, são condenados a ser cortados pelo meio. Se o ladrão tem com que pagar, paga nove vezes o valor do objeto roubado e então é deixado em paz.

Cada senhor proprietário de um determinado gado manda-o marcar com um selo ou um sinal; assim fazem aos cavalos, às éguas, aos camelos, às vacas, aos touros e a outros animais. Soltam-nos, para que pastem sem que o pastor tenha cuidado neles, e se se misturam os rebanhos, cada um restitui a peça ao seu proprietário segundo a marca que tem. Os cordeiros, os carneiros e as cabras estão ao cuidado de um pastor. Todo este gado é possante e há formosos exemplares.

Vou dizer-vos outro costume que têm e que me esquecia de contar-vos: quando entre dois vizinhos há um que perde um filho de quatro anos ou mais, e ao outro morre uma filha, casam um com outro. Dão a filha morta ao filho defunto e fazem uma ata.

A seguir, queimam o documento e o fumo que se levanta no ar dizem que vai até o outro mundo, atestar que os dois são marido e mulher. E, depois, celebram um grande festim e espalham carne por aqui e por ali, dizendo que desse festim aproveitam também os filhos que estão no céu. Também fazem pintar num papel o retrato do filho e dos cavalos, as selas e as armas e igualmente os queimam e dizem que todas estas coisas que queimaram serão pertences de seus filhos, no outro mundo. Feito isto, consideram-se parentes e tratam-se com muito carinho, como se os filhos vivessem na realidade.

Falei-vos largamente dos costumes dos tártaros; mas ainda ficou por contar acerca dos gestos do Grã-Cã que é o Grã-senhor dos tártaros e da sua poderosa corte imperial; mas disso falarei neste livro, no momento próprio e em outro lugar, pois são narrativas dignas de ser contadas.

Voltemos à grande planície, de onde nos afastamos quando principiamos a falar dos costumes dos tártaros.

71

A planície de Bargu e os indígenas

Afastando-nos de Karakorum e de Atlai, dirigimo-nos a uma região chamada Bargu[133], que tem a extensão de quarenta jornadas. Os habitantes chamam-se Merkit[134] e estão sujeitos ao Grã-Cã. Vivem com os seus rebanhos e sustentam-se da caça. Amansam os veados, de que têm grande número. Os seus costumes são os dos tártaros. São muito selvagens. Não sabem o que é o vinho nem o trigo; no verão, têm grande abundância de animais silvestres e de aves, que caçam para comerem, mas no inverno necessitam de tudo, por causa da intensidade do frio.

Acabadas aquelas quarenta jornadas, chega-se ao Oceano, junto do qual há umas montanhas, onde abundam açores e falcões. Não existem por ali mulheres, nem homens, nem bestas, nem outros pássaros, à exceção de um, chamado barguerlac[135], que serve de alimento aos falcões. Tem o tamanho da perdiz, as patas são como as do papagaio, o pescoço como o da andorinha; voa muito bem, e, quando o Grã-Cã deseja falcões caçadores, reclama que lhes mandem dessa comarca, pois nascem numa ilha que há no mar, assim como os gerifaltes.

Esta comarca está situada tanto para o lado do setentrião que a estrela do Norte fica um pouco para trás, para o lado do Meio-Dia. Os gerifaltes nascem nesta terra com tanta abundância que o Grã-Senhor tem quantos queira. Os cristãos que os trazem daquelas terras não os levam ao Grã-Cã, mas sim a Arghum, senhor do Levante.

72

O reino de Eguermul

Quando deixamos Campiciu, de que já falei, andam-se cinco jornadas por um caminho ao qual se têm referido certos espíritos malignos e ao fim, no Levante, encontra-se um reino chamado Eguermul[136]. Pertence ele ao Grã-Cã e faz parte da província de Tangut, que está dividida em vários reinos. Os seus habitantes são cristãos nestorianos, ou idólatras ou maometanos. Há muitas cidades nesta província, e a capital é Eguermul. Desta cidade, vai-se para o país de Catai.

Caminhando para o Catai, encontra-se uma cidade chamada Cilingiu[137]. A província tem o mesmo nome. Aqui também há numerosas vilas e fortalezas. Também fazem parte do Tangut e pertencem ao Grã-Cã. Há ali bois selvagens, com chifres enormes e lindo pêlo comprido, menos no dorso, sarapintados de branco e negro. Os da terra domesticaram alguns destes touros; reproduzem-se de tal modo que há grande quantidade deles. Com eles, vão os homens à caça e trabalham; e, como têm muita força, fazem muito mais trabalho do que os outros animais[138].

É nesta região que há o melhor e o mais fino almíscar. Sabei que o almíscar se colhe assim: há um animalzinho do tamanho de um gato, sem chifres, com pescoço de gazela, e quatro dentes, dois embaixo e dois na parte de cima, com três dedos de comprimento e pontiagudos. Andam sempre aos pares. São lindos animais. Quando os apanham, tiram-lhes uma pequena bolsa que eles têm na barriga, próximo do umbigo, entre o couro e a carne; essa bolsa contém um líquido que é o almíscar, e tem um cheiro delicioso.

Os da terra vivem da sua indústria e do comércio e têm trigo em abundância. É uma província grande, que leva vinte e cinco jornadas a percorrer. Há nela faisões muito maiores do que os nossos, com o tamanho de um pavão real. Têm o pescoço com dez palmos de tamanho, ou de nove palmos, de oito ou sete, pelo menos. Também os há menores, e como o faisão da nossa terra. Há uma variedade enorme de pássaros, com os mais belos matizes e cores.

Os naturais são idólatras. São gordos; têm o nariz pequeno e o cabelo escuríssimo. Têm pouca barba, só um ou outro pêlo. As mulheres só têm cabelo na cabeça e são brancas e com formosa pele e têm os ombros bem proporcionados. Os homens são luxuriosos e têm muitas mulheres; as suas leis e costumes lho permitem. Podem ter as mulheres que quiserem e todas as que puderem sustentar. Se há uma mulher formosa e de humilde condição, escolhem-na pela sua beleza os mais notáveis barões e os homens igualmente notáveis e de grande prestígio. Por ela, dão dinheiro à mãe, segundo o que estipularem.

Prossigamos na nossa viagem e falemos de outra província do Levante.

Notas

130. A ordem de sucessão dada por Marco Polo não corresponde à realidade. Além disto, Batin, primeiro soberano da Horda de Ouro, nunca foi Grã-Cã. Contudo, ele interveio ativamente para afastar a descendência de Oegoedei em proveito da de Tolui, fazendo eleger Maneu em 1251.

131. Os mongóis encaminham-se para um monoteísmo representando o céu (Tengri) passando pelo dualismo céu-terra (Tengri-Oetugen). É esta última divindade, denominada Itoga pelos outros viajantes ocidentais, que é aparentemente aqui retomada sob o nome de Yatigai.

132. Quemiz, a bebida tradicional dos mongóis, feita com leite de jumento fermentado.

133. Esta segunda região parece corresponder melhor ao local de origem dos mongóis de Gêngis Cã. Situada ao sul do lago Baical e ao nordeste do rio de Selenga, atualmente ela faz parte da república autônoma de Buriate, na ex-URSS.

134. Merkit, tribo que vive sobre o curso inferior do Selenga, ao sul do lago Baikal. Vizinhos dos mongóis, foram também seus primeiros adversários e, conseqüentemente, suas primeiras vítimas.

135. Aqui Marco Polo aventura-se no Grande Norte e só traz um nome turco significando "aquele que grita". Este pássaro corresponderia a uma espécie de galo do mato chamado também de perdiz das neves.

136. A cidade corresponde à atual Lianghzou no Kansou.

137. Aqui também trata-se de um itinerário descrito e provavelmente não efetuado. A cidade é a atual Xining na província de Qinghai.

138. Trata-se dos iaques.

Parte XI

73

A província Egregaia

Partindo de Eguermul, na direção do Levante, caminhando oito jornadas, encontra-se uma região chamada Egregaia[139], onde há numerosas vilas e castelos e pertence também à província de Tangut. A cidade principal chama-se Galachã[140], os naturais são idólatras em grande parte, mas há também três igrejas de cristãos.

São súditos do Grã-Cã. Nesta cidade fazem um pano de pêlo de camelo, branco e da melhor qualidade, a que chamam chamelote. Dali o levam aos negociantes de todos os países, a Catai e a toda a parte. Desta província passaremos a outra, no Levante, à qual chamam Tenduc[141], entrando agora nas terras do Prestes João.

74

A província de Tenduc

Tenduc é uma província do Levante, rica em castelos e cidades. Pertence ao Grã-Cã, porque os descendentes do Prestes João são seus vassalos. A capital desta província é Tenduc e o rei descende do Prestes João e dá-se a si próprio este nome; é cristão; o seu nome é Jorge[142]. Governa em nome do Grã-Cã, mas não em todo o domínio do Prestes João, somente numa parte dele, pois o Grã-Cã deu as suas filhas e parentes por esposas aos reis que descendem do Prestes João.

Nesta província, encontram-se umas pedras azuis, das quais sai um azul muito lindo[143]. Têm chamelotes muito finos, feitos de pêlo de camelo; vivem da agricultura, e uma parte deles dedica-se ao comércio e à indústria.

O senhor da província é cristão, como vos disse já. Mas há também ali idólatras em grande número e homens que adoram a Maomé. Há nela umas terras a que chamam Gog e Magog[144], e a gente dessas terras é idólatra e maometana, e chamam-lhe Ung, e ela chama Mongul aos tártaros.

Os habitantes desta província são muito formosos, muito mais do que os outros países; mais finos, cultos e hábeis comerciantes. Sabei que nesta província vivia o sábio mestre Prestes João, quando este reinava sobre os tártaros em todas as províncias e reinos circunvizinhos. E ainda ali moram os seus descendentes, e o Jorge que vos mencionei é da estirpe do Prestes João e seu décimo sexto sucessor[145].

E, cavalgando por esta província sete jornadas até ao Levante e até Catai, encontramos várias cidades e castelos, onde adoram a Maomé e aos ídolos, mas onde existem também alguns cristãos. Vivem do comércio e da indústria; fabricam panos de seda e ouro, e de lã de várias qualidades. São vassalos do Grã-Cã.

Há uma cidade chamada Findagui[146]; nela se fazem armas de todas as qualidades e muito boas, e os arreios necessários para o exército. Nuns montes desta província, a que chamam Idifu[147], há grandes minas de prata. Também ali há caça em abundância.

Abandonaremos esta província, e, passadas três jornadas, chegaremos à cidade chamada Ciangamor[148], na qual há um enorme palácio que pertence ao Grã-Cã e é residência da predileção do Grã-senhor, porque tem lagos e rios cheios de cisnes. No campo, há grous, faisões, perdizes e toda a qualidade de aves. É por isso que o Grã-Cã ali está, de preferência, pois entretém-se a caçar com gerifaltes e falcões; é o seu divertimento preferido.

Há ali cinco espécies de grous; uma é negra como os corvos e de grande tamanho; a outra é branca, com lindas asas, tem as penas cheias de olhos redondos como as da cauda do pavão real, mas dourados; a cabeça é negra e vermelha; o pescoço é negro e branco e muito comprido. A terceira espécie é semelhante à nossa; a quarta é pequena, com um penacho vermelho e o corpo negro; a quinta é cinzenta, com a cabeça vermelha e negra, tem o corpo grande e proporcionado.

75

A cidade de Ciandu e o maravilhoso Palácio do Grã-Cã

Distanciando-nos da cidade mencionada acima, pelo espaço de três jornadas, chegamos a outra, chamada Ciandu[149], fundada pelo Grã-Cã. Este chama-se Cublai Cã. Nesta cidade, há um palácio de mármore e de outras pedras, com corredores e salas completamente dourados. É lindíssimo e bem decorado.

Desse palácio, parte um muro que tem cerca de dezesseis milhas e rodeia um recinto onde há fontes, rios e lindos prados. O Grã-Cã juntou ali toda a qualidade de animais: veados, corças, gamos, que servem para alimento dos gerifaltes e falcões, que são às vezes mais de quatro mil. E o rei em pessoa os visita todas as semanas; caça muitas vezes ali e leva consigo, na garupa do cavalo, um leopardo domesticado. E, quando caça algum animal, diverte-se muito a ver como os gerifaltes o devoram.

Sabei que, neste prado cercado de muros, fez construir um palácio de vigas cor de ouro, todo dourado na parte de dentro e decorado com aves e pássaros recortados no ouro. A armação é de canas e de tábuas, tão bem unidas que a água não poderá atravessá-las. Estas tábuas têm mais de três palmos de largura, por dez ou quinze de comprimento.

Às vezes, o seu comprimento cobre toda a casa, de um lado ao outro; o palácio é inteiramente feito de canas douradas, dispostas de forma que o Grã-Cã pode mandá-lo desarmar quando quiser, pois está ligado por duzentas cordas de seda grossa.

Habita nele o Grã-Cã durante três meses no ano: junho, julho e agosto. Porque não há calor, e porque gosta de ali estar durante esses três meses, arma-se o pavilhão de canas, que depois se desarma nos outros meses do ano.

Assim foi mandado construir: para ser armado e desarmado à vontade. O Grã-Cã abandona, no dia 28 do mês de agosto de cada ano, a cidade e o palácio. Eu vos direi por que, mais adiante.

Tem cavalos e éguas brancas como a neve (e nunca de outra cor) em número de 10.000; não pode ninguém beber leite destas éguas, a não ser o Grã-Cã e as pessoas que sejam da família do imperador e da sua estirpe. Só a gente de uma outra tribo tem este privilégio: os afamados heriat, por especial favor feito, depois de terem ganho uma batalha, com Gêngis Cã.

Eu vos digo que têm tanto amor a estas éguas brancas que, se um grã-senhor as encontra, quando vão a pastar, jamais passará pelo meio delas; dar-lhes-á passagem. Os astrólogos e os ídolos sugeriram ao Grã-Cã que cada ano, a 28 de agosto, fizesse regar a terra com esse leite, para que dele bebessem os espíritos. E os ídolos disseram mais: que desse modo os espíritos protegeriam as suas mulheres, o seu gado, o seu trigo e as suas casas.

Dali, vai o Grã-Cã para outra residência.

Mas eu vos contarei um milagre que demorei a contar-vos: sabei que estando o Grã-Cã no seu palácio, caiu muita neve e houve mau tempo. Tinha com ele um astrólogo e um bruxo que, pela sua sabedoria e sortilégios, afastavam as nuvens do palácio, de modo que ali jamais havia mau tempo, embora em volta houvesse grande tormenta. Estes feiticeiros chamavam-se Tebet e Quesmur. Eram mestres nas artes diabólicas e em feitiçaria, mas faziam acreditar que aquele poder era devido à sua santidade e à consideração que os deuses lhes devotavam.

Estes homens têm o costume de, quando há um condenado à morte, mandá-lo cozer, para o comerem; mas a quem morre de morte natural não o comem. E conseguem com os seus sortilégios fazer o seguinte milagre: quando o Grã-Cã está sentado na sala grande, no seu estrado alto, põem vasos cheios de vinho, de leite e de outras bebidas, no chão, no meio da sala, a dez passos da mesa, e, com os seus artifícios, manhas e encantamentos, conseguem que os vasos cheios se levantem do chão e se coloquem, sem ninguém lhes tocar, diante do Grã-Cã. Deste feito podem dar notícia mais de 10.000 homens que o presenciaram. E os sábios que entendem de nigromancia vos dirão que isto pode acontecer.

Também vos digo que, quando voltam das festas dos seus ídolos, dizem ao Grã-Cã:

– Senhor, este ídolo deseja que haja festa em sua honra.

E dizem o nome do ídolo e acrescentam:

– Sabei, Grã-senhor, que esse ídolo tem por costume trazer o mau tempo e as calamidades que destroem o gado, e, se não lhe oferecemos sacrifícios, o caso vai mal. Por isso vos pedimos que nos deis tantos carneiros de cabeças negras, tanto incluso, tanta madeira e aloés e tanto disso e tanto daquilo, para que possamos imolar e sacrificar com grande pompa ao nosso ídolo e ele nos proteja.

E conseguem o que pedem, para honrarem a festa dos seus ídolos. Então há grande júbilo, com cantos e ladainhas. Incensam e perfumam o ambiente, fazem cozer a carne a apresentam-na aos ídolos, derramando o seu suco aqui e ali, para que se alimentem. É assim que os honram, nas cerimônias.

De modo que cada ídolo tem a sua festa, num determinado dia, como os nossos santos, pois têm grandes templos, abadias e mosteiros, que formam pequenas cidades, nas quais há mais de 2.000 monges que vivem mais honestamente do que os outros cidadãos.

Estes monges têm a barba e a cabeça raspadas. Celebram umas cerimônias com cantos e luzes, e com uma pompa que não podeis imaginar. Entre eles há alguns que podem casar: em geral, casam e têm muitos filhos.

Há outra classe de religiosos chamados sensin, que guardam rigorosa abstinência e levam vida exemplar. Não comem, em toda a sua vida, mais do que sêmola, que é o resto que fica na casca do trigo. Põem-na de molho em água quente durante algum tempo e comem essa papa. Jejuam várias vezes durante o ano. Têm grandes e numerosos ídolos e, às vezes, adoram o fogo.

Diz o povo que os que vivem nessa abstinência e levam vida tão estreita são uns loucos, porque martirizam os seus corpos. Têm um grande respeito por eles. Estes não se casam. E cortam o cabelo e a barba; têm vestes negras e camisas de estopa; se estas fossem de seda, seriam da mesma cor. Dormem em tábuas nuas e levam vida austera. As suas igrejas e ídolos são todos femininos, quer dizer: têm nomes de mulheres.

Deixemos este assunto, para contarmos os grandes feitos e maravilhas do Grã-senhor de todos os tártaros: o Grã-Cã chamado Cublai.

AQUI TERMINA O PRIMEIRO LIVRO
DE MISSER MARCO POLO SOBRE
AS MARAVILHAS DAS REGIÕES ORIENTAIS

139. A atual província de Ning-hia.

140. Sobre esse ponto os comentadores dividem-se. Tratar-se-ia quer da capital da província de Ning-hia, que tinha o mesmo nome, a atual Yinchuan, que se encontra sobre o rio Amarelo e o caminho ligando a Estrada da Seda a Pequim; quer da antiga capital dos Tangiut chamada Khalatchar, que estaria situada mais ao sul no lugar da atual Ting-yuanying.

141. Marco Polo continua seu caminho em direção ao nordeste seguindo a estrada que contorna o rio Amarelo. Penetra assim na região situada ao norte da embocadura do rio, na atual Mongólia interior, habitada na época, e desde o séc. XI, pelos turcos Oengut.

142. Aqui Marco Polo fixa-se sobre um outro personagem, ou melhor, uma linhagem de personagens que parece melhor corresponder aos qualificativos do Prestes João. Não apenas os Oengut e sua família real eram nestorianos, como eram ao mesmo tempo chefes religiosos, sacerdotes. Este título devia ser hereditário, como se depreende da expressão de Marco Polo: "é rei um da linhagem do Prestes João, e ainda é Prestes João". Gêngis Cã, tendo-se aliado aos Oengut em 1204, isto é, logo depois da derrota e da morte de Ong-Cã, facilitou a transferência do título desta personagem à linhagem dos Oengut. Jorge, cujo nome mongol é Koergis, é efetivamente o sexto sucessor do soberano Oengut que se aliou a Gêngis Cã, o qual é aparentemente confundido por Marco Polo com Ong-Cã quando era seu sucessor imediato.

143. É o lápis-lazúli.

144. A lenda de Gog e Magog, relegados ao confim nordeste do mundo conhecido, de onde saíram como um prólogo ao Último Julgamento, transmitida pela Bíblia e pelo Corão e misturada à lenda de Alexandre, encontra-se localizada por Marco Polo e muito provavelmente pelos viajantes árabes antes dele à Muralha da China (ver introdu-

ção). É a única menção, aliás indireta, que Marco Polo faz da Grande Muralha da China.

145. Ver nota 142.

146. Atual cidade de Xuanhua na província de Hopeh, última etapa antes de Pequim.

147. Lugar não-identificado.

148. Tchanghan-nor (= o lago azul, em mongol). Lugar situado ao norte de Pequim, na estrada da residência de verão de Cublai.

149. Chang-tou (= a capital superior), antes chamada Chemein-fu por Marco Polo. Capital de verão dos Yuan até o fim do seu reinado em 1368. Situada perto da atual cidade de Duolun na Mongólia interior.

Livro Segundo

PARTE XII

76

O Grã-Cã chamado Cublai

Vou relatar agora as grandes proezas e maravilhas do Grã-Cã que reina atualmente, chamado Cublai, o que no nosso idioma quer dizer o senhor dos senhores. E dão-lhe esse título com justiça, pois é sabido de todos que ele é o homem mais poderoso da Terra, em tesouros e em exércitos; nunca os houve maiores, desde Adão, nosso primeiro pai; e nunca os houve até nossos dias. E isto demonstrarei neste livro.

77

O Grã-Cã, o rei Naiã, seu tio, e Caidu, seu sobrinho

Cublai Cã descende em linha reta do imperador Gêngis Cã e que, por tal ascendência, pertence-lhe ser o imperador de todos os tártaros. Herdou a senhoria no ano de 1256[150] do nascimento de Cristo e começou a reinar nesse mesmo ano. Mereceu a honra por seu valor, pelas suas proezas e pela sua imensa sabedoria, embora os parentes quisessem roubar-lhe esses direitos que verdadeiramente lhe pertenciam. Reinou desde esse tempo quarenta e dois anos até este ano de 1298[151]. Deve ter oitenta e cinco anos.

Antes de herdar o reino, tomou parte em vários feitos de armas e foi um grande capitão e desde que ele reina só entrou numa campanha, no ano de 1286, e vou dizer-vos por quê. Um homem, a quem chamavam Naiã[152] e era tio de Cublai Cã, viu-se, muito novo ainda, dono e senhor de várias terras e províncias, de maneira que podia armar 400.000 homens. Seus antepassados tinham sido vassalos do Grã-Cã e ele próprio o era. Mas, como vos conto, era um rapaz de trinta anos. Vendo-se tão poderoso, não quis submeter-se ao Grã-Cã e pensou em tirar-lhe o poder.

Então, enviou emissários a Caidu[153], que era outro grande e poderoso senhor, sobrinho do Grã-Cã, de natureza rebelde e que também odiava o tio. Mandou que se pusesse a seu lado, e que fosse por outro sítio tirar as terras e o poderio do Grã-Cã. E Caidu respondeu-lhe que estava de acordo e pronto com a sua gente para ir contra o Grã-Cã, e prometeu-lhe armar 100.000 homens. E tanto Naiã como Caidu se prepararam e reuniram uma grande quantidade de cavaleiros e de infantes para lutar contra o Grã-Cã.

78

O Grã-Cã sitia o exército

Não se perturbou o Grã-Cã, ao saber de tamanha traição, e, como homem prudente e de grande valor, preparou-se com a sua gente e jurou que não mais usaria sua coroa nem reinaria em suas terras, enquanto não desse a morte aos dois traidores. E o Grã-Cã fez os seus preparativos em vinte e dois dias, tão secretamente que só o seu Conselho sabia o que se passava. Reuniu 350.000 homens a cavalo, e 400.000 infantes; e mais não reuniu porque os seus outros exércitos, que eram muito numerosos, estavam longe, conquistando terras; por conseguinte, não havia tempo algum para convocá-los. A verdade é esta: se reunisse todas as suas forças, teria todos os soldados que quisesse, em tal número que seria difícil contá-los.

Entre estes 350.000 homens, estavam os seus falcoeiros, e outros que o rodeavam em sua corte.

Reunindo sua gente, fez vir os astrólogos, com a intenção de saber se venceria o inimigo e se estava destinado a aniquilá-lo; os astrólogos disseram-lhe que conseguiria tudo o que quisesse. Então o Grã-Cã pôs-se a caminho com as suas hostes, e andaram vinte dias, até um campo onde estava Naiã, com seu exército de 400.000 homens.

Chegaram de madrugada com tanto segredo que o inimigo não teve conhecimento de que chegavam, porque o Grã-Cã fizera ocupar os caminhos, de forma que pessoa alguma pudesse sair ou entrar sem ficar prisioneira. Por isso, o inimigo nem sequer suspeitara da sua chegada. Estavam já muito perto do campo, e Naiã, despreocupado na sua tenda, divertia-se com sua mulher, que era de grande beleza, e tinha por ela grande paixão.

79

A grande batalha do Grã-Cã contra seu tio Naiã

Na manhã do dia marcado para iniciar a guerra, apareceu o Grã-Cã num outeiro, junto do sítio onde acampara. Naiã, alheio a tudo o que o esperava e supondo-se muito seguro, nem sequer tivera a precaução de pôr sentinelas ou vigias em qualquer dos lados. O Grã-Cã apareceu num carro puxado por quatro elefantes. A sua bandeira flutuava tão alta que podia ser vista de todos os lados.

Seus soldados, equipados e alinhados em pé de guerra, numa extensão de 30 milhas, cercavam o acampamento de Naiã. Cada homem a cavalo, com o seu peão ao lado e a lança em riste, todos cercando o inimigo para combatê-lo. Quando Naiã e os seus homens se viram cercados pelo Grã-Cã, ficaram atônitos; correram a armar-se e rapidamente se puseram, como os outros, em pé de guerra.

Quando as duas partes se encontraram frente a frente, começou a batalha; ouviram-se as trombetas e os tambores. Porque a tradição dos tártaros manda que, ao estarem os exércitos prontos para a luta, não entrem nela sem que os capitães mandem tocar as suas fanfarras; nesse momento, fazem soar os atabales e outros instrumentos, e cantam canções guerreiras. Por isso, os cantos e ruídos soam de todos os lados.

Imediatamente, começaram a tocar as trombetas do Grã-Cã: e, enquanto tocavam, principiava a luta com arcos, espadas, clavas e lanças; e os peões tinham bestas, chuços e outras armas, em grande quantidade. Começaram o combate cruel e sangrento; choviam as flechas de todos os lados; os gritos de raiva e de aflição cortavam os ares. Os cavaleiros e as bestas caíam a granel; os alaridos eram tão grandes que não se teria ouvido o deus fulminante; e como Naiã era cristão batizado, sua bandeira levava a cruz de Cristo bordada[154].

Ficai sabendo que esta batalha foi a maior e a mais encarniçada que jamais houve desde os tempos mais remotos. E nunca se viu uma tal multidão de ginetes e de soldados. Morreram tantos que dá pavor lembrar. A refrega durou desde a madrugada até meio-da, e o Grã-Cã saiu vencedor.

Quando Naiã e os seus barões viram que não podiam resistir, fugiram rapidamente; de nada isso lhes valeu, pois ficaram prisioneiros, e os seus soldados renderam-se ao Grã-Cã.

80

Naiã é condenado à morte

Quando o Grã-Cã soube que Naiã caíra prisioneiro, ordenou que o matassem. Condenaram-no à morte da maneira seguinte: envolveram-no num tapete e tanto o apertaram que ele morreu; e se isto fizeram foi porque não queriam que o sangue de um parente do imperador fosse derramado.

Tendo o Grã-Cã vencido a batalha, todos os homens de Naiã se curvaram diante dele e lhe juraram fidelidade. Pertenciam a quatro províncias. E, depois da vitória do Grã-Cã, houve judeus, sarracenos e idólatras que troçaram da cruz que Naiã trazia bordada em sua bandeira, pois era cristão. Diziam eles ironicamente dos cristãos:

– Vejam como a cruz do vosso deus ajudou a Naiã, que era cristão!

Tanto ridicularizaram que chegou aos ouvidos do Grã-Cã; este repreendeu severamente todos os que troçavam. Chamou um grupo de cristãos que estavam perto e consolou-os, dizendo:

– Com razão, a cruz do vosso deus não ajudou Naiã, porque Ele sabia, com sua alta sabedoria, que não podia ajudá-lo contra a autoridade. Naiã foi desleal e traidor e revoltou-se contra o seu amo; teve a sorte que merecia. – Tais foram as palavras do Grã-Cã aos cristãos.

81

O regresso do Grã-Cã à cidade de Cambaluc

Vencendo Naiã, o Grã-Cã retornou à cidade de Cambaluc[155], e ali ficou, contente, no meio de grandes festejos. O outro rei chamado Caidu, ao ter conhecimento da derrota de Naiã e de sua morte, teve um grande acesso de cólera; mas não quis preparar uma guerra, pois receava que sua sorte fosse igual à de Naiã.

Já vos disse que foi esta a única vez que o Grã-Cã entrou numa guerra; das outras vezes, mandava seus filhos e seus barões; mas, naquela ocasião, quis ir em pessoa, porque a audácia daquele príncipe pareceu-lhe demasiadamente perigosa.

Deixemos esta aventura e voltemos aos feitos notáveis do Grã-Cã.

Já falamos da sua origem e da sua idade. Diremos agora o que ele faz aos barões que se distinguem nas batalhas e àqueles que são ferozes e malvados. Aqueles que se portam bem e comandam 100 homens ficam a comandar 1.000 homens e oferece-lhes vasos de prata e tábuas de privilégios que equivalem a títulos de nobreza.

O comandante de 100 tem uma tábua de prata; o comandante de 1.000 tem uma de ouro, guarnecida de cabeças de leão. Vou dizer-vos qual é o seu peso. As tábuas do comandante de 100 homens pesam 120 grãos e as com cabeças de leão pesam 220 grãos e em todas estas insígnias há inscrições com estes dizeres:

"Pela força e pela graça que Deus concedeu ao nosso imperador, seja abençoado e louvado o nome do Cã; os que lhe desobedecerem morrerão e ver-se-ão perdidos."

Os que usarem estas comendas terão privilégios e regulamentos de tudo o que devem fazer pelo seu cargo e pela sua dignidade.

Agora vamos explicar outras coisas.

Aquele que tem o comando de 100.000 homens ou que está à frente de um grande exército tem uma tábua cujo peso é de 300 grãos e tem inscrita a sentença de que vos falei acima, e mais um leão, com o sol e a lua, por cima. Aqueles que têm este privilégio são grandes chefes, com poderes maiores, e os que a usam caminharão sob um pálio que lhes cobrirá a cabeça.

Quando se sentam, devem fazê-lo em cadeiras de prata e o Grã-senhor dá-lhes uma mesa lavrada e aquele que junto dela se senta tem plenos poderes, é um grande barão e pode representá-lo como à sua própria pessoa.

Quando quer mandar um mensageiro, pode requisitar os cavalos do rei, e se digo do rei, é porque pode ir buscá-los, do rei para baixo, a quem quer que seja.

Deixemos este assunto e veremos a continência do Grã-Cã, a sua majestade e a sua superioridade.

150. A data oficial é 1260.

151. Cublai morreu em 18 de fevereiro de 1294.

152. Naiã era bisneto de um irmão mais moço de Gêngis Cã e possuía como feudo o oeste da atual Manchúria. A revolta e a batalha cujos fatos concordam com o relato de Marco Polo, que deveria encontrar-se no local na época, são situados pela história oficial em 1287-88.

153. Caidu possuía o Turkistão oriental, o atual Turkistão chinês, e controlava enquanto suserano da linhagem de Tchagatai o Turkistão ocidental, o atual Turkistão da ex-URSS.

154. Esta informação só pôde ser verificada pelo fato de que havia nestorianos na Manchúria, mas não vemos por que Marco Polo teria inventado uma mentira que logo o porá em embaraço quando for preciso justificar a derrota de Naiã.

155. A antiga Khanbaligh (= a cidade real em mongol, é a atual Pequim.

Parte XIII

82

As esposas e concubinas do Grã-Cã

Cublai Cã, Senhor dos Senhores, tem bela figura, não é alto nem baixo, é de estatura mediana; é bem proporcionado, nem gordo nem magro, é ágil de membros; tem a cara branca e corada como uma rosa, os olhos negros, o nariz direito e bem-feito. Tem quatro mulheres legítimas e o mais velho dos filhos destas mulheres tem direito a ser dono do Império, quando morrer o Grã-Cã. As mulheres ostentam título de Imperatrizes, e cada uma tem o seu nome próprio, para que as distinguam. Estas mulheres têm a sua corte à parte, com 300 donzelas, formosas e simpáticas, que estão ao seu serviço, além de criadas, escudeiros e mais homens, de modo que cada séquito chega a ter 10.000 pessoas. De cada vez que o senhor quer deitar-se com uma destas mulheres, fá-la vir à sua alcova; outras vezes, vai ao quarto dela.

Tem, além disso, muitas concubinas; vou dizer-vos como. Há uma tribo de tártaros cujas mulheres são muito formosas; cada ano, são escolhidas 100 donzelas mais categorizadas do reino, que vêm até junto do Grã-Cã. Este manda-as guardar pelas mulheres dos seus homens de confiança; manda que se deitem ao pé delas, para verificar se têm bom hálito, se são virgens e saudáveis. As mais formosas e mais saudáveis ficam à disposição do senhor.

Durante três dias e três noites, seis destas donzelas servem o seu amo e senhor no seu aposento e no leito; o Grã-Cã faz delas o que quer e elas têm por ele a maior consideração.

Ao fim de três dias e três noites, estas donzelas são substituídas por outras seis.

83

Os filhos do Grã-Cã

O Grã-Cã tem vinte e dois filhos varões, das suas mulheres legítimas[156]; o mais velho chamava-se Gêngis, em homenagem ao bondoso Gêngis Cã, e devia ser o futuro Grã-Cã, senhor de todo o Império. Morreu[157] e o direito recaiu em outro príncipe, chamado Temur[158]; herdará o Império e será Grã-Cã; e assim sucederá, por direito, porque este Temur é filho do filho mais velho do Grã-Cã. Este príncipe é sábio, valente e destemido; assim o provou em várias batalhas e feitos de guerra.

O Grã-Cã tem mais 25 filhos das outras mulheres; estes são bons e valentes e cada um tem o título de grã-senhor e posição de evidência no exército. Dos filhos que tem de suas quatro mulheres, sete são reis de grandes províncias e reinos[159]. Todos governam com sabedoria, porque são corajosos e virtuosos. Ora, isto não é para estranhar, pois seu pai, o Grã-Cã, é um homem extraordinário e o melhor governador do Império; assim como é o homem mais valente entre os tártaros.

Falei-vos do Grã-Cã e de seus filhos; agora vou dizer como ele vive em sua corte.

84

O palácio do Grã-Cã

Cublai Cã vive na cidade principal de Catai, chamada Cambaluc, durante três meses do ano; dezembro, janeiro e fevereiro. Nesta cidade está o seu palácio, que passo a descrever.

Há um grande muro quadrado e cada lado desse muro mede uma milha; na totalidade, o muro tem quatro milhas; é espesso e tem pelo menos dez passos de altura; é branco e guarnecido de ameias.

Em cada esquina do muro há um grande e magnífico palácio, onde são guardados os arreios, as armas, os selins e os freios dos cavalos, cordas de arco, bestas e tudo o que é necessário no exército. A meio de cada muro há um palácio semelhante ao do Grã-Cã, de modo que há, neste recinto, uns oito palácios. Todos eles contêm as armas do Grã-Cã, os selins e arreios dos seus cavalos e os seus palanquins e carros.

Esta muralha tem cinco portas, do lado que está voltado para o Meio-Dia; ao centro há uma porta maior, que não se abre a não ser para dar passagem ao Grã-Cã; aos lados desta porta há outras duas, menores, por onde passam as outras pessoas; e mais para adiante há duas grandes portas, por onde passam todos os que vão ao palácio. Em cada uma das outras faces da muralha só há uma porta.

Dentro deste recinto há outro muro, disposto da mesma maneira, com oito pavilhões e cinco portas ao Sul, igual ao primeiro, com a única diferença de que, aos lados, não tem portas. No meio de todos estes muros está o palácio do Grã-Cã, que vos descreverei. É imenso, rodeado de um grande lago; não tem sobrado, mas eleva-se a dez palmos do chão. O teto é altíssimo. As paredes dos salões estão revestidas de ouro e de prata, e há nelas belíssimas pinturas de dragões, de animais, de pássaros, de cavaleiros e de figuras de toda a espécie. A sala central é tão grande que 6.000 homens podem comer ali. Tem tantos aposentos e tantos quartos que nenhum mortal podia fazer outro maior nem mais bem dividido.

A parte de fora do palácio está pintada em vermelho, azul e outras cores, tão bem envernizadas que reluzem como cristal; e é tão bom o verniz que durará séculos.

Entre as duas muralhas há ricos prados cheios de árvores preciosíssimas e neles vivem todas as espécies de bichos: corças, gazelas, gamos e zibelinas, mas em recintos apartados e não pelos sítios por onde devam passar os homens.

Próximo, há um lago com toda a qualidade de peixes, pois aquele grande senhor quis que lhe levassem peixes de toda a espécie, e tê-los à vontade, sempre que os apeteça.

Um grande rio atravessa o parque, mas os peixes não podem fugir; a entrada e a saída estão protegidas por um entrançado de arame de ferro.

Distante do palácio, numa colina, mandou construir um terraço com mais de cem passos de altura. A colina está coberta de árvores que jamais perdem o viço e que estão sempre verdes. Quando alguém fala ao Grã-Cã de qualquer árvore curiosa que tenha visto, ele manda-a buscar e é trazida pelos elefantes, com todas as suas raízes e muita terra, para ser plantada na dita colina. Por enorme que a árvore seja, assim é trazida. Desta forma, o Grã-Cã possui as mais lindas árvores do mundo.

Os muros que cercam a colina são de mármore verde e malaquite e, assim, com o reflexo das árvores e das pedras do mesmo tom, tudo aparece aos olhos de quem vê um verde cor de esmeralda; aqui está por que a colina é designada por Monte Verde. No cume deste monte há um palácio soberbo, que é igualmente verde, e tudo, monte, palácio e árvores, é tão belo que a vista fica deslumbrada. O grande senhor os mandou construir para seu próprio regalo e para gozar no meio deles.

85

O palácio de Temur, neto do Grã-Cã - A cidade de Taidu

Próximo do seu palácio mandou o Grã-Cã edificar outro, semelhante ao seu, o qual é igualmente maravilhoso. Este palácio é para o seu neto, quando ele reinar e for um grande senhor. Está construído como o primeiro, tem a mesma riqueza do outro. E Temur, o neto do Grã-Cã, habita-o com o mesmo cerimonial e os mesmos costumes do avô. Tudo isto se faz por ordem do Grã-Cã, o qual deseja que tenham pelo herdeiro a mesma consideração que por ele; e que o elejam Grã-Cã, depois da sua morte. Também o neto dispõe dos selos do Império, mas não tão inteiramente como o Grã-Cã.

Já fiz a descrição dos palácios, agora vou descrever a cidade capital do Catai, e dizer por que foi ela fundada e como foi. Na verdade, existia ali uma nobre cidade que tinha o nome de Cambaluc, o que na nossa língua quer dizer: Cidade do Senhor. O Grã-Cã foi avisado pelos astrólogos de que esta cidade se sublevaria e daria que fazer ao Império.

Por esta razão, o Grã-Cã mandou construir outra cidade, ao lado daquela, e fez com que os habitantes da outra passassem para esta, que passou a chamar-se Taidu.

Tem esta cidade 23 milhas de extensão, é quadrada e os seus quatro lados são perfeitamente iguais. Tem muros de tijolos e de terra amassada, que medem dez passos de espessura por vinte de altura. Em cima não têm espessura igual à da base, pois medem apenas três passos na parte superior. Estes muros são brancos e com ameias. Têm doze portas, e por cima de cada uma destas levanta-se um lindo palácio, com grandes salas e arsenais, onde vivem aqueles que os guardam.

As ruas são largas e tão direitas que, estando nelas, vê-se de uma porta à outra que está em frente. Na cidade há lindos palácios, casas bonitas e habitações confortáveis. No meio da cidade encontrareis uma torre que tem um sino muito grande, o qual repica todas as noites, avisando que ninguém deve sair à rua, depois dos seus três toques. Logo que o sino toca, ninguém se atreve a sair, a não ser em caso de doença ou parto de qualquer mulher. E se alguém sair, deverá munir-se de uma lanterna.

Cada porta da cidade está guardada por 1.000 homens. Isto não indica desconfiança, é sinal de homenagem prestada ao grande senhor que ali vive, para que os ladrões não cometam crimes. Falei-vos das sentinelas da cidade; vou falar-vos das sentinelas da corte, e dos filhos.

86

A guarda pessoal do Grã-Cã

O Grã-Cã faz-se guardar por 12.000 homens a cavalo, chamados Quesitim, que significa cavaleiros fiéis ao seu senhor. Nada disto é feito por temor, mas somente para provar sua grandeza e poderio.

Os 12.000 homens são comandados por quatro capitães, cabendo a cada um deles 3.000 homens, que fazem a guarda por três dias e três noites, e assim se revezam durante todo o ano.

Quando o Grã-Cã se senta para comer, em qualquer das suas cortes, tem uma mesa à parte, num estrado mais alto do que os outros, e colocado de forma a que fique voltado para as bandas do Meio-Dia.

Sua primeira mulher senta-se ao seu lado esquerdo, num plano mais baixo; num banco ainda mais abaixo, sentam-se seus filhos, netos, sobrinhos e parentes, personagens de linhagem imperial, mas sempre de modo que as cabeças deles venham tocar nos pés do senhor. Os outros dignitários da corte sentam-se noutras mesas e ainda mais abaixo do que os príncipes de sangue imperial, e do que as mulheres deles.

Todas as mulheres do filho do grande senhor e de seus filhos e parentes sentam-se à esquerda e mais abaixo; assim também as mulheres dos dignitários; cada uma delas sabe o posto que lhe corresponde, segundo as disposições do grande senhor.

As mesas estão colocadas de forma que o grande senhor as alcança todas com a vista, apesar de serem muitas.

Além destes, comem na corte, às vezes, mais de

40.000 homens, pois chegam forasteiros vindos de toda a parte, e de países distantes, trazendo prendas de valor; são todos personagens de consideração; quase sempre esta gente chega quando o Grã-Cã toma parte nas cerimônias da corte.

No meio da sala onde está sentado o grande senhor há um vaso de ouro que parece um tonel, com vasilhas menores aos lados.

Desse tonel tira-se o vinho ou outra qualquer bebida, para uma vasilha de ouro, que chega para satisfazer oito ou dez homens. A vasilha está nas mãos de dois copeiros, dos quais um serve e outro segura os copos de ouro; assim são servidos os cavaleiros e as damas.

Estas vasilhas, jarros e copos têm um altíssimo valor, pois o Grã-Cã dispõe de tal quantidade de vasilhas de ouro e de prata que só vendo-as se poderia acreditar em tanta riqueza.

Aqueles que servem as bebidas e os manjares ao Grã-Cã são nobres barões, e têm o nariz e a boca tapados com panos de seda e ouro, para que o seu bafo não altere as comidas e as bebidas do Grã-Cã.

Quando este bebe, todos os instrumentos começam a tocar; há-os em grande quantidade. Quando o senhor levanta o copo, todos os barões e as demais pessoas presentes se curvam diante dele. No banquete imperial os manjares são inúmeros e sempre em grande abundância.

As pessoas acompanham sempre os barões às festas da corte. Assim que terminam as refeições reúnem-se todos na grande sala central, diante do grande senhor, e ali os bobos e os truões fazem toda a série de jogos e de farsas para divertirem a corte; e todos eles festejam jubilosamente o Grã-senhor.

87

A festa de aniversário do Grã-Cã

Os tártaros costumam festejar o aniversário do grande senhor, que nasceu no dia 28 do mês de setembro, e nesse dia celebram a festa maior, com exceção da festa do primeiro dia do ano, como vos contarei depois.

No dia do aniversário do Grã-Cã veste-se este com um magnífico traje feito com pano de ouro. E mais de 12.000 barões e dignitários se vestem igualmente com tecido da mesma cor e muito semelhante ao do seu senhor. As suas roupas não são tão ricas como as dele, mas são também de brocado de ouro e seda, com um grande cinto, todo de ouro; são dadas pelo grande senhor aos seus cortesãos. Há vestuários destes que têm imenso valor; as pedras preciosas e as pérolas que os cobrem valem às vezes mais de 10.000 bizâncios de ouro.

Há muita variedade de vestes, pois o Grã-Cã dá treze vezes por ano estes ricos vestuários aos seus 12.000 barões e cavaleiros, para que se vistam como ele. Não há outro senhor que tal faça e possa sustentar tão imensos gastos.

88

Presentes e rezas para o Grã-Cã no dia do seu aniversário

Os tártaros de todas as províncias e regiões mandam grandes presentes no dia do aniversário do Grã-Cã, em cada ano, conforme o que está estipulado e como é conveniente que se faça.

O Grã-senhor nomeia doze barões para atenderem os pedidos desses homens e despachá-los conforme o valor daquilo que trazem. Nesse dia, os idólatras, os cristãos e os sarracenos e o povo inteiro rezam ao Senhor, ou ao seu deus ou aos ídolos, para que lhe conservem a vida e o encham de alegrias e de prosperidades.

Essas horas de reza passam no meio de intenso regozijo, sendo festejadas com grande pompa. Mas deixemos isto para falarmos de outra grande comemoração chamada de festa branca.

89

A festa branca do Grã-Cã no primeiro dia do ano

O primeiro dia do ano é para os tártaros em fevereiro, e festejam-no extraordinariamente. É costume, nessa data, o Grã-Cã e os seus vassalos, homens e mulheres, trajarem-se de branco. Fazem isso porque entendem que a cor branca simboliza grande alegria e ainda mais: porque crêem que durante todo o ano terão bem-estar, se o começarem assim. Com esta orientação, todos os vassalos das províncias e das regiões mais afastadas trazem ao Grã-Cã magníficos presentes de ouro, de pedras raras e brocados brancos.

Também entre o povo, os barões e os nobres, é costume trocarem presentes entre si, desejando uns aos outros saúde e prosperidade. É ainda antigo costume oferecer ao Grã-Cã 100.000 cavalos brancos, vindos de todo o Império; e nesse dia de festa chegam comitivas de mais de 5.000 elefantes, cobertos com magníficas gualdrapas bordadas com pássaros e flores. Leva cada um deles dois ricos alforjes bordados e trabalhados, nos quais vêm riquíssimas peças de baixela, arreios esplêndidos, geralmente brancos, e muitas outras coisas. E chegam caravanas de camelos, cobertos com preciosos panos de ouro e carregados com as coisas necessárias à festa; e tudo passa diante do Grã-Cã. Esta comitiva é a coisa mais grandiosa que se pode imaginar, e durante a manhã, antes que as mesmas estejam preparadas, todos os reis, duques, marqueses, condes, barões[160] e cavaleiros, astrólogos, médicos, oficiais e comandantes de terra e mar vêm à grande sala, à presença do grande senhor, e os que não cabem na sala ficam fora, de maneira que possa vê-los o Grã-Cã, e assim se apresentam.

Primeiramente, vêm seus filhos, seus netos, seus sobrinhos e todos os da linhagem imperial. Logo a seguir, os reis; depois os duques, os condes e as mestranças, umas atrás das outras, como tem que ser, segundo a hierarquia. E, quando todos estão colocados nos seus lugares, vem um sacerdote que diz, em voz alta: "Inclinai-vos e adorai." Mal isto diz, todos se inclinam, tocando no chão com o rosto e adoram o Grã-Cã como se fosse um deus. Fazem esta cerimônia quatro vezes, a seguir. Vão, depois disto, a um altar muito guarnecido e sobre ele há uma tábua vermelha, onde está escrito o nome do Grã-Cã, e diante há um magnífico incensário. Com ele incensam a tábua e o altar, tudo isto com respeito e veneração, voltando depois todos para os seus lugares e oferecendo os seus presentes, que são de riqueza incalculável.

Acabado isto, e tendo assistido o grande senhor com muito agrado ao cerimonial, todos principiam a comer, sentando-se por ordem da sua hierarquia, como vos contei em outro capítulo. Falei-vos da festa branca;

vou falar-vos agora dos trajes que o Grã-Cã dá aos barões, para que assistam a estas cerimônias[161].

90

Os 12.000 barões. As treze festas anuais. O leão humilhado

Sabei que o Grã-Cã organizou treze festas, às quais devem assistir os seus 12.000 barões. A cada um deles dá capas de cores variadas, bordadas a pérolas e pedras preciosas. Dá-lhes também calções de camurça bordados a prata e tudo tão recamado e tão precioso que, depois de estarem assim vestidos, parecem reis. Há um vestuário para cada uma dessas festas, tendo o Grã-Cã para si outros semelhantes, bordados ainda mais ricamente. É de rigor que os barões se apresentem nos dias das festas com vestes parecidas com a do grande senhor e com as mesmas cores.

Falei-vos dos treze trajes para os 12.000 barões; isto é, 156.000 vestes que valem tesouros. Sem falar nos calções, nas botas e nos cintos de ouro, que valem outros tantos patrimônios; tudo isto faz o grande senhor, tendo em vista que as festas e todas as cerimônias sejam brilhantíssimas e faustosas.

Eu vos contarei ainda a coisa mais extraordinária de todas quantas vos tenho descrito neste livro.

Um grande leão é trazido até os pés do Grã-Cã, durante estas cerimônias e que, uma vez ali, humilha-se, reconhecendo nele o seu dono e senhor. E assim fica prostrado diante dele, sem qualquer cadeia, em completa liberdade. Isto é verdadeiramete prodigioso.

Iremos agora falar-vos duma grande caçada, organizada e dirigida pelo Grã-Cã.

Notas

156. A história oficial lhe atribui dez, Pelliot cita doze.

157. Djinkim, em realidade segundo filho de Cublai, mas o primeiro, Dordji, morreu bem antes da chegada de Marco Polo.

158. Ele foi efetivamente o Grã-Cã de 1294 a 1307.

159. Esta informação é verificada pelas fontes chinesas.

160. A hierarquia nobiliárquica dos tártaros obedecia a uma ordem diversa da nossa, pois os barões eram os nobres que somavam mais poderes. (N. do T.)

161. Os anais da dinastia, que vão até a enumeração detalhada do guarda-roupa de Cublai, confirmam as cerimônias descritas por Marco Polo.

Parte XIV

91

As caçadas do Grã-Cã

Estando o Grã-Cã na cidade de Catai, nos meses de dezembro, janeiro e fevereiro, ordena que, durante sessenta dias, os seus oficiais cacem, dedicando-se também à falcoaria. É costume que cada oficial ou capitão lhe traga grandes animais, tais como javalis, veados, corças e gamos, e ainda outros de igual ou maior porte.

Vê-se por aqui que todos são obrigados a dedicar-se à caça. Todos os animais, depois de lhes tirarem as tripas, são colocados em carros e mandados ao grande senhor, isto durante trinta dias; chegam assim até ao Grã-Cã bichos de espécies raras.

Os que vêm de terras mais afastadas são mandados já cozidos e prontos para serem comidos, pois, de outro modo, como o trajeto é longo, chegariam deteriorados. Falei-vos das caçadas; vou falar-vos dos animais ferozes pertencentes ao Grã-Cã.

92

Leões, leopardos, lobos, linces, gerifaltes, falcões, bufos, gaviões e águias

O Grã-Cã tem leopardos em quantidade; estes animais servem para apanhar outros. Tem lobos que caçam outros animais ferozes; ensinados, são excelentes caçadores. O Grã-Cã tem leões mais altivos do que os de Babilônia, com o pêlo de linda cor, raiado de branco, negro e vermelho; estes estão adestrados para a caça ao javali e aos bois selvagens, onagros, ursos e outros animais.

É lindo ver como estes leões apanham as feras. São levados em carretas, e cada um é acompanhado por um cão. Há ainda águias ensinadas a caçar lobos, raposas e gazelas; e aquelas que lutam contra os lobos são grandes e terríveis, pois não há lobo que consiga sair das garras de uma águia. Quero referir-me agora às matilhas de cães que pertencem ao grande senhor.

93

Os irmãos do Grã-Cã cuidam dos cães de caça

O Grã-Cã tem dois barões que são seus irmãos carnais, um chamado Raiam e o outro Ungam. Cada um tem 10.000 homens às suas ordens, e estes vestem-se de vermelho e azul; cada vez que vão à caça com o grande senhor, levam estes atavios. Destes 10.000 homens, 2.000 levam a trela um cão mastim, ou dois, cada um.

Indo o Grã-Cã à caça, um dos irmãos acompanha-o, com seus 10.000 homens e 5.000 cães; pelo lado oposto, segue o outro, levando seus homens e cães. E são tão bem ensinados que numa jornada de marcha nem uma única fera fica viva à sua passagem. É um espetáculo admirável ver como os caçadores e os cães manobram nestas caçadas. Chega a surpreender ver o grande senhor cavalgar pelos prados, e virem os cães ao seu encontro, trazendo suas presas; é um belo espetáculo.

Agora falar-vos-ei de como o Grã-Cã emprega o seu tempo, durante outros meses do ano.

94

A falcoaria

Depois de permanecer três meses na cidade mencionada, vai o Grã-Cã no mês de março para o Meio-Dia, até o mar Oceano, levando consigo 10.000 falcoeiros e 5.000 entre gerifaltes, falcões peregrinos e falcões sagrados, para a caça no rio. Mas não os conserva consigo: divide-os em grupos de 100, de 200 e mais; caçam os pássaros e vão levá-los ao grande senhor.

Enquanto este caça com o seu gerifalte, há 1.000 homens distribuídos a dois e dois, a quem se dá o nome de castaus, ou seja, guardadores de aves, e que são os vigias ou guardas, e cada um leva uma ave amestrada, as negaças e os capirotes, para, quando necessário, chamar o seu falcão.

Quando o senhor solta os seus pássaros, não precisa segui-los, pois estão por ali os seus homens, que os recolherão e socorrerão, se for necessário.

As aves do Grã-Cã têm nas suas patas escudetes de ouro, e o mesmo sucede às dos barões; nesses escudetes está escrito o nome do dono da ave[162]. Se alguma se perde, poderá ser restituída ao dono; e se o dono não aparecer, um barão chamado bularguzi, que significa guardador de coisas perdidas, encarrega-se de guardar a ave, e o mesmo acontece com algum cavalo fugido ou qualquer outra coisa; tudo é levado a este mesmo oficial, para que o guarde até encontrar o seu proprietário, e se quem encontrar qualquer destas coisas não proceder assim é tomado por ladrão e pode ser preso.

Assim, quando alguém perde um objeto, vai logo procurar este barão, que imediatamente lhe entrega. Esta personalidade está sempre bem visível, com o seu pendão em evidência, para que todos possam a ele recorrer rapidamente. Nada é perdido que não seja restituído.

Quando Grã-Cã vai à caça para junto do mar, tem ensejo de apanhar quantos pássaros queira e não há para ele prazer maior do que esse. O Grã-Cã vai sempre no seu pavilhão de caça, forrado com brocados de ouro e coberto com peles de leão, e que é levado por quatro elefantes.

Vai guardado pelos seus barões, e quando estes avistam patos bravos ou outras aves, avisam o seu senhor e ele manda abrir a porta do pavilhão e lança de lá os gerifaltes e os açores. Contempla do seu leito, com grande regozijo e satisfação, o espetáculo do gerifalte perseguindo os pássaros. Nada no mundo pode dar maior deleite a este grã-senhor.

Chegando o cortejo imperial a um sítio chamado Cacimordim, encontra ali as suas esposas e numerosa corte.

O pavilhão real armado nesta terra é tão grande que os seus quartos podem abrigar 1.000 cavaleiros; a porta está voltada para o Meio-Dia. Perto desta porta há outra, voltada para o Oeste; ali é que se instala o próprio senhor. Dá, nessa sala, audiência aos seus súditos; por trás dela há, sempre preparado, o quarto de dormir. À volta do pavilhão há outros, destinados ao séquito.

Os pavilhões são feitos desta maneira: ao meio, têm colunas de madeira perfumada, muito bem lavrada; por fora são cobertos de peles brancas, vermelhas e negras, tão resistentes que nem a chuva nem o vento podem danificá-las.

No interior as paredes são cobertas com peles de arminho e de zibelina, que são as mais apreciadas; a pele de zibelina que chegasse para um homem se vestir custaria 2.000 bizâncios, sendo da melhor; e 1.000, se fosse inferior. O tártaro diz que a rainha das peles é a zibelina. Com estas duas qualidades de peles, arminho e zibelina, estão cobertas as duas câmaras do grande senhor, tão bem unidas umas às outras que dá gosto vê-las; e a câmara onde dorme o senhor é também, por fora, de pele de leão, e por dentro de zibelina e de arminho.

As cordas que seguram as colunas do pavilhão são de seda; e tudo tão perfeitamente trabalhado e preciso que nenhum outro rei o poderia ter igual.

Rodeiam estes pavilhões outros muito semelhantes, e as concubinas do Grã-Cã têm os seus, assim como os gerifaltes que ficam instalados em outros pavilhões mais distantes. Todo o acampamento está cheio de gente: astrólogos, médicos, falcoeiros e outros oficiais, que formam a comitiva do Grã-Cã. E a estada do senhor nessas paragens dura até a primavera, que vem a terminar à Páscoa da Ressurreição.

Assim passa o tempo nestas delícias, caçando nos lagos e em terra, apanhando trutas, cisnes e outros pássaros. Nem um só mercador, trabalhador ou vilão pode ter cães de caça, ou aves de presa, ou dedicar-se à pesca, por aquelas vinte léguas em redor. Só em províncias longínquas pode alguém caçar ou apanhar pássaros à sua vontade.

Naqueles domínios não há rei, nem duque, nem conde nem barão que se atreva a caçar lebres ou qualquer rês ou veado, no tempo defeso. Aquele que desobedecesse a esta proibição arrepender-se-ia; porque assim o quer o grande senhor. É tal a obediência e respeito pela sua soberana vontade que todas as lebres, gamos ou outros animais vêm pacificamente até junto dos homens; estes podem livremente acariciá-los, mas nenhum mal lhe fazem. E até a Páscoa da Ressurreição fica o grande senhor a gozar aquilo tudo, até o dia em que regressa à sua cidade de Cambaluc, com a sua gente e a sua corte, indo todos pelo caminho por onde vieram.

95

A corte do Grã-Cã

Ao regressar para a sua muito amada terra da Cambaluc, instala-se o Grã-Cã no palácio maior e ordena que haja três dias de festa; para ele, para a sua corte e para as suas mulheres. Ao fim desses três dias, recolhe-se à cidade alta que mandou construir, como se disse já, chamada Ciandu, ou seja, o seu palácio de canas, rodeado por um grande prado.

Ali passa o estio, por ser uma região fresca; e ali fica desde o dia 1 até o dia 28 de agosto, dia esse em que manda tirar o leite às suas éguas brancas, como vos contei já, neste livro. Volta logo, com demora de seis meses, para a cidade de Cambaluc, para festejar ali o seu aniversário, no mês de setembro, e nela fica os meses de outubro, novembro, dezembro, janeiro e fevereiro; e nesse mês há a festa branca. Desde o primeiro de março até meados do mês de maio que vai para os lados do Oceano, como vos contei; volta logo por três dias à sua capital, organizando festas e entretenimentos, na companhia das suas mulheres, e são esses dias de júbilo e de alegria para toda a corte, pois é surpreendente a solenidade e brilho dessas festas.

96

A cidade de Cambaluc

Há uma infinidade de casas, desde o centro da cidade até os arrabaldes. Há tantos arrabaldes como portas, e ali vive tanta gente como na cidade[163]. Nos arrabaldes, hospedam-se os mercadores que vêm tratar dos seus negócios e que são em grande número, pois o Grã-Cã deseja que a cidade seja um grande mercado.

Os palácios, nos arredores, são também lindíssimos, mas não tanto como os do Grã-Cã. Na cidade, não se enterra um único homem; os idólatras são sepultados nos arredores e ali se enterram também os outros mortos.

No recinto que é propriamente a cidade, não pode viver nenhuma pecadora ou mulher de maus costumes; são as damas da sociedade que se prestam a desempenhar o papel das pecadoras, mas mesmo estas vivem nos arredores. Ali as encontrareis em grande número, pois há 20.000 cortesãs que vendem os seus favores; e são muito necessárias, por causa do grande movimento da cidade. Podeis avaliar o número de pessoas que vive em Cambaluc e que por ali passa pelo número sempre crescente dessas mulheres.

Em Cambaluc compram-se os objetos mais raros e de maior valor. Das Índias vêm carregamentos de pedras preciosas, pérolas finas e jóias, e tudo chega a esta cidade. Da província de Catai e dos demais reinos vêm todas as mercadorias; isto acontece naturalmente, pela grande quantidade de compradores e de gente reunida na corte do Grã-Cã; pelos hóspedes ilustres, damas, seus barões e dignitários e ainda pelo dinheiro que o grande senhor gasta.

Diariamente entram mais de 1.000 carros com sedas e matérias-primas para fabricá-las, porque em Cambaluc tecem-se panos de ouro, brocados e tapetes. Nos arredores da cidade há pequenas vilas que se sustentam de tudo o que a capital compra.

E agora falarei da Zeca e da moeda que lá se cunha e sabereis das riquezas do grande senhor e como ele pode gastar o que lhe aprouver ou mais ainda do que se diz ou conta.

97

A casa da moeda do Grã-Cã

Há em Cambaluc a Zeca do grande senhor. Ali faz o Grã-Cã cunhar moedas da seguinte forma: pegam na casca das árvores, geralmente das amoreiras, dessas de que o bicho-da-seda devora as folhas, e com a pele que há entre a casca e o tronco fazem uma pasta, como a do papiro, de cor muito escura, quase preta.

Estes papéis ou tiras são cortados de vários tamanhos, quase sempre compridos e estreitos; aos mais pequenos, dá-se o valor de metade de um soldo; outros, maiores, valem um soldo, outros, meio ducado de Veneza, e outros dois ducados, cinco ou dez, outros valem um bizâncio, outros, três bizâncios, e assim, até dez bizâncios. Todos estes papéis e cartões têm o selo do Grã-Cã.

Manda fabricar tantos, que pode comprar facilmente todos os tesouros da terra. Reparte-os por todas as províncias e reinos, e paga com eles as suas contas. Ninguém pode rejeitar esta moeda, sob pena de ser condenado à morte. E todos os mercadores aceitam estes papéis como pagamento das suas mercadorias, e com eles se pagam também as pérolas, as jóias, o ouro e a prata. O papel que vale dez bizâncios não pesa nem um.

Muitas vezes, durante o ano, chegam mercadores com pérolas, pedras finas, ouro e prata; então, o Grã-Cã chama doze barões escolhidos para estas coisas e muito entendidos no assunto, e diz-lhes que examinem os objetos trazidos pelos mercadores e que os apreciem, pagando-os por aquilo que valem; e estes doze barões pagam tudo com essa moeda de papel.

Os comerciantes aceitam-na, com grande prazer, pois poderão, por sua vez, comprar aquilo que muito bem quiserem. O Grã-Cã paga com esse papel mercadorias que valem uns 400.000 bizâncios. E, uma vez por ano, publica-se um aviso, dizendo que todos os que possuam ouro, pedras finas e prata os levem à Zeca, para ali serem trocados por esse papel-moeda. Desta forma, o grande senhor acumula enormes tesouros, em prata, ouro e pedras finas.

Quando estes papéis se rompem ou sujam ou ficam deteriorados, levam-se à Zeca, onde são trocados por outros, com pequena desvalorização. E quando um homem quer adquirir um cinto de ouro, uma vasilha de prata ou jóias, vai à Zeca e dá os papéis, em troca do ouro e da prata que compra aos barões que dirigem a Zeca. Por aqui vedes como o Grã-Cã pode ter, e tem, os maiores tesouros do mundo.

98

O Grã-Cã e os doze barões

O grande senhor escolheu doze homens dos principais do seu reino, que fossem entendidos em todos os negócios, dizendo respeito às 33 províncias. Vou dizer-vos quais são as suas funções.

Os doze barões vivem em um palácio espaçoso, com imensas salas, na cidade de Cambaluc; cada província tem um juiz, um notário e um escrivão, morando neste mesmo palácio, mas cada qual em seus aposentos.

O juiz e o escrivão decidem todos os negócios referentes às províncias de que estão encarregados, mas são, por sua vez, submetidos às ordens dos doze barões. Estes são poderosos; escolhem os senhores e os governadores das províncias, conforme os seus méritos, e indicam-lhes ao Grã-Cã, que lhes confirma os cargos e dá uma placa de ouro, indicando a província para onde são nomeados.

Estes barões devem também reunir e formar as hostes guerreiras, sempre que convenha ao grande senhor e este a isso os autorize. O conselho por eles formado tem o nome de Feng, que quer dizer a suprema autoridade, e nada há mais poderoso do que ele, a não ser o Grã-Cã. O palácio onde vivem chama-se também

Feng. Esta é a maior dignidade que há na corte do grande senhor, pois tem o direito de fazer o que quiser.

Irei contar-vos, agora, como o Grã-Cã envia os seus correios e como estes aparelham os seus cavalos.

99

Cambaluc. O correio. Os estafetas

De Cambaluc partem estradas que passam por certas províncias, e cada uma tem o nome da província onde vai dar. É tudo feito com muito acerto e muito bem combinado. Quando um estafeta parte de Cambaluc e percorre 25 milhas, encontra um posto chamado iamb, na sua língua, e que na nossa recebe o nome de posta; em cada posta encontra um palácio muito grande, onde os embaixadores e os emissários do Grã-Cã podem alojar-se.

Há camas e tudo quanto convém para receber pessoas de categoria. Se um rei ali se hospeda fica satisfeito. Cada posta conta com 300 ou 400 cavalos de reserva; segundo as instruções dadas pelo Grã-Cã, estão eles sempre prontos a partir. Em cada 25 ou 30 milhas há estes postos, isto em todo o império do Grã-Cã. Até em regiões afastadas, onde não há povoados nem hospedarias, nem albergues, ordenou o Grã-Cã que haja destas postas, com suas casas cômodas, cavalariças e arreios.

É assim que os embaixadores, arautos e correios do Grã-Cã encontram em toda a parte onde hospedar-se, e cavalos para prosseguir a viagem. Não há imperador nem rei, ou outro homem, que tenha maiores regalias. Assim há mais de 200.000 cavalos destinados às postas para os correios e estafetas e mais de 10.000 palácios mobiliados.

Além destes postos há, nas pequenas aldeias, de três em três milhas, um homem com um cavalo. Usa um grande cinto, cheio de moedas e brocados de metal, que tinem para que o ouçam de longe, quando galopa. Ao receber qualquer missão, corre como o vento, mas nunca vai além das três milhas e aquele que o sente apressa-se a substituí-lo; é por meio destes estafetas que recebe o Grã-Cã as notícias de dez jornadas de distância em um dia e uma noite, pois não gastam estes homens mais do que um dia para fazerem cinco jornadas. E, em dois dias e duas noites, chegam as notícias de vinte jornadas; e em dez dias e noites chegam as que vêm de cem dias de distância.

Eis como estes homens percorrem, num só dia, dez jornadas. Eles são isentos de todas as sisas e o Grã-Cã remunera-os prodigamente.

Em relação aos cavalos que vão ser substituídos, procede-se assim: averigua-se primeiro qual é a cidade mais próxima e com quantos cavalos se pode contar nessa cidade. Estes cavalos nada custam ao viajante, a não ser quando se trata de lugares afastados, sendo então obrigado a ceder às postas os seus próprios animais.

Se necessário um correio chegar urgentemente para dar a notícia de que alguma povoação está sublevada, corre 200 milhas num dia e até 250. Se deseja correr mais, entrega um aviso a um gerifalte, com a nota de que há coisas importantes a comunicar.

Quando são dois, põem-se a caminho em cavalos possantes e resistentes. Correm até o posto que desejam alcançar e ali encontram, frescos e bem aparelhados, os cavalos que substituem os primeiros. Saltam para as selas e correm até a posta seguinte; ali encontram outra vez cavalos que substituem os outros; assim, sucessivamente, até cair a noite. Assim, fazem as 250 milhas, para trazer notícias ao Grã-Cã.

Deixo este assunto, pois já falei bastante nele, e irei falar-vos de um favor especial que o grande senhor concede duas vezes por ano.

100

O Grã-Cã auxilia seus súditos quando têm más colheitas ou perdem o gado

O Grã-Cã ordena habitualmente a emissários inteirar-se do estado das colheitas em suas províncias, e se os lavradores foram prejudicados pelo granizo, geada ou outras calamidades; e àqueles que sofreram estes males perdoa-lhes, nesse ano, o pagamento do tributo, mandando ainda dar-lhes sementes para as plantações, para não sofrerem privações; e tudo por bondade natural. Isto durante o verão; no inverno, faz a mesma coisa para o gado.

Se um homem perdeu os seus animais ou as suas cavalgaduras, por causa de doenças, ou por desastre, ordena que lhes dêem do seu próprio gado e perdoa-lhe o tributo, por esse ano.

101

O Grã-Cã manda plantar árvores nas estradas

Ordenou o Grã-Cã que se plantassem árvores, duas a duas, nas estradas por onde passam a mala-posta, os mercadores e os peregrinos, em ambos os lados do caminho. São árvores tão grandes que se vêem de longe.

Isto é feito para que pessoa alguma perca de vista a estrada, ou dela se afaste. Encontrá-la-eis em regiões desertas, sendo muito úteis aos viajantes, que assim não perdem o caminho; há destas árvores em todas as províncias e em todos os reinos.

102

O vinho de Catai

Os habitantes de Catai bebem vinho assim fabricado: fazem uma bebida com um arroz fermentado e outras espécies de gramíneas e preparam-na, fazendo-a melhor do que outro qualquer vinho, pois é muito forte.

Agora vos falarei de umas estranhas pedras, que eles conseguem queimar como se fossem madeira.

103

A pedra que arde como a madeira

Há, em toda a província de Catai, umas pedras negras, que são arrancadas das montanhas, como os minerais, e queimadas como se fossem pedaços de madeira[164]. E o fogo é mais intenso e resistente que o da madeira; e, se as acenderem ao princípio da noite, guardam o lume até de manhã. Em toda a província de Catai queimam essas pedras. Não faltam bosques que dêem madeira para queimar; mas essas pedras custam menos e duram mais.

Agora vos contarei como o Grã-Cã procura reduzir o custo do trigo.

104

O Grã-Cã manda armazenar trigo para o tempo das calamidades

Por ocasião de um bom ano de colheita abundante de cereais, vendo o bom senhor que há muita fartura no mercado, manda recolher uma grande quantidade de grãos, encher bem os celeiros, e arrumá-los de modo que possam durar três ou quatro anos. Com isto, quero dizer que armazena toda a espécie de cereais; trigo, cevada, alpiste, arroz e outros grãos; de tudo isto recolhe uma grande quantidade.

Quando o trigo falta ou sobe muito de preço, tira-o dos celeiros, e se a fanga custa um bizâncio, por esse mesmo dinheiro faz distribuir quatro fangas a cada homem. Assim, todos têm trigo em abundância. Desta maneira, o Grã-Cã providencia para que, em tempo de fome, os seus súditos não a sofram. E o mesmo ordena que se faça nas suas terras e províncias.

105

O Grã-Cã pratica a caridade

O Grã-Cã é muito caridoso para com os pobres, na cidade de Cambaluc. Preocupa-se com as famílias carentes, de seis, oito e dez pessoas, e se não têm que comer, manda-lhes dar trigo e toda a espécie de alimentos. Também os que vão pedir no palácio nunca voltam de mãos vazias; e, por isso, ali acorrem diariamente mais de 30.000 pessoas, isto durante todo o ano. É grande a bondade do senhor para com o seu povo, que assim o ama e o venera como a um deus.

Deixemos Cambaluc; agora falaremos da província de Catai e de tudo que há por ali.

Notas

162. São espécies de anilhas, semelhantes às usadas pelos colombófilos de nossos dias no pombo-correio. (N. do T.)

163. Um recenseamento feito em 1270 indica 147.590 fogos. Se adotamos a média de oito cabeças por família, proposta pelos escritores chineses, chegaríamos a 1.200.000 pessoas.

164. O carvão mineral era conhecido e utilizado na China desde a época dos Han, nas proximidades da era cristã.

Parte XV

106

A ponte do rio Polisangio

Misser Marco, em pessoa, foi enviado como embaixador do Grã-Cã às terras do Poente, e se ausentou de Cambaluc, tendo viajado pelo espaço de quatro meses. Referir-vos-ei o que viu na ida e no regresso[165].

Partindo da cidade de Cambaluc, a 10 milhas, há um rio chamado Polisangio[166], que desemboca no Oceano, e pelo qual são transportadas muitas mercadorias. Neste rio, há uma formosa ponte de pedra, de 21 arcos e 21 pilares de mármore cinzento, magnificamente ornamentados.

De cada lado da ponte, há uma colunata de mármore, correndo ao longo do muro que serve de anteparo; cada coluna tem por base a figura de um leão e é rematada por outro leão grande e bem esculpido; a um passo e meio desta coluna, há outra semelhante, tendo os leões por base e remate; e, de uma coluna à outra, existe um parapeito de mármore cinzento, para que os homens não caiam na água. E assim umas atrás das outras, até o fim da ponte, que é uma bela construção e mede trezentos passos de comprimento por oito de largura.

107

A cidade de Gioguim

A 30 milhas para Poente desta ponte, encontram-se luxuosas residências, vinhedos e campos, e uma grande cidade chamada Gioguim[167], onde há mosteiros de idólatras. A população vive do comércio e da indústria. Os habitantes tecem formosos panos de ouro e brocados de seda e têm muitas hospedarias para os viajantes.

Ao sair da cidade, e a uma milha de distância, há dois caminhos, um para o Poente, o outro para o Oriente; o do Poente atravessa a província de Catai, e o do Oriente vai à província de Mangi. Percorrendo dez jornadas pela província de Catai, sempre repleta de cidades, castelos, fábricas, campos de trigo, grandes mercados, vinhedos e muitos monumentos, entramos no reino de Tainfu[168].

108

A cidade de Tainfu

Ao sair de Gioguim, após dez jornadas de marcha, encontra-se o reino de Tainfu, cuja capital é a cidade de Tainfu[169]; grande e formosa; faz-se ali muito comércio e muita arte. Nesta cidade se fabricam as armaduras necessárias ao exército do Grã-Cã. Há vinhedos e excelente vinho, que esta cidade fornece a toda a província. Há criação de bichos-da-seda, e muita indústria de brocados e sedas.

De Tainfu, cavalgam-se sete jornadas para Poente, numa rica região em vilas, castelos, fábricas e armazéns. É contínuo o movimento de mercadorias; ao cabo das sete jornadas encontra-se uma cidade chamada Pianfu[170], também muito rica. Nela se fabricam muitas sedas.

Agora vos falaremos da cidade de Cacianfu; mas, antes, mencionaremos o magnífico castelo de Caitui[171].

109

Caitui, o castelo do Rei de Ouro

A duas jornadas para Poente de Piantu há um belo castelo, chamado Caitui, que outrora um rei, chamado Rei de Ouro[172], mandou construir. Neste castelo há um grande palácio que, numa das suas grandes salas, exibe muitos retratos e pinturas de todos os reis que outrora reinaram nesta província.

Do Rei de Ouro vos relatarei uma história interessante, que se passou entre ele e o Prestes João, e que é contada pela gente do lugar. Diz-se que este rei era inimigo do Prestes João, mas estava tão bem fortificado no seu castelo que aquele não podia fazer-lhe mal algum, e isso muito o contrariava e enfurecia, por não poder vencer um rei tão fraco.

Sete mancebos da corte do Prestes João juraram a este que trariam o outro rei à sua presença. O Prestes João respondeu-lhes que, se fizessem isso, saberia recompensá-los; assim, decidiram-se a proceder da seguinte maneira: partiram em companhia dos seus escudeiros e disseram ao Rei de Ouro que vinham para o servir, por estarem desavindos com o seu senhor. O rei acolheu-os com prazer e respondeu-lhes que eram todos bem-vindos.

Assim, os sete mancebos entraram para o seu serviço. Dois anos o serviram, e o rei tomou-lhes grande afeição e fiava-se neles como nos seus próprios filhos. Mas escutai o que fizeram estes malvados (que ninguém pode livrar-se dos homens desleais!). Certo dia, em que o rei saíra a passeio com eles, pelos arredores do castelo, deram por chegado o momento de executar o projeto. Tiraram as espadas e disseram ao rei que teria de segui-los ou o matariam. O rei, admiradíssimo, exclamou:

– Como pode ser isso, amados filhos? Onde quereis que eu vá?

– Venha conosco – disseram – até junto do nosso soberano, o Prestes João.

110

Prestes João prende o rei Dario

O Rei de Ouro ficou pois muito aflito:

– Tende piedade de mim! Como é possível que, tendo-vos cumulado de honras, no meu palácio, queirais deixar-me nas mãos do meu inimigo. Se fazeis uma coisa dessas, sereis uns vilões e uns ingratos!

Eles responderam-lhe que assim devia ser. E levaram-no ao Prestes João. Este, ao vê-lo, gozava com a sua humilhação. Mandou-o guardar gado, nas suas propriedades, para significar-lhe o seu desprezo, considerando-o tão vil que não servia para outra coisa.

Assim o conservou por dois anos; e, ao cabo, fê-lo vir à sua presença e disse-lhe:

– Já vês que não és capaz de fazer-me guerra e não podes medir-te comigo. Podia matar-te, se quisesse, e não há forças humanas capazes de o impedir.

Assim o reconheceu humildemene o Rei de Ouro. Então, o Prestes João, ao vê-lo indefeso, deu-lhe ricos cavalos e armas, vestiu-o de brocado de ouro, e mandando-o acompanhar por uma brilhante escolta devolveu-o ao seu reino. E, desde essa data, foi seu amigo e aliado.

111

O rio Caramorã

A 20 milhas para o Poente encontra-se um rio chamado Caramorã[173], tão caudaloso que desemboca no Oceano. Em suas margens há muitas povoações e muito tráfico. À sua beira crescem moitas de gengibre em grande abundância. Há tantos pássaros que, por três faisões, dá-se um soldo de Veneza, isto é, uma pequena moeda de prata que quase nada vale. A duas jornadas do rio encontra-se a nobre cidade de Caciã-fu[174]. Os seus naturais são idólatras, e os da província de Catai também o são. É uma cidade laboriosa e comercial, com um grande mercado de sedas. Tecem brocados de ouro e seda, de toda a espécie.

Fomos então visitar a comarca de Quengiã-fu[175].

112

A grande cidade de Quengiã-fu

Quando se deixa a cidade de Caciã-fu, cavalgam-se oito jornadas para o Poente, encontrando sempre amenos prados, povoações, cidades, aldeias e castelos, jardins e campos muito férteis; e depara-se então com a cidade de Quengiã-fu. Toda a comarca está cheia de amoreiras, que servem para a criação dos bichos-da-seda. Os habitantes são idólatras. Há abundância de pássaros e toda a sorte de animais. É grande cidade no comércio e na indústria.

Quengiã-fu foi poderosa capital do reino e teve muitos reis, bons e justos; hoje, rege-a um filho do Grã-senhor, chamado Mangalai[176]; o seu pai confiou-lhe este reino e fê-lo coroar aqui; é muito amado dos seus súditos.

Na periferia, está o palácio real, numa planície, rodeado de lagos, rios e regatos. Uma robusta muralha, tão famosa que não pode imaginar-se melhor, rodeia a cidade. No interior desta há outro palácio, todo dourado. A guarda real vive nas dependências desse palácio e sustenta-se da caça, que tem ao seu dispor, em grande abundância.

Internar-nos-emos agora na montanha, para vos descrever uma província pitoresca, que se chama Cunchim.

113

A província de Cunchim

De Mangalai caminha-se três dias para o Poente, por uma formosa planície repleta de cidades, vilas, castelos e aldeias, ricas em sedas e abundantes em frutas. Ao cabo de três jornadas chega-se a um país de altas montanhas e vales muito fundos: é a província de Cunchim[177]. Entre os penhascos e as penedias há aldeias e fortalezas.

A gente é idólatra e vive da caça e da agricultura. Nos bosques há muitas feras: leões, ursos, lobos, gamos, cervos; de modo que a gente que os caça vende as suas peles e tira grande proveito delas. Cavalgando vinte jornadas entre rochedos, nunca se deixa de encontrar castelos e povoados, com muito boas pousadas para os viajantes, onde podem descansar e divertir-se.

Iremos, agora, a outra província.

114

A província de Arbalec Mangi. O almíscar

Cavalgando vinte jornadas entre as montanhas de Cunchim, chega-se à província de Arbalec Mangi[178], que ocupa uma imensa planície. Esta região é muito povoada. Os indígenas são idólatras. Vivem do comércio e da indústria; cresce ali tal quantidade de gengibre que abastece toda a província de Catai, a qual tira grande proveito desta planta. É um mercado rico em trigo, arroz e toda a espécie de cereais.

A capital chama-se igualmente Arbalec, o que significa cidade branca. Esta província, formosíssima e rica em extremo, atravessa-se em vinte jornadas, por entre montanhas, bosques e vales; e durante essas vinte jornadas a paisagem é sempre rica e povoada. Também aqui há ursos, leões, cervos e gamos, bem como o animal de que se tira o almíscar.

115

A província de Sindufu

Percorridas vinte jornadas para o Poente, nos confins de Mangi, está a província de Sindufu. A capital chama-se também Sindufu[179], e tem grandes e poderosos reis. Mede 20 milhas de circunvalação; mas está dividida da seguinte maneira: ao morrer, o rei deixou três filhos, e assim a cidade dividiu-se em três partes; cada qual tem um muro de defesa, separando-a das outras; mas estes muros, por sua vez, estão dentro da muralha da cidade. O rei, que era muito rico e poderoso, deixou grandes tesouros para os três filhos. Mas o Grã-Cã conquistou este reino e destronou os três reis.

A cidade está dividida por um rio de água doce, que tem muitos peixes; é largo de meia milha e muito profundo; chega até o Oceano, que está a oitenta ou cem jornadas de distância; o seu nome é Quiansui[180].

Nas margens deste rio há numerosas vilas, cidades e castelos. Por ele navegam muitos barcos e sobre ele pairam formosas aves. Pela sua largura, parece mais um mar do que um rio.

Vou descrever-vos a ponte que está por cima dele. É inteiramente de pedra, tem oito passos de largura e meia milha de comprimento. No seu muro de anteparo há colunas de mármore, que sustêm o teto da ponte, pois é coberta, e o teto, de madeira, está pintado de mil cores e adornos; no interior, há pavilhões ocupados por mercadores e artífices.

Estes pavilhões desarmam-se à noite e armam-se de dia, com vigas dispostas para isso; e os mercadores que neles negociam pagam o grã-senhor, pelo que vendem, um tributo calculado em mil bizâncios de ouro.

Os indígenas são idólatras.

Nesta região, cavalgam-se cinco jornadas por campos e vales, nunca perdendo de vista castelos e vilas. Dedicam-se os homens ao cultivo da terra. São também industriosos, porque trabalham os mais belos tecidos de seda e outros panos.

Há muitas feras, em especial leões e leopardos.

Caminhando cinco jornadas, chega-se a uma província quase deserta, chamada Tibete.

116

A província do Tibete

Após cinco jornadas, entra-se numa província muito devastada, porque a arrasou Mangu-Cã[181]. Há castelos e vilas destruídos pela guerra. As canas são tão grossas que têm três palmos de grossura e quinze passos de alto. De um nó a outro, medem três palmos. Os viajantes que passam de noite por esta província arrancam as canas e fazem com elas archotes, pois, quando ardem, faíscam de tal forma e produzem tantas labaredas que os leões e os ursos fogem espavoridos, e não há perigo de que se acerquem. É tremendo o ruído que produzem, ao estalarem com o fogo. A este respeito, eu vos contarei uma coisa curiosa:

Quando se colhem estas canas verdes e se juntam em feixes, deitando-lhes fogo, logo começam a retorcer-se e a estalar, de tal sorte que são ouvidas à distância de dez milhas, no meio da noite; e aquele que não está habituado a ouvir este espantoso som fica surpreso.

Os cavalos que nunca tenham ouvido tamanho ruído fogem espantados, perdem os freios e as cordas com que os amarram: por isso, é prudente vendar-lhes os olhos e atar-lhes fortemente as patas, para que não possam fugir. Estes archotes oferecem-nos a maneira mais segura de escapar às feras, que vivem em abundância naqueles bosques. É preciso prover-se de víveres para vinte dias, porque não há armazém nem pousada, nem quem dê de comer às cavalgaduras. Por todo este caminho se encontram muitas feras daninhas e perigosas, mesmo perto dos povoados.

Agora vos contarei como casam as mulheres. Nenhum homem tomaria por esposa uma virgem; dizem que não valem nada se, antes de se casarem, não conhecerem outros homens. E, por esta razão, esforçam-se as mulheres para perder cedo a sua virgindade.

Quando passam estrangeiros por esta região e abrem as suas tendas de campanha, para descansarem e fazerem um pouso no caminho, as mulheres dos castelos e povoados descem até eles e trazem as suas filhas ao acampamento, entregando-as aos forasteiros para que com elas durmam; eles retêm-nas e usam-se delas, mas não podem levá-las consigo; antes da separação, é costume dar à moça com quem se dormiu uma lembrança ou uma prenda, para que possam mostrar, quando querem casar-se, que já conheceram homem.

Geralmente, presenteiam-nas com uma pedra para o colar. Deste modo, se uma jovem trouxer ao peito vinte pedras, para demonstrar que conheceu vinte homens, terá maior número de pretendentes. Eles dirão que é a mais perfeita de todas. Mas, depois de terem feito dela sua mulher, querem-lhe muitíssimo; e ai daquele que tocar na mulher de outro, caso que evitam o mais possível.

Contei-vos estes singulares matrimônios. As jovens têm de dezesseis a vinte e quatro anos e são lindas e frescas.

Esta gente é idólatra e de más entranhas. Desconhece o bem e julga muito natural roubar e cometer vilanias. São os maiores ladrões que existem.

Aqui também abundam as cabras de que se extrai o almíscar. Estes maus homens têm bons cães, que caçam aqueles animais, e com isto conseguem ter almíscar em grandes quantidades. Não usam moeda de papel nem de ouro, mas trocam por essa essência aquilo de que precisam. Vestem-se muito pobremente, quase sempre de peles de animais. Têm idioma próprio. Este Tibete é uma província muito extensa.

117

Ainda o Tibete

O Tibete limita-se com Mangi e outras províncias, e conta oito reinos, com numerosos castelos e cidades; em várias paragens há rios e montanhas, onde se encontram pepitas de ouro. Também há canela. Apreciam-se muito os adornos de coral, que põem ao peito das mulheres e dos ídolos, pagando-os por alto preço. Nesta província tecem o chamalote em quantidade, o pano de ouro e o brocado de seda.

Aqui vivem os mais sábios astrólogos e adivinhos, os mais sutis de todas as províncias vizinhas; fazem os mais terríveis sortilégios e, por arte diabólica, fazem ver e ouvir coisas maravilhosas. Têm maus costumes, criam grandes mastins, muito fortes para a luta e para pelejar com as feras. Têm muita variedade de cães e pequenos falcões, que voam bem e caçam melhor.

Deixemos esta província, de que vos temos falado, a traços largos, nas suas particularidades, e iremos à província de Caindu[182].

Todo o Tibete e demais províncias pertencem ao Grã-Cã, bem como todas as regiões descritas até agora, menos as do princípio do livro, que pertencem ao filho de Arghum.

118

A província de Caindu

Caindu está para os lados do Poente. Tem apenas um rei, vassalo do Grã-senhor. Os habitantes são idólatras. Ali há um lago onde encontramos formosas pérolas; mas o Grã-Cã proibiu que as pescassem, visto que assim tirariam quantas pudessem, o que as tornaria vulgares, fazendo-as baixar de preço. Quando o Grã-Cã as quer para ele, manda pescar umas tantas, proibindo que as pesquem sem o seu consentimento. E quem o fizer será morto. Existem nas montanhas muitas turquesas, que são pedras belíssimas. Tampouco o Grã-Cã permite que se recolham mais do que quanto ele deseja.

Nesta província não levam a mal que um forasteiro os envergonhe com as suas mulheres, irmãs ou filhas, nem mulher que viva na casa. E alegram-se quando um forasteiro se entretém com elas, pois dizem que os seus ídolos e deuses lhes dão, por isso, bens em abundância. São, por esse motivo, condescendentes para com os estrangeiros.

Quando um homem vê chegar um forasteiro à sua casa, a pedir-lhe hospitalidade, deixa-o sozinho com sua mulher, ordenando a esta que faça o que o forasteiro mandar. Abandona a casa, e vai para a sua vinha ou o seu campo, e não volta senão quando o estrangeiro parte; e amiúde o peregrino ali vive três dias, deitando-se na cama da mulher do vilão.

E aquele que ocupa a casa põe um sinal, para significar que se encontra nela, isto é, pendura o seu chapéu ou algum outro sinal na porta. E o vilão, que vê o sinal à porta da sua casa, não volta enquanto nela se demora o forasteiro.

Possuem ali ouro em pequenas vergas e vale segundo o seu peso. Não têm moedas nem papel. Fabricam uma pequena moeda, que vos descreverei: pegam em sal, cozem-no numa caldeira e deitam-no depois em fôrmas pequenas, onde coalha. Oitenta destas medidas de sal valem uma verga de ouro fino, e é o que empregam como moeda corrente.

Têm cabras de almíscar e bons peixes que pescam no lago onde há pérolas. Há, ali, toda a espécie de feras e pássaros de falcoaria. Não têm vinho de uva, mas fazem vinho de trigo e arroz, com drogas aromáticas, e este vinho é excelente. Nascem nesta província muitas alfarrobeiras, além de um arbusto muito frondoso, que tem pequenas flores brancas. Há canela, gergelim e outras especiarias que não se vêem em nosso continente e por isso é inútil mencionar.

Deixando Caindu para trás, cavalgam-se dez jornadas, encontrando a cada passo castelos e quintas. Os naturais são tão originais nos seus costumes como aqueles de que já vos falamos. Têm caça em abundância. Depois dessas dez jornadas encontra-se o rio Brius[183], que marca os limites da província de Caindu e leva nas suas águas muitas pepitas de ouro. Há canela em abundância. O rio desemboca no Oceano.

Deixemos este rio, que nada tem de notável, e visitemos outra província, chamada Caraiã[184].

Notas

165. Esta missão deve ser a descrita no cap. 16 e deve datar dos anos 1277-78, contudo é igualmente possível que

várias viagens e estadias tenham sido descritas sob a forma de um único itinerário.

166. O nome indica não o rio mas a ponte que o atravessa. A palavra é persa e deveria ler-se quer como Poul-i sanghin (= a ponte de pedra), quer como Poul-i San-kan (= a ponte do rio Sang-kan).

167. Atual cidade de Zhuoxian no Hopeh. Em realidade, Marco Polo segue um itinerário sudoeste e não oeste.

168. A província de Chen-si, a oeste da de Hopeh.

169. Taiyuan, atual capital do Chen-si.

170. Ping-yang, atual Lin-fen no Chen-si.

171. Atual Chiehsien no Chen-si.

172. Quer dizer, o rei da dinastia Kin (= ouro em chinês). A lenda trazida por Marco Polo não tem outro fundamento histórico conhecido além das lutas entre os Kin e as tribos do norte.

173. É o Karamuren (o rio negro em mongol), o rio Amarelo dos chineses.

174. Os comentadores, baseando-se em uma análise toponímica, concordam em identificar Caciã-fu, a despeito da descrição de Marco Polo, com Yungtsi, a atual Tongguan, situada na margem leste do rio Amarelo. Sem poder entrar em uma análise do mesmo tipo, limitamo-nos a indicar que, Caciã-fu encontrando-se a duas unidades de distância do rio e a três da cidade seguinte, cuja identificação é incontestável, na estrada que leva ao vale do Wei, sua localização corresponde à atual Hwayin no Chen-si.

175. A atual Xi'an-Sian, ainda capital da província do Chen-si.

176. Mangalai foi morto em seu feudo em 1280, o que confirma que a visita de Marco Polo é anterior a esta data.

177. Depois de Xi'an-Sian, Marco Polo continua a subir o vale de Wei em direção ao oeste antes de encaminhar-se para o sul para atravessar as montanhas de Tsin Ling e passar da bacia do rio Amarelo para a do Yangtzé no vale de Han. É esta região montanhosa que é aqui descrita.

178. É Agbalik Manzi (= cidade branca do Manzi), na

China do sul, ou melhor, de seus confins, como o indica Marco Polo. É a atual Hanzhong, sobre o alto vale do rio Han.

179. A província de Szechwan e sua capital, Cheng-du. De Pequim a Cheng-du Marco Polo seguiu a estrada atual com uma pequena variante passando por Hanzhong, a estrada atual atravessando os montes Tsin Ling um pouco mais a oeste.

180. O nome corresponde a Yangtzé ou rio Azul, mas o rio que atravessa a cidade é o Min, afluente do Yangtzé.

181. O Tibete aqui descrito por Marco Polo não é o Tibete propriamente dito, mas a parte ocidental e montanhosa de Setchuan. Isso explica a menção de Mongka, que realizou uma campanha no Setchuan em 1258, sem penetrar no Tibete.

182. Marco Polo continua seu itinerário sudoeste para ir da capital do Setchuan à do Yunnan. A província aqui descrita encontra-se ao sul da atual Setchuan ao longo do vale do rio Yalong e sua capital é a atual Xichang.

183. Trata-se do alto curso do Yangtzé que forma o limite entre a província de Setchuan e a de Yunnan.

184. Karadjan (= o reino negro, do mongol Kara - negro e do tibetano djang - reino). Reino não-chinês conquistado em 1253 por Cublai. Corresponde à parte norte do Yunnan (ver também cap. 16).

Parte XVI

119

A província de Caraiã

Passando este rio, internamo-nos na província de Caraiã, tão extensa que compreende sete reinos. Está para os lados do Poente. Os seus habitantes são idólatras e pertencem ao Grã-Cã. O rei é seu filho e chama-se Cogatim[185], grande rei, rico e poderoso; é homem sábio, prudente, discreto e administra bem a justiça. Para Poente, afastando-se cinco jornadas do rio, há cidades e castelos, onde se criam magníficos cavalos. Os naturais vivem do pastoreio e dos frutos da terra. Têm língua própria, muito difícil de entender.

Após cinco jornadas, encontra-se a cidade chamada Jazi[186]. Nela vivem mercadores e industriais. São maometanos, idólatras e cristãos nestorianos. Há muitos arrozais; nesta província o pão de trigo é mau, mas comem muito arroz e fazem um vinho muito bom, com drogas aromáticas. Um vinho claro, capaz de embriagar um homem, como o nosso vinho.

A moeda usada é a seguinte: pegam em conchas de porcelana e que também usam nas coleiras dos cães;

e estas valem: oitenta conchas, um sazo de prata, que são dois sequins venezianos, fartos; e oito sazos de prata fina valem um sazo de ouro fino.

Há ali muitas salinas, de que tiram o sal; e todos vivem destas salinas. Também o rei tira grande proveito deste sal.

Os homens desta terra são tão insensatos que não se importam que se sirvam das suas mulheres, contanto que elas consintam nisso.

Iremos, agora, ao reino de Caraiã, mas antes vos contarei outra coisa: há um lago, de cerca de 100 milhas de circunferência, que tem os mais belos peixes do mundo. São grandes e de todas as espécies. Os indígenas comem carne crua, picada e preparada com molho de alhos e outras especiarias, devorando-a com apetite, tal como nós fazemos com a carne cozida.

120

Ainda a província de Caraiã

Percorrendo dez jornadas para Poente, encontra-se a província de Caraiã e a sua capital, que tem o mesmo nome. Os habitantes são idólatras e pertencem aos domínios do Grã-Cã. Nesta província há pepitas de ouro, no rio e nos lagos; mas nas montanhas ainda as há em maior quantidade. Há tanto ouro que trocam um sazo de ouro por seis de prata. Também aqui se empregam as moedas de porcelana de que vos falei, mas trazem-nas da Índia.

Aqui encontramos enormes serpentes, que causam terror. São horríveis, de dez passos de comprimento e grossas como um feixe de trigo.

A cabeça é enorme e os olhos são do tamanho de dois pães. A boca é tão grande que poderia engolir um homem. Os dentes são gigantescos. São tão compridas que causam pavor. Há a mais pequena: de oito, seis e cinco pés[187].

A maneira de as caçar é assim: durante o dia, permanecem escondidas na terra, por causa do calor; à noite, saem a procurar alimento e devoram todos os animais que encontram. Vão beber água no rio, lagos e fontes. São tão gordas e pesadas que, quando se arrastam na areia, deixam um rego nos areais, como se por ali houvesse passado uma barrica cheia de vinho. E os caçadores põem armadilhas nos sítios onde vêem as suas pistas. Cravam no chão uma estaca de madeira muito forte e grossa, na qual espetaram um gume afiado, ao modo de navalha ou ferro de espada, e tapam com areia, para que a serpente não veja. Quando ela passa, rasga-se no ferro e fica furiosa e dá grandes pancadas na estaca, ferindo-se mais ainda, de forma que morre pouco depois.

Uma vez morta, arrancam-lhe o fel e vendem-no muito caro, pois sabem que se compõe com ele um bom remédio. Se um homem foi mordido por um cão danado, dão-lhe a beber uma droga preparada com o fel da serpente; e isto basta para salvá-lo. Quando a mulher tem um parto difícil e grita muito alto, dão-lhe um pouco deste fel e logo lhe passa a aflição. A terceira virtude deste fel é a de fechar uma chaga em dois dias. E por este remédio toda a província tem grande apreço. Também a carne das serpentes é muito apreciada; vende-se muito cara e comem-na com gosto, achando-a muito boa.

Nesta província nascem cavalos grandes e fortes, que são levados para ser vendidos na Índia. Cortam-lhes dois ou três nós da cauda, para que não possam açoitar com ela o cavaleiro, nem a possam agitar quando galopam, o que eles consideram coisa muito feia. Esta gente monta à moda de França, com estribos muito compridos. Os cavaleiros usam couraças de pele de búfalo, lanças e escudos; e todos levam flechas consigo.

Agora vos contarei uma patranha que faziam antes de o Grã-Cã os ter conquistado: quando acontecia que um gentil-homem bem aparecido pedia hospitalidade em casa de alguém desta província, logo o matavam durante a noite, não para roubar, mas porque pretendiam que a sua figura, a sua graça, a sua inteligência, assim como as suas armas, ficassem na casa. Deste modo, mataram a muitos, antes de serem conquistados pelo Grã-Cã. Isto passava-se há trinta anos, pouco mais ou menos, mas agora já não o fazem, pois temem a justiça do Grã-senhor.

121

A província de Zardandã

A cinco jornadas de Caraiã, para os lados do Poente, encontra-se a província de Zardandã[188], onde a gente é idólatra e vive sob a tutela do Grã-Cã. A capital desta província chama-se Nociã[189].

Toda a gente tem dentes de ouro, isto é, cobrem-nos de ouro. Têm uma espécie de moldes de ouro, com os quais cobrem a dentadura superior e inferior. Isto fazem os homens, mas não as mulheres. Aqueles são todos nobres e jamais se ocupam de outras coisas que não sejam a caça e a falcoaria.

As mulheres fazem tudo, e apenas os escravos as ajudam. Quando às mulheres nasce um filho varão, lavam-no e envolvem-no num pano; e o marido deita-se na cama com o menino, ali ficando durante quarenta dias, só se levantando para as suas necessidades. E a mãe não tem com a criança mais cuidado do que o de lhe dar o leite.

Amigos e parentes vêm visitá-lo e fazem-lhe festa, consolando-o; procedem assim, porque dizem que as suas mulheres passaram fadigas e trabalhos, levando o filho no ventre, e não querem que elas sofram nesses quarenta dias. Mas a verdade é que a mulher, logo depois do parto, levanta-se, faz todos os misteres da casa e serve o marido na cama.

Comem carne crua e cozida, e arroz cozido com a carne e outros condimentos. Bebem o vinho de arroz e especiarias. As suas moedas são de ouro, além das conchas. Dão um sazo de ouro por cinco de prata; porque têm os lavrantes de prata a cinco meses de distância e por isso os mercadores trazem prata em abundância, posto que a trocam por ouro e disso tiram vantagem.

Estes naturais não têm ídolos nem igrejas, mas rezam aos seus antepassados. Não têm alfabeto e não sabem escrever; isto não é caso para surpresas, porque estão desviados e afastados do resto do mundo, entre grandes selvas e montanhas que não podem franquear, porque o ar é tão insalubre que morreriam.

Quando realizam qualquer negócio entre eles, pegam num pedaço de madeira, quadrado ou redondo, e partem-no pelo meio, guardando cada qual um pedaço. Chegado o dia do pagamento, aquele que tem de entregar o dinheiro recebe a outra metade do toco de madeira, em troca de satisfazer a quantia estipulada.

Nestas províncias de Caraiã, Nociã e Jazi, não há médicos. Quando alguém cai doente, chamam os magos e adivinhos, que guardam os ídolos. Mal estes chegam, o enfermo conta-lhes o seu padecimento. Então os magos tocam os seus instrumentos e bailam e cantam, até que um deles cai no chão, deita, espuma pela boca e fica como morto. Está, nesse momento, a falar com o diabo. Quando os outros vêem que um deles caiu da forma que vos relatei, perguntam-lhe de que doença padece o enfermo, ao que ele responde:

– O espírito tocou-o, porque não fez caso dele.

E os magos dizem em coro:

– Roga-lhes que lhe perdoe e tragam remédios com que se possa curar, que ele em troca dará o seu sangue.

Em seguida pronunciam muitas sentenças, para que os espíritos que habitam no mago que está em êxtase respondam se o doente vai morrer; então o mago, com voz chorosa, diz:

– Este enfermo fez tantos agravos a tal espírito, e é tão mau, que ele não quer perdoar-lhe.

Se, ao contrário, deve curar-se, dizem-lhe que, se quer recuperar a saúde, pegue em dois cordeiros ou três, faça bebidas boas e raras; e recomendam que os cordeiros tenham a cabeça negra e que com eles sacrifique ao tal ídolo ou ao tal espírito; e faça grande festa em honra destes deuses, e os louve e cante as suas loas.

Ouvindo os parentes e amigos esta sentença, apressam-se a fazer o que lhes disseram os magos. Matam os cordeiros, regam o solo com o sangue, em honra deste ou daquele espírito. Logo se enfeitam e convidam os feiticeiros e as mulheres, para que tragam os ídolos e cantem e bailem.

Acendem luzes, preparam bebidas, tangem os instrumentos, até o momento em que caem uns por cima dos outros, todos borrachos; e então perguntam se o doente pode esperar a salvação. E os magos respondem que ainda não foi perdoado, pois falta fazer isto ou aquilo, e, cumprido isto, declaram finalmente que se curará.

Finalmente, voltam a tocar a música e a recomeçar o baile, as luminárias e o incenso; comem e bebem até se fartarem. Satisfeitos, cada um se retira para sua casa; e, quando tudo terminou, o enfermo imediatamente se cura.

Deixemos estes magos, mais as suas artimanhas, e prossigamos o nosso relato.

122

O Grã-Cã conquista o reino de Mien e o de Bengala

Esquecemo-nos de vos falar de uma grande batalha que se feriu no reino de Nociã, e que deve ficar escrita neste livro; narrar-vos-emos como aconteceu o feito e de que maneira:

Em 1272 da Encarnação de Cristo, enviou o Grã-Cã um exército aos reinos de Nociã e Caraiã comandado pelo príncipe Nesradin[190]. Porque ainda não tinha enviado seus filhos, como fez no futuro, nomeando rei o filho do seu defunto filho. E sucedeu que os reis de Mien[191] e de Bengala[192], que eram muito poderosos em terras e tesouros, não queriam submeter-se ao Grã-Cã; e portaram-se tão mal para com ele que o Grã-Cã lhes arrebatou os dois reinos acima mencionados.

Quando o rei de Mien soube que o Cã estava em Nociã, disse consigo mesmo que era imprescindível ir contra as suas hostes e aniquilá-las, de modo que não restasse ao Grã-Cã vontade de guerrear contra ele. E fez grandes preparativos, que vos relatarei: tinha 2.000 elefantes muito corpulentos e em cima de cada um deles mandou construir um pequeno castelo de madeira muito forte, que servisse para combater. Postou, também, em cada um, doze homens, prontos para o combate; e em alguns até dezesseis, ou mais. Dispôs uns quadrados de batalha, com quarenta homens a cavalo e outros tantos a pé. Todo este aparato correspondia ao de um grande monarca, como era este rei de Mien.

Terminados que foram os preparativos, pôs-se em marcha, à procura do exército tártaro do Grã-Cã. Caminharam os guerreiros largo tempo, sem que se produzisse qualquer aventura digna de menção; mas, ao chegarem a três jornadas do exército, assentaram arraiais para descansar.

123

A batalha entre o Grã-Cã e o rei de Mien

Certificando-se o senhor dos tártaros de que o rei de Mien vinha contra ele com numerosos soldados, sentiu receio, porque apenas contava com 10.000 homens a cavalo. Por si próprio nada temia, pois era valente. Resolveu, todavia, defender até a última o seu país e a sua gente. Postaram-se os tártaros na planície de Nociã e ali esperaram o inimigo. Fizeram isto com muita prudência e entendimento. Ao pé desta planície havia um bosque muito espesso, junto do qual os tártaros esperavam, alinhados em ordem de batalha.

Depois de terem descansado, as hostes do rei de Mien puseram-se em marcha, para chegarem aos campos de Nociã, de onde se haviam afastado os tártaros.

Frente a estes, dispôs o rei a sua gente em ordem de batalha.

Quando os tártaros os viram chegar, fingiram não se assombrar e demonstraram o seu valor e arrojo. Não fraquejaram nem um momento, vendo que a batalha era inevitável. Mas, assim que os cavalos dos tártaros deram com os elefantes, não quiseram avançar e retrocederam espantados, enquanto os elefantes lhes caíam em cima.

124

O Grã-Cã vence a batalha

Sentindo que os cavalos não lhes obedeciam, os tártaros julgaram-se perdidos. Mas aqui está o que imaginaram: saltaram das suas montadas e ataram os cavalos às árvores; pegaram nas bestas e nas flechas e arremeteram contra os elefantes. Caiu uma chuva de flechas e dardos, que feriram os elefantes; mas os soldados do rei não se afastaram e atiravam também sem cessar sobre os tártaros, assaltando-os duramente. Contudo, os tártaros, que eram melhores homens para a guerra do que os seus inimigos, agüentavam com ardor o duro ataque.

Ao sentirem-se feridos, os gigantescos elefantes retrocederam com tanto ímpeto que começaram a romper as linhas do exército do rei, e não pararam enquanto não se abrigaram no bosque, onde, enfurecidos, destroçaram os pavilhões que sobre eles levavam, bem como tudo quanto se lhes punha diante.

Os tártaros voltaram a montar a cavalo e arremeteram novamente contra eles; terminadas as flechas, deitaram mãos às espadas e aos machados e caíram em cima dos inimigos com grande fúria. Cavaleiros tombaram no solo, em plena refrega, e o chão ficou juncado de cadáveres. Nem o Deus trovejante faria maior ruído!

Ouviam-se alaridos, gritos horríveis, por toda a parte. E os tártaros começaram a ter vantagem, pois o exército do rei, mais numeroso, estava muito enfraquecido. Ao meio-dia, o rei e as suas milícias encontravam-se em tal estado que já não podiam agüentar-se; e viram que, ficando ali, nem um só conservaria a vida.

Então, puseram-se em fuga, e os tártaros arremeteram atrás dele; mas de pronto se recordaram dos elefantes que estavam no bosque e foram à procura deles. E os elefantes, ao reconhecerem a gente do rei, que vinha prisioneira, apaziguaram-se, porque estes animais têm grande inteligência; de forma que puderam apanhá-los todos. E depois desta batalha ficou o Grã-Cã com muitos elefantes e ganhou todas as terras do rei de Mien. Assim acabou esta contenda, tal como a ouvísteis.

Notas

185. Em realidade, neto de Cublai, investido deste feudo depois da morte de seu pai.

186. O nome indígena da cidade atual de Kunming, capital do Yunnan.

187. Uma espécie de sáurio, o jacaré chinês, vive ainda na bacia do Yangtzé, mas mede apenas um metro e cinqüenta. Poderíamos imaginar uma espécie maior extinta pela caça.

188. O Zar-dandan (= dentes de ouro em persa, tradução do chinês Kin-tch'e, que tem o mesmo significado) encontra-se a oeste do Yunnan entre o alto vale do Mekong e a fronteira da Birmânia.

189. Aparentemente a cidade atual de Baoshan entre o vale do Mekong e o do Saluen.

190. Nesradin foi inspetor-geral do Yunnan e desenvolveu uma campanha na Birmânia em 1277-78 e não em 1272.

191. É o nome chinês do reino da Birmânia. Depois das campanhas descritas no livro, os mongóis estabeleceram aí um protetorado passageiro.

192. Trata-se evidentemente de Bengala, com a diferença que este país, administrado na época por governadores muçulmanos, dependente do sultanato de Deli, não se envolveu nas guerras sino-bírmanes.

Parte XVII

125

A descida pela grande vertente

Depois desta província, baixa-se por uma vertente muito rápida, durante dois dias e meio[193]. Não há coisas dignas de menção, a não ser um grande mercado, onde se reúnem os homens três dias por semana. Trocam o ouro por prata, dando um sazo de ouro por cinco de prata. Vêm de muito longe trocar o ouro pela prata, obtendo com isso grandes ganhos. Ninguém conhece as casas dos que guardam o ouro, pois têm-no tão escondido em lugares afastados e torres fortificadas que não há ser humano que ali penetre, além de eles próprios.

Nos confins da Índia, para os lados do Meio-Dia, encontra-se a província chamada Mien, de que já vos falei. São quinze jornadas de caminho, por entre desfiladeiros e grandes selvas, onde há muitos elefantes selvagens e unicórnios[194]. Não se vê gente nem casas; e, por isso, deixaremos estes desertos e contar-vos-emos uma história interessante.

126

A cidade de Mien

Cavalgando quinze jornadas por sítios solitários, dá-se com a cidade de Mien, nobre capital do reino[195]. Os naturais são idólatras e submetidos ao Grã-Cã. Teve esta cidade um rei muito poderoso. Quando morreu, deixou disposto que sobre a sua sepultura se elevassem duas torres, uma de ouro e outra de prata.

Deviam ser de pedra, e uma delas coberta com uma folha de ouro, de um dedo de espessura, para que a torre parecesse de ouro. Era de dez passos de altura e grossa em proporção. Rematava-a uma cúpula redonda, e nela havia muitas campainhas, que ao menor sopro de vento se moviam e tocavam muito docemente.

A outra torre era de prata, feita da mesma forma e do mesmo tamanho. O rei mandou que isto se fizesse em recordação da sua grandeza e em honra da sua alma. E eram as mais belas torres que se pode imaginar.

O Grã-Cã conquistou esta província, e vereis de que maneira. Na corte do grande senhor havia uma quantidade de jograis e bobos; e o Grã-Cã mandou-lhes que conquistassem a província de Mien; proveu-os, para isso, de capitães e de forças. Os jograis puseram-se a caminho, cercaram a província de Mien e conquistaram-na.

Chegando à cidade das duas torres, ficaram maravilhados com a sua beleza, levando ao Grã-Cã notícias do seu valor e formosura, perguntando-lhe se queria que as desfizessem para mandar-lhe o ouro e a prata; mas o Grã-Cã, que sabia que esse rei as tinha mandado construir em honra da sua alma, e para que ficassem como recordação, depois da sua morte, disse que se guardassem de lhes tocar e ainda menos de as desfazer, pois desejava que ficassem como as havia mandado construir o defunto rei.

E isto não é estranho, porque é costume dos tártaros respeitarem as vontades dos mortos e evitam tocar nas suas coisas.

Nesta província há elefantes e bois selvagens, grandes e formosos; cervos, gazelas, cabritos, e toda a espécie de animais, em abundância.

Já que vos falei da província de Mien, deixá-la-emos para vos falar de uma província chamada Bengala.

127

A província de Bengala

Bengala é uma província do Meio-Dia que, até o ano de 1290 da era de Cristo, em que Misser Marco estava na corte do Grã-Cã, não pertencia ainda a este; mas as suas hostes preparavam-se, então, para conquistá-la. Esta província tem um rei e língua própria. São os mais fanáticos idólatras. Confinam com a Índia. Há aqui muitos eunucos, e dali os levam os barões e senhores para as suas cortes.

Os bois são quase tão grandes como os elefantes, mas não tão gordos. Os indígenas alimentam-se de carne, leite e arroz; são muito ricos, pois comerciam em especiarias, gengibre, açúcar e outras coisas variadas, todas de elevado preço. Os mercadores vêm aqui comprar eunucos e escravos, para os venderem em outras terras.

E já que não há nada mais para mencionar nesta província, ir-nos-emos daqui e falar-vos-emos de outra, chamada Cangigui.

128

A província de Cangigui

Cangigui é uma província do Levante[196]. Tem os seus reis. A gente é idólatra. Possui língua própria. Os naturais renderam-se ao Grã-Cã e pagam cada ano um tributo.

O rei é tão dado à luxúria que tem trezentas mulheres, e, quando vê uma mulher formosa e fresca no seu país, logo a manda ir ao seu palácio.

Esta província é abundante em ouro. Os habitantes recolhem espécies muito caras e em grande abundância: mas, como estão muito longe do mar, as suas mercadorias valem pouco, pois não têm saída. Possuem elefantes e outros animais. Vivem de carne, de arroz e de leite. Não têm vinho de uvas, mas sim de arroz e espécies.

Os varões e as mulheres pintam a pele, quer dizer, desenham na pele, com agulhas em brasa, leões, dragões, pássaros e outras imagens; logo lhes passam cores por cima e gravam-nas tão bem que a cor nunca mais desbota[197].

Fazem isto na cara, no peito, no ventre, nas mãos, nas pernas e em todas as partes do corpo; e isto, neles, é distintivo de nobreza. Quanto mais pintados estão, por mais formosos passam e mais consideração merecem.

Deixemos esta província e falar-vos-emos de outra, ao Levante, chamada Amu.

129

A província de Amu

Amu[198] é uma província situada para os lados do Levante, que pertence ao Grã-Cã. Os habitantes são idólatras. Vivem do pastoreio e da agricultura. Têm língua própria. As mulheres trazem argolas de ouro e de prata nas pernas e braços, e os homens igualmente, porém mais ricas e de maior valor. Têm muitos e formosos cavalos e vendem-nos aos índios, em grande quantidade. Criam búfalos, bois e vacas, em ricos e abundantes pastos. Possuem grande fartura de mantimentos.

De Amu a Cangigui, que está a quinze jornadas, e de Cangigui a Bengala, que é a terça parte da província, há trinta jornadas.

Deixaremos Amu e iremos a outra província, chamada Tolomã, que se encontra a oito jornadas desta, no sentido do Levante.

130

A província de Tolomã

Tolomã[199] é uma província do Levante. Os indígenas são idólatras, têm idioma próprio e pertencem ao Grã-Cã. São gente muito garrida, não muito branca, mas morena e bem-apresentada. Têm o aspecto de guerreiros. Têm cidades, mas sobretudo fortalezas e castelos na montanha.

Quando morrem, são queimados e os ossos recolhidos em umas pequenas arcas, que levam para o alto de uma montanha e guardam em grandes cavernas, tão escondidas e elevadas que nem animais podem alcançá-las.

Têm ouro em quantidade. As moedas são de porcelana. Em todas estas províncias, quer dizer, nesta, em Bengala, Cangigui e Amu, servem-se das mesmas moedas de ouro e de conchas. Há alguns comerciantes que são riquíssimos. Vivem de carne, leite e arroz. Em lugar do vinho, têm a bebida de arroz fermentado com especiarias.

Deixemos esta província para ir até o Levante. Falar-vos-ei de uma província chamada Cingui.

131

A província de Cingui

Cingui[200] é uma província do Levante, à distância de Tolomã umas doze jornadas; é atravessada por um rio, cujas margens estão coalhadas de povoações. Depois de navegar doze dias por este rio, chega-se à cidade de Cingui, que é muito grande e nobre[201].

Os habitantes são idólatras e vassalos de Grã-Cã. Tecem das cascas das árvores uns panos magníficos, que usam durante o verão. São guerreiros; não conhecem outro dinheiro senão o papel do Grã-Cã, pois já entramos em terras onde corre a moeda de papel de que vos falei.

Nesta província há tantos leões que ninguém pode dormir ao ar livre, porque seria devorado por eles. E, quando os barcos vão rio acima e não se afastam bem da costa, o leão salta para o barco, agarra os tripulantes e leva-os. Por esta razão, tomam as maiores precauções e têm uns cães tão ferozes que fazem frente ao leão. Levam sempre dois deles; e um homem, com eles, pode dar caça ao leão.

Quando o leão aparece, os cães atiram-se e mordem-lhe nas pernas com tanta fúria e destreza que o animal não pode defender-se; então, a fera busca uma árvore à qual se encosta, para sua defesa, pois assim os cães não podem mordê-la; mas eles não o deixam e então o homem que os segue aponta o arco tantas vezes que mata o leão; nunca poderá este defender-se de um homem a cavalo que seja acompanhado por dois cães de tal raça.

Esta região tem seda em abundância, que é transportada por meio da navegação. Nas margens do rio há muitas vilas e aldeias, o povo é idólatra e pertence ao Grã-Cã. Ao fim de umas doze jornadas, sempre rio acima, chega-se à cidade de Sindufu, da qual já falamos.

De Sindufu, anda-se umas setenta jornadas, por províncias e terras onde já estivemos e das quais já falamos nesta descrição[202]. Ao cabo de setenta jornadas, chega-se a Cacã-fu[203]; dali andam-se umas quatro jornadas, por entre castelos e cidades. O povo é muito artista e muito comerciante. É idólatra e tem moeda de papel.

Após quatro jornadas, chega-se à cidade de Cianglu, que fica no Meio-Dia e pertence à província de Catai; e contaremos desta cidade tudo o que soubermos.

Notas

193. Esta descida deve ser a que, através do desfiladeiro de Bahmo, conquistado pelos mongóis em sua campanha de 1277-78, desce para o vale d'Irrawady na Birmânia.

194. Rinocerontes. (N. do T.)

195. A capital da Birmânia na época era Pagan, situada sobre o Irrawady na atual província de Mandalay na Birmânia.

196. O nome indica o reino do Tonkin, isto é, a região norte do Vietnam atual, porém é possível que aí estejam misturados na descrição os elementos que dizem respeito ao norte do Laos.

197. Tatuagem. (N. do T.)

198. Aqui também o nome indica o Annam, isto é, o médio Vietnam, mas a descrição corresponderia melhor ao norte.

199. Se considerarmos que as regiões limites da China – Birmânia, Laos, Tonkin – foram descritas por ouvir falar e não visitadas por Marco Polo, sua viagem de volta deve começar por Kunming, a capital do Yunnan, no nordeste, mas por uma estrada situada mais a leste que a da chegada. Nestas condições, a região do Tu-lao-man pode estar situada no nordeste do Yunnan atual. Por outro lado, se supusermos que a descrição do Tuloman é do mesmo tipo que as que precedem, seria necessário colocar esta região a leste de Tonkin, na província chinesa do Kwangsi às margens do golfo de Tonkin.

200. Conforme o itinerário recomeçando em Kunming, Cingui deve ser Suchow, a atual Yibin, sobre o confluente do Yangtzé e do rio Min, no Setchuan. Neste caso, a expressão "subir o rio" deve ser tomada não no sentido da corrente mas em direção ao norte, pois nesta região o Yangtzé corre na direção norte-nordeste.

201. Desta vez Marco Polo sobe, nos dois sentidos da palavra, Min, o afluente do Yangtzé, para chegar a Cheng-du.

202. Voltando atrás, Marco Polo nos conduz não a Pequim, mas à etapa que a precede, Zhuouxian, onde, como havia indicado no cap. 102, duas estradas se separam: a do oeste que foi aqui descrita e a do sudeste que será descrita a partir de agora. Este novo itinerário, que levará Marco Polo até Caiton, seu porto de embarque para a volta, pode ser considerado ainda menor que o primeiro como um caminho efetuado em uma só vez. Trata-se seguramente de uma síntese composta a partir de várias viagens.

203. A atual Hejian no Hopeh.

Parte XVIII

132

A cidade de Cacã-fu

Cacã-fu é uma grande cidade de Catai. Seus naturais são idólatras e queimam os seus mortos. Obedecem ao Grã-Cã e usam a sua moeda. Têm seda em abundância. Tecem panos de ouro e seda. Há muitos castelos e cidades na região. A umas três jornadas para o Sul encontramos a cidade de Cianglu.

133

A cidade de Cianglu

Cianglu[204] é uma populosa cidade do Meio-Dia, que pertence ao Grã-Cã e está situada na província de Catai. Usam ali moeda de papel. São idólatras e fazem queimar os corpos dos defuntos.

Fabricam o sal; e dir-vos-ei de que maneira: tomam uma espécie de terra de salitre, que dispõem em montinhos; regam-nos com bastante água, a fim de a empapar bem. Recolhem depois essa água em caldeiras de ferro, onde é a seguir fervida e deixa o sal no fundo, muito branco e miúdo. Dessa maneira, é vendido e rende bom dinheiro.

Desta cidade, que nada tem de notável, vamos a Ciangli, que está para o sul.

134

A cidade de Ciangli

Ciangli[205] é uma cidade de Catai, do Sul. Está a cinco jornadas de Cianglu; este trajeto é feito entre aldeias, vilas e castelos, que pertencem ao Grã-Cã e são terras muito férteis. Ao centro da cidade, passa um grande rio, que é meio de transporte de grande quantidade de mercadorias, sedas, especiarias e outras coisas de grande valor. Por esta cidade chegamos a Candin-fu.

135

A cidade de Candin-fu

A umas seis jornadas, para o Sul, atravessando vilas, fortalezas e castelos de grandes dimensões, chegamos à cidade de Candin-fu[206]. Os naturais são idólatras e queimam os seus mortos. Obedecem ao Grã-Cã e usam moeda de papel. Vivem do comércio e da indústria. Têm abundância de alimentos.

Candin-fu era a capital dum grande reino; porém o Grã-Cã conquistou-a e tomou-a pela força das armas. Apesar de ter sofrido um rude cerco, é a mais nobre cidade da região. Os seus habitantes são riquíssimos mercadores. Têm seda em abundância.

A cidade está cheia de preciosos pomares, com muitas árvores de fruto. Da cidade de Candin-fu dependem onze vilas imperiais, que estão debaixo do seu domínio.

No ano de 1273 da era de Cristo, o Grã-Cã enviou a esta cidade e seus domínios um barão chamado Litã, tendo às suas ordens 80.000 homens a cavalo, para o guardarem. Logo que Litã tomou posse dos seus soldados e permaneceu algum tempo entre essa gente, pensou em cometer uma grande vilania e traição.

Reuniu em conselho os notáveis da província e deu-lhes a idéia de se revoltarem contra o Grã-Cã. E assim o fizeram, e todo o povo se sublevou contra o grande senhor[207].

Sabedor disso, o Grã-Cã enviou dois dos seus barões. Aguil e Mongatar[208], à frente de 100.000 homens, para combater o traidor Litã, que sofreu grande derrota e foi decapitado, assim como todos os seus partidários. O Grã-Cã mandou inquirir de tudo quanto se passara, e os que tinham tomado parte na sedição sofreram morte violenta e os inocentes foram perdoados e viveram desde então tranqüilos, submetidos ao grande senhor, como bons vassalos. Agora, iremos para o Sul e falaremos da cidade de Singuimatu.

136

A cidade de Singuimatu

Deixando Candin-fu pelo Sul e percorrendo umas três jornadas, entre cidades e castelos formosos e amenos povoados, numa região industrial, chegamos a uma grande cidade chamada Singuimatu[209], cheia de belas obras de arte. Os habitantes são idólatras e obedecem ao Grã-Cã. Usam moeda de papel.

A cidade está dividida em duas partes por um rio, e seus habitantes determinaram que, do lado em que as águas miram o Levante, levariam as suas mercadorias para ali, e na margem oposta fariam seu comércio com o Poente. De forma que uns levam os seus produtos para Mangi e os outros para Catai; e há inúmeros barcos e galeras que sulcam o rio. Não são muito altas de proa porque assim não o consentem as correntes. Estes navios levam a Mangi e Catai abundantes carregamentos.

Quando regressam, vêm carregados de outras mercadorias e é espantoso quantas coisas passam o rio acima e abaixo. Sairemos de Singuimatu para contar de outras comarcas, na direção do Meio-Dia, e será a cidade chamada Lingui a primeira.

137

A cidade de Lingui

Deixando a cidade de Singuimatu, fazem-se oito jornadas para o Meio-Dia, encontrando-se cidades, aldeias e povoações ricas em comércio e indústria. Os habitantes são idólatras e queimam os cadáveres. Obedecem ao Grã-Cã. Usam moeda de papel.

Após oito jornadas, como disse, encontra-se uma cidade chamada Lingui[210], a capital do reino. Seus habitantes são destros na arte de guerrear. Têm comércio e indústria em abundância; têm toda a espécie de comidas; aqui passa também o rio; os barcos são maiores do que os da outra cidade. Desta, iremos a uma cidade chamada Pingui.

138

A cidade de Pingui

Partindo de Lingui e passando sempre entre numerosas cidades, vilas e castelos, chega-se, depois de três jornadas, à cidade de Pingui.

Os habitantes são dependentes de Catai; são idólatras, queimam os seus mortos, têm moeda de papel e pertencem ao Grã-Cã. Têm muita caça, e tudo quanto é preciso para a vida, com fartura. Na cidade de Pingui[211], há indústria da seda.

A cidade está na entrada da província de Mangi e tem grande tráfico com esta, por meio de carros, nos quais são transportadas mercadorias. Esta cidade é de grande proveito para o Grã-Cã, porque paga elevados tributos. Porém, como não há outra coisa digna de menção, vamos falar agora em outra cidade, situada no Meio-Dia e chamada Singui.

139

A cidade de Singui

Após dois dias de jornadas desde Pingui, e sempre por vales formosos e cidades florescentes, encontra-se a cidade de Singui[212], rica em comércio e indústria.

Seus habitantes são idólatras e queimam os cadáveres. A sua moeda é de papel. São vassalos do Grã-Cã. Os campos e as planícies são muito férteis; é um país delicioso, onde cresce o trigo. E vamos a outras terras.

Deixando a cidade de Singui, passam-se mais três jornadas para o Meio-Dia, por uma planície coalhada de vilas, castelos e prados. Os habitantes são idólatras e estão sujeitos ao Grã-Cã. Após esses três dias de jornada, encontramos o rio Coromorã, que nasce em terras do Prestes João. É um rio com muita água e mede uma milha de largura. Sabe-se que é muito fundo e pode ser navegado por grandes galeras e embarcações. Tem grande quantidade de peixe grosso. Neste rio navegam 15.000 embarcações, pertencentes ao Grã-Cã, para transportar tropas ou mercadorias para o mar, que se encontra a uma jornada de distância. Cada galera tem uma tripulação de vinte marinheiros e quinze soldados, com os seus cavalos e armas.

Aqui e ali há cidades espalhadas pelas margens do rio; uma é a de Coigangui[213]; um pouco mais distante está Caigui[214], e sabei que uma é grande, e a outra é pequena. Mais adiante, passando o rio, entra-se na grande província de Mangi; e contar-vos-ei como o Grã-Cã a conquistou.

140

O Grã-Cã conquista a província de Mangi

O rei desta província era Fagfur[215], grande e poderoso senhor, rico de tesouros, terras e gente como havia poucos no mundo, excetuado o Grã-Cã. Mas não era valente; tinha grande apego às mulheres, que faziam as suas delícias; e era muito bondoso e caritativo para com os pobres.

Na província, os seus vassalos, não estando acostumados a guerrear, não tinham armas nem apetrechos de guerra, porque a província de Mangi era bem fortificada; as cidades estão rodeadas de largas covas, cheias de água, de modo que não há cidade que não tenha um fosso mais largo que um tiro de besta e bem profundo, que a defende.

Em todas estas cidades se entra por uma ponte, de sorte que, se os homens houvessem sido valentes, jamais as teriam perdido. Porém, como eram fracos e não estavam acostumados a pelejar, perderam-nas. Aconteceu que, no ano de 1268 da era de Cristo, o Grã-Cã que reinava nessa ocasião, e já era Cublai, enviou ali um barão chamado Baiã Chin-sa[216], que significa Baiã dos Cem Olhos. Ao rei de Mangi haviam vaticinado os astrólogos que perderia o seu reino por ação de um homem que tivesse cem olhos.

Baiã entrou na província de Mangi com muitos homens a cavalo e a pé. Também tinha uma frota de formosas embarcações, que transportavam homens e cavalos e tudo quanto havia mister. Quando Baiã apareceu, com toda a sua gente, na cidade de Coigangui, onde nos encontramos presentemente e de que falaremos mais tarde, pôs-lhe cerco e intimou os habitantes a renderem-se ao Grã-Cã. Estes responderam que não o reconheciam; ouvindo isto Baiã nada disse; passou ao largo e seguiu para outra cidade, que também não quis render-se; e continuou assim a sua marcha.

Fazia-o porque sabia que o Grã-Cã enviava na retaguarda um poderoso exército e assim andou de vila em vila e de cidade em cidade, até contar cinco, sem poder tomá-las nem fazê-las render; no entanto, à sexta, Baiã cercou-a e tomou-a pela força, e assim outra e mais outra, até chegar a doze, umas atrás das outras; e não quero adiantar-me, porém sei que, quando Baiã conquistou todas estas cidades, foi direto à capital do reino, chamada Quinsai, onde se encontravam nessa estação o rei e a rainha[217].

Quando o rei viu Baiã e o seu exército, sentiu grande terror e fugiu da cidade, com os seus homens, embarcando. Fez-se de vela direto ao Oceano, para ali se refugiar numas ilhas. A rainha, que tinha ficado na cidade, fazia, pelo contrário, todos os esforços para se defender. Então, a soberana perguntou, por curiosidade, qual era o nome do chefe do exército que vinha contra eles, e disseram-lhe que era Baiã dos Cem Olhos[218].

Lembrou-se da profecia do astrólogo, que dizia que um homem assim chamado lhe arrebataria o reino. Rendeu-se então a Baiã e, com ela, se renderam as demais cidades; e o resto do reino não opôs mais resistência. Foi uma conquista esplêndida, pois em todos os arredores não havia um reino que valesse nem metade daquele. Dir-vos-ei todas as coisas notáveis que produzia e o que o rei gastava do imenso patrimônio. Cada ano, dava de comer a 20.000 crianças e eu vos direi já por quê.

Nessa província, as mulheres pobres, que não podiam dar de comer aos filhos, abandonavam-nos ao nascer, no meio da rua. O rei mandava recolhê-los e inscrevê-los num registro. Fazia que o escriturário assentasse sob que constelação e signo tinham nascido e mandava-os criar em diferentes sítios, tendo muitas amas para esse fim.

Se um príncipe não tinha filhos, ia ter com o rei e este entregava-lhe quantas crianças quisesse, e ele escolhia as que mais lhe agradavam. Quando chegavam à idade de casar, o rei escolhia o jovem e a moça que deviam casar-se e dava-lhes uma renda com a qual podiam viver sem preocupação.

Assim, educava mais de 20.000 jovens de ambos os sexos. Muito mais fazia este bom rei. Quando cavalgava por um caminho onde encontrava boas casas e entre elas havia uma mais pobre, perguntava por que era essa casa menor do que as outras. Diziam-lhe que pertencia a um pobre homem que não tinha meios de a tornar maior. O rei mandava então que a casa fosse construída novamente e igual às outras vizinhas.

Este bom rei fazia-se servir por 1.000 donzelas. Permitia que o comércio se conservasse aberto toda a noite; e estava tão bem sortido como de dia. Não é possível contar as imensas riquezas deste reino.

Agora, devo falar da rainha. Ela foi conduzida à presença do Grã-Cã. Quando este a viu, dispensou-lhe todas as honras e mandou servi-la como grande dama. Porém, do rei seu esposo nunca mais se voltou a ouvir falar, desde a sua ida para a ilha no Oceano, onde morreu.

Por isto, deixaremos a família real e voltaremos à província de Mangi, a referir os seus costumes e modos e as festas que nela houve. E principiarei pela cidade de Coigangui.

141

A cidade de Coigangui

Coigangui é uma grande cidade, nobre e rica, situada na entrada da província de Mangi. Os naturais são idólatras e queimam os cadáveres. Pertencem agora ao Grã-Cã. Nela, existem muitas embarcações, barcos e galeras, pois já sabeis que é atravessada pelo rio Coromorã. Ali chegam muitas mercadorias, porque todas as cidades as mandam para ali, a fim de seguirem para todas as partes do mundo. Encontra-se aqui o sal, que abastece pelo menos quarenta cidades.

O Grã-Cã recebe uma grande renda desta cidade, que paga muitas licenças, por causa do comércio de sal e os negócios de toda a espécie que se contratam ali. Agora passarei a falar de outra cidade, chamada Pauchin[219].

142

A cidade de Pauchin

De Coigangui segue-se durante uma semana um caminho perto da costa, que vai até a entrada de Mangi; é calçado de belíssima pedra e dum lado e outro corre água. Não se pode entrar na província senão por este caminho. Ao fim de um dia estamos na cidade de Pauchin, que é grande e bonita.

Seus habitantes são idólatras e queimam os cadáveres. São súditos do Grã-Cã e têm moeda de papel. Vivem do comércio e da indústria. Têm seda em abundância, tecidos de seda e ouro de toda a espécie. Comida quanta queiram. Deixaremos agora estas províncias e falaremos da cidade de Caiu.

143

A cidade de Caiu

De Pauchin vai-se para Sudeste e encontra-se uma cidade chamada Caiu[220], grande e bela. São idólatras os seus habitantes, têm moeda de papel e obedecem ao Grã-Cã. Vivem do comércio e da indústria. Têm abundância de comida, especialmente caça e pesca. Três faisões valem uma moeda de prata. Saímos desta cidade e vamos contar alguma coisa a respeito de outra, chamada Cingiu.

144

A cidade de Cingiu

Saindo da cidade de Caiu, depois de um dia de jornada, por planícies e belos campos, se chega à cidade de Cingiu[221], que é muito vasta e rica em frutas. O povo é idólatra, obedece ao Grã-Cã e tem moeda de papel. Vive do comércio e da indústria e tira muito proveito dos negócios que faz com as suas mercadorias.

Tem muitos barcos, peixe e caça. À esquerda, para o Levante, a umas três jornadas de distância, está o Oceano. Em toda a costa há salinas exploradas pelos indígenas. E há uma cidade que produz muito sal. Na verdade, o Grã-Cã recebe grandes tributos que dele lhes pagam e que doutra coisa não lhe podia vir. Saindo de Cingiu iremos a outra cidade, chamada Iangiu.

145

Marco Polo governa a cidade de Iangiu

Depois de Cingiu, acha-se uma região fertilíssima, povoada de castelos e granjas em quantidade, encontrando-se uma cidade populosa, chamada Iangiu[222]. É tão grande que, sob o seu domínio, tem 27 grandes povoações, que são vilas grandes e de comércio. Esta cidade é governada por um dos doze barões do Grã-Cã.

Misser Marco Polo, que ditou estas notas, governou esta terra durante três anos. Os habitantes são idólatras e têm moeda de papel do Grã-Cã. Vivem do comércio e da indústria. Os correeiros da cidade fazem couraças e arreios para os cavalos dos guerreiros, que são os mais finos trabalhos, ornados com muita fantasia. Na cidade e arredores vivem homens importantes e poderosos.

Não havendo nada mais a mencionar, iremos às grandes províncias que pertencem ao mesmo Mangi. Ficam para o Poente, e como temos muita coisa a contar sobre os seus usos e costumes, demorar-nos-emos em Nanguin.

146

A província de Nanguin

Nanguin[223] é uma província do Poente e pertence a Mangi. É nobre e rica. São idólatras os habitantes, têm moeda de papel e obedecem ao Grã-Cã.

Vivem do comércio e da indústria. Têm seda em abundância e tecem brocados de toda a espécie. Há muito trigo nos seus celeiros e mantimentos, pois é uma província farta.

Têm caça em abundância. Os habitantes queimam os cadáveres. Há ali ricos comerciantes, que pagam grandes impostos e contribuem, portanto, para aumentar as rendas do grande senhor.

Partiremos daqui e contaremos da nobre cidade de Sianfu, digna de ser inscrita neste livro, pela sua grande importância.

147

A cidade de Sianfu

Sianfu[224] é uma cidade admirável, que tem sob o seu domínio grandes e ricas cidades. É muito industrial e o seu comércio próspero. Os habitantes são idólatras e têm moeda de papel. Queimam os seus mortos e são vassalos do Grã-Cã. Fabricam muito brocado de ouro e seda e toda a sorte de tapetes. Têm caça e tudo o mais que convém a uma nobre cidade.

Dir-vos-ei que esta região resistiu três anos depois de Mangi se ter entregado. Esteve cercada por um numeroso exército do Grã-Cã. Porém, como este não podia fechar o cerco, por causa de um lago muito profundo, o exército só podia atacar por um lado, pois os outros três estavam defendidos pelo lago e por ele se abastecia a cidade. E esta não se teria rendido, se não fosse o que a seguir lhes vou contar:

Quando o exército do Grã-Cã lhe pôs cerco, sem conseguir tomá-la, durante três anos, o grande senhor ficou furioso. Então, Misser Nicolau, meu pai, Misser Mafeu, meu tio, e eu, que estávamos na corte, dissemos:

– Encontraremos o meio para tomar a cidade.

Isto sucedeu quando uns parlamentários vieram dizer ao grande senhor que o exército não lograria tomar a cidade, porque os sitiados sempre tinham onde abastecer-se. O grande senhor disse, muito irritado:

– É preciso descobrir a maneira de tomar a cidade.

Então, os dois irmãos e Misser Marco replicaram:

– Grã-senhor, temos em nossas terras homens que manejam umas máquinas e lançam pedras tão grandes que os da cidade não poderiam resistir e cederiam.

O Grã-Cã disse a Misser Nicolau e a seu irmão que veria isso com agrado, e que fabricassem essa máquina de guerra quanto antes. Misser Nicolau, seu irmão e seu filho, que tinham consigo ferreiros e carpinteiros cristãos, que sabiam manejar essas engenhosas máquinas, ordenaram-lhes que fizessem duas ou três catapultas para alcançar pedras de 300 libras. Estes homens fabricaram três.

Quando prontas, levaram-nas ao exército que cercava Sianfu, sem conseguir tomá-la. Estas máquinas de guerra pareceram aos tártaros as maiores maravilhas do mundo.

Quando as catapultas se ergueram e começaram a funcionar, lançando na cidade a primeira pedra, a qual atingiu uma casa apalaçada, o caso suscitou grande tumulto.

Os habitantes da cidade, vendo esta nova desgraça sobre as cabeças, encheram-se de espanto e assombro. Reuniram-se em conselho, não sabendo que partido tomar para escaparem a este novo artifício de guerra. Pensaram que morreriam se não se rendessem e decidiram entregar-se. Então, mandaram um arauto dizer ao chefe do exército que queriam render-se, como as demais cidades da província, e ser vassalos do Grã-Cã.

Os generais e capitães disseram que assim o desejavam; e receberam uma delegação de parlamentários, que os convidou a entrar na cidade. Isto conseguiram os tártaros, graças a Misser Nicolau, Mafeu e Marco, e não foi coisa de pouca monta, pois esta é uma das maiores províncias que o Grã-Cã possui e lhe traz maiores rendas e proveitos.

Acabo de narrar como a cidade se rendeu graças

aos engenhos que armamos[225]. Deixaremos este assunto para tratar da cidade de Singiu.

148

A cidade de Singiu

Saindo da cidade de Sianfu[226] e indo para Sudeste, encontra-se, a quinze milhas dali, uma cidade chamada Singiu; não é muito grande; porém tem muitíssimas embarcações e muitas mercadorias. Os habitantes são idólatras e submetidos ao poder do Grã-Cã. Têm moeda de papel. Está situada nas margens dum dos maiores rios do mundo, chamado Quiã[227]. Em certos pontos tem mais de dez milhas; em outros, oito, em outros, seis, de largura; e tem de comprimento para mais de cem jornadas. É neste rio que passam as galeras que trazem para a cidade muitas e apreciadas mercadorias, e por conseguinte tem o Grã-Cã rendas e tributos abundantes nesta cidade.

Este rio passa por tantos lugares e cidades e vai tão longe que é por ele que as maiores riquezas vêm, pois nas suas águas navegam mais barcos do que por todos os mares e rios da cristandade. Dou-vos fé de haver mais de 5.000 embarcações navegando ao mesmo tempo no rio.

Podeis imaginar o comércio que tem esta pequena cidade; e o que não será em todas as demais, pois este rio atravessa mais de dezesseis províncias e há nas suas margens duzentas grandes cidades, que têm ainda mais embarcações do que esta nas suas águas.

Tais embarcações têm coberta e só um mastro; são de muito calado e podem levar o peso de 4.000 cântaros, tomando o cântaro segundo a medida usada nas naus de

Veneza. Mas algumas chegam a carregar o peso de 12.000 cântaros, tal é a sua grandeza.

Daqui nos vamos agora e passaremos a outra cidade, chamada Caigiu; porém, esquecia-me de falar uma coisa: todas as embarcações têm umas varas compridas e grossas, que às vezes medem quinze passos, e com elas auxiliam a navegação no rio. Atadas fortemente umas às outras, conseguem fazê-las de cânhamo e tanto servem para prender as naus às margens como para empurrálas de lá.

149

A cidade de Caigiu

Caigiu[228] é uma pequena cidade situada para o Sudeste. Os habitantes são idólatras e pertencem ao Grã-Cã. Têm moeda de papel. Fica também nas margens do rio Quiã. Recolhe grande quantidade de arroz e trigo; e daqui se passa, navegando, para Cambaluc, onde está a corte do Grã-Cã. E não por mar, mas só pelo rio e por um lago, se faz o percurso até Cambaluc.

O trigo que chega por esta via vem principalmente dali. O Grã-Cã mandou cavar um grande fosso, bem profundo, de um rio a outro e de um lago a outro, e assim se arranjou maneira de passarem as naus, mesmo as maiores, de Mangi até a cidade de Cambaluc.

Também se pode ir por terra, seguindo o rio, pois há um caminho; e, assim, tanto por terra como pelo rio, há maneira de viajar. No meio deste rio existe uma ilha escarpada, na qual há um mosteiro de idólatras, onde vivem duzentos monges. Este convento dirige muitos outros, também de idólatras.

Atravessemos o rio e falar-vo-ei de outra cidade, chamada Cinguianfu.

Notas

204. A atual cidade de Cangzhou, sobre o grande canal a oeste de Hejian na província de Hopeh. Aqui Marco Polo parece misturar dois itinerários de Pequim em direção ao sul: o da estrada que continua de Hejian a Dezhou, a próxima etapa de Marco Polo, e o do grande canal. Contudo, tratando-se de uma síntese de itinerários, ele insiste em indicar os lugares importantes visitados em ocasiões diferentes.

205. A atual cidade de Dezhou em Chantung, no ponto de intersecção da estrada do sul e do grande canal que é o rio descrito neste capítulo.

206. A cidade atual de Dongping no caminho do sul, imediatamente ao sul do rio Amarelo e a leste do grande canal em Chantung.

207. O personagem e o acontecimento são históricos, com a diferença de que a revolução desenrolou-se em 1262 e de que o general Li Tan era governador da província desde 1231.

208. O primeiro personagem seria um descendente de uma família de generais dos Grandes Cãs; seu avô Suboetai conquistara a Hungria em 1240. O segundo é mais ou menos identificado como um dignitário do império.

209. A atual cidade de Jining, no grande canal em Chantung.

210. Esta cidade seria a atual Xuzhou em Kiang-sou. Na época, ela encontrava-se ligada por um canal ao rio Amarelo, que seguia itinerário muito diferente do de hoje, pelo norte da província de Kiang-sou.

211. O nome corresponde à cidade de p'ei-chou, o atual Peixian, mas não ao lugar, pois esta cidade, encontrando-se sobre o antigo curso do rio Amarelo, foi logo deslocada para nordeste, onde está atualmente situada. A antiga cidade fica-

va na margem norte do rio a três quintos do caminho que liga Xuzhou a Suquian, a próxima etapa.

212. A Suquian atual no grande canal em Kiang-sou.

213. A Huaian atual no grande canal e a 125 quilômetros em linha reta do mar.

214. Esta cidade não existe mais, a palavra utilizada por Marco Polo derivaria de Ho-kou (= embocadura).

215. O chinês Tien-tseu (= filho do céu) traduzido em persa dá Bagh-pour (= filho da divindade) que evolui em Faghfur. Este termo designando o imperador da China acaba por designar a porcelana nas línguas do Oriente Próximo, em grego e em russo.

216. General e ministro de Cublai, dirigiu a última campanha contra os Song de 1274 a 1276, e não em 1268.

217. King-tsai (= a residência temporária), capital dos Song a partir de 1132, data na qual tiveram que fugir do norte da China ocupada pelos Djurtchet. É a atual Hangzhou que será descrita nos cap. 153-154.

218. Marco Polo confunde um pouco os fatos. O imperador, citado no início deste capítulo, é Tu-tsung, que reinou de 1264 até sua morte em 1274. Sucedeu-lhe seu filho Chao Hsien, que tinha quatro anos na época, sob a regência de sua avó. É esta última que entregará a cidade a Baiã. Os sobreviventes coroaram um outro filho de Tu-tsung, Chaochih, o qual partiu para o mar e morreu dois anos depois. O relato de Marco Polo apresenta-se como uma síntese destes acontecimentos.

219. A atual Baoying em Kiang-sou. Marco Polo segue o grande canal.

220. A atual Gao-you, sempre no grande canal.

221. Continuando seu caminho para o sul, margeando o grande canal, Marco Polo bifurca em um ponto em direção leste para ir a Cingiu, que será expressamente situada a leste em direção ao mar. Mas Tigiu encontra-se também nesta direção e deve corresponder à atual cidade de Taizhou, sempre em Kiang-sou.

222. Marco Polo volta ao grande canal e continua para

o sul. Yangiu é Yangzhou, ao norte da junção do grande canal com o Yangtzé.

223. Nanking no Yangtzé, na província de Kiang-sou.

224. A atual Siang-yang na margem direita do rio Han ao norte da província de Hopeh. Se Marco Polo se transporta assim a 800 quilômetros a oeste de seu itinerário, é para nos contar uma façanha familiar.

225. O que se pode pensar desta história é que Marco Polo não resistiu à tentação da fabulação para demonstrar, ainda que uma única vez, a superioridade técnica do Ocidente. Entretanto, por infelicidade, o exemplo foi mal escolhido. Porque de um lado o cerco ocorreu de 1268 a 1273, período durante o qual os Polo certamente não estavam na China. De outro, as fontes chinesas parecem indicar que durante este cerco memorável foram até utilizadas, pela primeira vez na história, armas de fogo. Assim, Marco Polo encontra-se na má postura do inventor do bodoque em um cerco onde se teria utilizado a pólvora e onde, além do mais, ele não se encontrava.

226. Marco Polo volta aqui a seu itinerário, mas desvia ligeiramente em direção a sudoeste. Singui é a atual Yizenz sobre o Yangtzé. É interessante notar que os três desvios que Marco Polo fez em seu itinerário – Cangzhou, Haian e agora Yizeng – relacionam-se a centros importantes de produção ou de controle de sal. Não é impossível que estas viagens estivessem ligadas a funções exercidas junto à corte imperial por Marco Polo relativas à alfândega.

227. O rio Azul ou Yangtzé.

228. Trata-se da cidade de Gazhou, que formava na época uma ilha sobre o rio, entre a junção do grande canal com o Yangtzé e a cidade de Chinkjang na margem sul.

Parte XIX

150

A cidade de Cinguianfu

Cinguianfu[227] é uma cidade de Mangi. Seus habitantes são idólatras e súditos do Grã-Cã. Usam moeda de papel. Vivem da arte e do comércio. Têm bastante seda. Tecem cetins, panos de ouro e seda de toda a espécie. Há ali ricos mercadores. Há caça e trigo, tanto quanto é necessário para viver com fartura.

Há também ali duas igrejas cristãs, edificadas no ano de 1278 da Encarnação de Cristo; e eu vos direi como se construíram. Não houve ali, na verdade, igrejas nem fiéis, antes de 1278; mas, nessa data, Marsarchis[230], governador por ordem do Grã-Cã, durante três anos, e que era cristão nestoriano, mandou fazer estas duas igrejas.

Deixaremos esta matéria para tratar da grande cidade de Chinchigui.

151

A cidade de Chinchigui

Quando se sai de Cinguianfu, umas três jornadas para Sudeste, passa-se por cidades e castelos ricos em arte e indústria. Os habitantes são todos idólatras e servem o Grã-Cã. Ao cabo das três jornadas está a nobre cidade de Chinchigui[231]. São ali abundantes as sedas; os naturais fabricam panos de ouro, cetim e damasco.

Há por ali muitos veados e caça miúda. Não carece de nada, pois a terra é rica. E vou contar uma má ação da gente desta terra, a qual lhes custou bem caro. Quando a província de Mangi foi reconquistada pelo exército do Grã-Cã, Baiã, seu chefe, enviou uma parte da sua tropa, que se compunha de cristãos nestorianos, chamados Alains[232], cercar a cidade.

Aconteceu que os nestorianos a tomaram e ali entraram sem combater. Encontrando muito bom vinho, tanto beberam que se embriagaram e adormeceram profundamente.

Quando os habitantes perceberam que os conquistadores da cidade estavam tão bêbados que pareciam mortos, foram-se a eles e mataram-nos; não escapou um só.

Quando Baiã soube que os seus homens tinham sido mortos tão covardemente, mandou outras forças, que tomaram então a cidade pela força e passaram a fio de espada todos os habitantes. E assim se fez como ele mandou, para vingança de tal traição e infidelidade.

Falaremos agora a respeito da cidade de Sugiu.

152

A cidade de Sugiu

Sugiu[233] é uma formosa cidade. Os seus habitantes são idólatras e sujeitos ao Grã-Cã. Têm moeda de papel, vivem do comércio e da indústria. Têm ricas sedas para vestuário. Ali vivem poderosos negociantes. A cidade é tão grande que a sua volta mede mais de quarenta milhas.

O número dos seus habitantes não é fácil de contar. Digo que, se estes homens fossem guerreiros, teriam conquistado o mundo. Porém, não o são, mas apenas hábeis engenheiros e vivos mercadores em todas as artes. São também dados à filosofia e às ciências, conhecem todos os segredos da Natureza.

Digo-vos, na verdade, que esta cidade possui mais de 6.000 pontes de pedra e sob elas podem passar um ou dois galeotes. Nos montes dos arredores cresce o ruibarbo e o gengibre com tal abundância que por um real de prata de Veneza tereis oitenta libras de gengibre fresco, que é muito bom. Sabei que esta cidade tem sob seu domínio dezesseis cidades muito grandes e importantes. O seu nome é Sugiu, que quer dizer *terra*; a outra cidade vizinha chama-se *céu*. Tem este grande nome devido à sua grande nobreza.

De Sugiu dirigimo-nos a Vugui[234], que está a um dia de jornada. É formosa cidade, muito industrial e comercial, mas não tem nada de notável a mencionar; sairemos daqui para outra cidade chamada Vuguin[135].

Vuguin é outra bela cidade. Os seus habitantes são idólatras e súditos do Grã-Cã. Usam moeda de papel. Têm seda em grande quantidade e muitas outras mercadorias preciosas. São cultos, hábeis e industriosos mercadores.

Deixemos esta cidade e vamos descrever a de Ciangã. Esta é grande e rica. Os habitantes são idólatras e vassalos do Grã-Cã. Têm também moeda de papel. Vivem do comércio e das artes. Tecem panos de toda a espécie e em grande abundância.

Nada mais havendo a mencionar, passaremos a falar agora da mui nobre cidade de Quinsai, que é a capital do reino de Mangi[236].

153

A cidade de Quinsai

Saindo de Ciangã, desfilam a nossos olhos, durante três dias, campos alegres e ricos, castelos, cidades, vilas importantes e nobres, que vivem do comércio e das artes. Os habitantes são idólatras e pertencem ao Grã-Cã. Como todos os outros, têm moeda de papel.

Ao cabo dessas três jornadas está-se em Quinsai, que quer dizer Cidade do Céu. Já que aqui chegamos, falarei da sua magnificência, pois é, sem mentir, a mais bela e nobre cidade do mundo.

Diremos das suas qualidades, segundo a descrição escrita pela rainha desta região e entregue a Baiã, quando ele a conquistou, e que Baiã por sua vez transmitiu ao Grã-Cã, para que fosse respeitada e não a destruíssem nem deitassem a perder. Hei de relatar-vos o contido nesse documento; e pode dar-se-lhe crédito porque o vi eu, Marco Polo, com os meus próprios olhos.

Reza o documento que a cidade de Quinsai tem cerca de cem milhas de circunferência, 12.000 pontes de pedra, pelos arcos das quais passam as maiores embarcações; as de menores dimensões passam por baixo das pontes menores. Não é para admirar que tenha tantas pontes, pois está construída sobre a água e para ali se transitar são necessárias estas pontes.

Há ali doze misteres e ofícios, um em cada arte; e tem as correspondentes oficinas e armazéns. Para as vendas há 12.000 casas e 12.000 armazéns. As oficinas são dirigidas por um mestre, que tem sob as suas ordens dez, vinte, trinta e até quarenta oficiais. Tão grande atividade é devida a que toda a província se fornece desta cidade, assim como as demais cidades do reino.

Tem muitos mercadores ricos, que fazem grandes negócios. Os homens que dirigem os armazéns são pessoas importantes. Eles e suas mulheres não trabalham e vivem como se fossem reis. As mulheres são bonitas. O rei determinou que cada um deve seguir o mister de seu pai, e ainda que possua 100.000 bizâncios de ouro, não pode escolher outro ofício senão o que tem o seu pai.

Para os lados do Meio-Dia há um lago de trinta milhas de circunferência, rodeado de maravilhosos palácios e grandes e espaçosas casas, tão bem construídas que não podia exigir-se maiores nem mais ricas. Pertencem aos grandes senhores. Há também numerosos conventos e templos pagãos. No meio do lago há duas ilhas, nas quais existem dois palácios esplêndidos, tão bem-adornados que parecem de um imperador. Quando se quer celebrar uma boda ou um banquete, vão a estes palácios, celebram suas bodas ou ágapes, aí encontrando tudo o que é preciso para esse fim, quer dizer, jarros, toalhas e escudelas.

Tem muitas casas de luxo e, aqui e ali, torres de pedra para resguardar os móveis e alfaias, quando haja incêndio nas casas. Há incêndios amiúde, por existirem na cidade muitas construções de madeira.

Os habitantes são idólatras e vassalos do Grã-Cã. Usam moeda de papel. Comem carne de cão, de cavalo e de outros animais estranhos, que nenhum cristão comeria, por todo o ouro do mundo.

Em cada uma das 12.000 pontes há dez sentinelas, de dia e de noite. A cidade está bem guardada, para que os ladrões não cometam delitos, nem haja algum mal-entendido que tente agitar os espíritos, e provocar uma revolta. Há uma torre na cidade onde existe uma grande mesa de madeira, na qual um homem bate com um maço, para que se ouça de longe, em caso de incêndio ou qualquer desordem. Assim, o vigia da torre avisa os que guardam a cidade.

O Grã-Cã quer a cidade bem defendida, e para isso emprega grande quantidade de gente, porque é a capital e centro de toda a província de Mangi. Como contém muitos tesouros, paga ao Grã-Cã tributos elevados, e tão copiosos que, se os ouvirdes nomear, não acreditareis facilmente. Também a deseja guardada, com medo que se levante contra ele.

Sabei que todas as ruas estão calçadas com lajes e ladrilhos de barro cozido, de forma que a gente passa por elas, a pé ou a cavalo, sem se enlamear. Também direi que conta 3.000 balneários, onde se tomam banhos quentes, muito agradáveis para todos. Os habitantes tomam-nos várias vezes por mês, porque são mais asseados que ninguém. Estes balneários são grandes e espaçosos e podem comportar cem homens ou cem mulheres, ao mesmo tempo.

O Oceano está a 25 milhas desta cidade, entre Nordeste e Levante. Nesta direção há uma cidade chamada Guianfu, que tem um magnífico porto, onde atracam enormes barcos com preciosas mercadorias. Deste porto até a cidade há um rio muito largo, de modo que os barcos podem navegar segundo o seu curso até mais acima da cidade.

O Grã-Cã dividiu esta província de Mangi em nove reinos, dando rei próprio a cada um, para que eles por sua vez lhe estejam submetidos, de forma a cada ano lhe prestarem contas das suas rendas e de tudo o mais. Nesta cidade está a residência de um dos nove reis, que governa mais 140 cidades grandes e ricas.

A província de Mangi tem 1.200 cidades. Cada uma tem um governador, nomeado pelo Grã-Cã. Cada uma destas cidades tem pelo menos 1.000 homens para guardá-las; as mais importantes têm 10.000, 20.000 e até 30.000; de sorte que estão bem guardadas. Mas não julgueis que estes homens são todos tártaros, pois muitos são de Catai; também nem sempre são tropas a cavalo, mas todas fazem parte das hostes do Grã-Cã.

O rendimento da província de Mangi para o tesouro do Grã-Cã é tão grande que ninguém pode fazer uma idéia exata. Há um intendente que administra estas rendas e as do rei Mangi. E eu nunca poderia contar as riquezas desta província, tão grandes elas são.

Antes de continuar, quero referir uma coisa bem singular. Quando nasce uma criança, na província de Mangi, os pais inscrevem-na num registro, onde figura o dia, o lugar e a hora do nascimento, e sob que signo, planeta e constelação veio ao mundo.

De modo que, conhecendo cada um o dia do seu nascimento, podem os astrólogos aconselhá-lo, quando queira empreender viagem, pois tais astrólogos são muito sábios, avisados e práticos em feitiços diabólicos, de forma que previnem os homens do que pode mudar o seu destino, e eles crêem-nos de boa-fé.

Quando os habitantes de Mangi acompanham os seus mortos, para serem queimados, todos os parentes, homens e mulheres se vestem de estamenha, para mostrar o seu luto, e seguem o cadáver, que levam em andas, com cortejo de instrumentos de música, cantando invocações aos ídolos. Chegando ao lugar marcado para a queima, param.

Mandam recortar, em cartão dourado, cavalos, servidores, mulheres, camelos e tudo o mais que o defunto desejou em vida. Queimam em seguida o cadáver, com todas estas imagens dos seus desejos. Quando vêem consumir-se o corpo com todos estes atributos, dizem que, no outro mundo, o morto terá todas estas coisas e quantas honras lhe renderem neste lhe renderam no outro os ídolos e os deuses.

Nesta cidade está o palácio do rei, que foi e é senhor de todo o Mangi, que é o reino maior e mais nobre do mundo. O palácio está rodeado de altos muros, com ameias, e que tem pelo menos nove milhas de volta. Dentro desta muralha há belos jardins, com as melhores flores e frutos que se pode imaginar, fontes e lagos cheios de peixes.

No meio de um dos lagos há outro palácio grande e suntuoso, que tem vinte salas tão grandes e formosas que, em cada uma delas, podem sentar-se à mesa dez mil pessoas, à vontade. As salas são pintadas e douradas, com figuras de animais, pássaros, cavalos, damas e donzelas, tudo maravilhosamente feito. Não há coisa mais digna de ser vista. Em todas as paredes há pinturas a ouro. Não sei se saberei descrever fielmente a beleza e a nobreza deste palácio e dizer sumariamente toda a verdade. Além das vinte salas, o palácio tem mil aposentos, que são outros tantos quartos para comer e dormir.

Há mais nesta cidade 160 grupos de vivendas, a que chamam comanos; e cada um conta dez mil fogos ou famílias. E assim sobe a 1.600.000 o número de casas, entre as quais se contam belos palácios. Só há uma igreja de cristãos nestorianos.

Depois de contar o que diz respeito a esta cidade, direi uma coisa curiosa: cada habitante tem por cima da porta da sua casa um letreiro com o seu nome e os de sua mulher, filhos, noras, escravos, cavalos e ainda tudo o que nela se contém. Se alguém morre, riscam o seu nome e, desta maneira, os governadores da cidade sabem quem são os habitantes que têm na sua jurisdição.

E assim se faz em toda a província de Mangi e também na de Catai. Outro bom costume e sábia disposição é a seguinte: todos aqueles que têm hospedarias e pousadas inscrevem os hóspedes no dia e mês que chegam. Assim, o Grã-Cã sabe quem entra e sai do seu reino, o que é uma coisa importante para um homem prudente.

154

A província de Mangi e a cidade de Quinsai

Quero agora falar da enorme renda que recebe o Grã-Cã desta cidade de Quinsai e das terras que estão abaixo do seu domínio e são apenas uma das nove partes do Mangi.

Antes de mais nada, mencionarei o sal, que é o maior tributo. O sal desta cidade rende todos os anos

80 tomãs de ouro; cada tomã vale 70.000 saics de ouro, o que perfaz uma soma de 5.600.000 saics em ouro, e cada saic vale mais de um florim de ouro ou um ducado.

Depois deste tributo do sal, falarei de outros, recebidos de várias mercadorias. Nesta província há muito açúcar; nela se faz mais açúcar do que em qualquer outra parte do mundo; e é outra grande receita para o tesouro imperial. E há grande abundância e espécies aromáticas.

De todas estas espécies recebe o Grã-Cã três medidas de cada cem; e o mesmo do vinho, do arroz, da carne e das doze artes e ofícios, e dos 12.000 armazéns das mesmas. Dos teares de seda tem recebido grandes receitas, pois tudo paga um tributo. Da seda recebe dez medidas de cada cem, o que monta a uma quantia fabulosa. Muitas outras coisas dão também dez de cada cem, e eu, Marco Polo, que vi fazer contas mais de uma vez, digo em verdade que todas estas coisas, à parte o sal, rendem 210 tomãs de ouro, que valem 14.700.000 saics, e considero esta fortuna a maior de que tenho ouvido falar. E isto é na cidade de Quinsai, que é a nona parte da província de Mangi.

155

A cidade de Tampigiu

Ao deixar Quinsai, andando uma jornada para Sudeste, encontram-se a cada passo jardins e casas maravilhosas. Há abundância de tudo. Ao cabo de um dia depara-se com a cidade de Tampigiu, que é grande e bela e está debaixo da jurisdição de Quinsai[237]. Os seus habitantes obedecem ao Grã-Cã; e usam moeda de papel, são idólatras e queimam os seus mortos. Vivem das artes e do comércio. Possuem toda a espécie de produtos; a cidade nada tem de especial a contar, e por isso falaremos de Ugui. Quando se sai da cidade de Tampigiu, após três jornadas para Sudeste, encontra-se sempre belas cidades, castelos grandes e bonitos. Por toda a parte reina a paz, há abundância e tudo é barato; os habitantes são idólatras e pertencem ao Grã-Cã. São do domínio de Quinsai, assim como a cidade de Ugui[238]. Esta nada tem que a diferencie das outras e por isso iremos mais adiante e falaremos da cidade de Gigiu[239].

Em toda esta região as canas são mais grossas e mais altas do que em nenhuma outra parte. Há algumas que medem quatro palmos de grossura por quinze passos de altura. Ao fim de duas jornadas chega-se à cidade de Gigiu, que é muito grande e bela. Pertence ao Grã-Cã, e os seus habitantes são idólatras e estão sob o poder de Quinsai. Têm bastante seda.

Vivem do comércio e das artes. Têm tudo quanto podem desejar, em questão de comidas. Como não há mais nada digno de menção, iremos mais adiante. Deixando Gigiu e viajando quatro dias para Sudeste, encontram-se sempre castelos, vilas e herdades, e tudo em abundância. São idólatras os habitantes e obedecem ao Grã-Cã. Vivem do comércio e das artes.

Têm caça de aves com fartura. Há leões e outras feras no interior. Não se encontra uma ovelha nem um carneiro, em todo o Mangi, somente vacas, bois, cabras e porcos. Nada mais há digno de menção.

Partindo desta cidade de Gigiu, andando quatro jornadas para Sudeste, encontram-se sempre cidades e castelos, e pastos em abundância. A quatro jornadas está a cidade de Ciangiam[240], que é muito grande e formosa; está na encosta dum monte e tem um rio que a divide ao meio, formando o lado alto e o baixo da cidade. Também pertence à jurisdição de Quinsai. Os habitantes são súditos do Grã-Cã e idólatras; vivem do comércio e das artes. E como nada mais há digno de menção, passaremos adiante.

Quando se deixa Ciangiam, também a paisagem é amena e cheia de cidades e castelos, e durante três dias de viagem é invariavelmente bela. Os naturais são idólatras e obedecem ao Grã-Cã; são do domínio de Quinsai. Têm o que comer em grande abundância, caça, os melhores pássaros e plantas; e como não há mais nada digno de menção, vamos prosseguir. A umas três jornadas está a cidade de Cugiu[241], que é muito grande e bela e cujos habitantes são idólatras e pertencem ao Grã-Cã. Até aqui chega o domínio de Quinsai e começa um novo reino, um dos nove de Mangi, chamado Fugiu.

156

Do reino de Fugiu

Deixando o reino de Quinsai, que é também chamado de Cugiu, encontra-se o reino de Concha[242], cuja cidade principal se chama Fugiu[243]. A umas quatro jornadas para Sudeste, percorrem-se montes e vales cobertos de cidades e castelos. São idólatras os habitantes e obedecem ao Grã-Cã e ao domínio de Fugiu, no qual acabamos de entrar. Vivem das artes e do comércio. Têm tudo em abundância: caça, aves e, nos campos, ferozes leões. Recolhem gengibre em grande quantidade, pois por um ducado de ouro se podem comprar oitenta libras de gengibre. Há também uma flor que parece açafrão, mas que vale muito mais.

Os habitantes desta terra comem de tudo, até carne humana, se o homem não morreu de doença ou morte natural; se o mataram com arma branca e era são, comem-no todo inteiro e dizem que é uma carne muito boa. Os homens de armas usam preparar-se da seguinte maneira: deixam crescer a barba e, no meio da testa, pintam a azul uma espada. Todos andam a pé, menos os capitães, e bem armados de lanças e espadas; são os homens mais cruéis do mundo, pois matam todos quantos encontram, bebem o sangue das suas vítimas e depois comem-nas.

Deixemos este horror e falemos de outras coisas. Andando mais três jornadas sobre as antecedentes, chegamos à cidade de Quenlinfu[244], que é grande e nobre e está submetida ao poder do Grã-Cã. Esta cidade tem três magníficas pontes, de uma milha de comprimento, todas de pedra e oito passos de largura, com colunas de mármore a servirem de anteparos, tão ricas que valem um tesouro. Também aqui se dedicam ao comércio e às artes.

Têm teares de seda. Recolhem gengibre e galanga. As mulheres são muito belas. Há nesta terra umas galinhas sem penas, com uma pele como a do gato e muito negra. Põem ovos como as da nossa terra e a sua carne é muito boa. Como já nada há mais a contar, vamos adiante.

Umas três jornadas para além das seis já mencionadas, percorre-se uma paisagem encantadora, com muitos castelos, vilas e cidades, abundância de mercadorias, caça, e leões que perseguem os viajantes. A umas quinze milhas da última jornada, encontra-se a cidade de Unquem[245], onde se fabrica muito açúcar. Daqui se fornece o Grã-Cã e leva tudo quanto se consome na sua corte, em tão grande quantidade que só por si é uma fortuna. Não há nada mais digno de menção: passaremos, pois, adiante; a quinze milhas da cidade de Unquem encontramos a muito nobre cidade de Fugiu e dela contaremos o que sabemos.

157

Da cidade de Fugiu

A cidade de Fugiu é a capital do reino de Concha, que é outra das nove províncias de Mangi. Nesta cidade há muito comércio, mercadores e artífices. Os homens são idólatras e vassalos do Grã-Cã. Ali habitam muitos homens de armas, pois as hostes do Grã-Cã estão em parte nesta capital, porque as cidades e os castelos revoltam-se com facilidade; e deste modo as rebeliões são debeladas prontamente.

É por esta razão que o Grã-Cã tem uma numerosa guarda aqui. A cidade é atravessada por um rio caudaloso, de uma milha de largo, na margem do qual há arsenais onde se armam as embarcações que navegam nas suas águas. Produz tanto açúcar que não é fácil saber quanto. Há aqui um grande comércio de pérolas e pedras preciosas e é por isso que os mercadores vêm a este porto, quando em viagem, vindos das ilhas da Índia. Para mais, esta cidade está perto do porto de Zeitom, no Oceano, e ali são freqüentes os barcos vindos de toda a Índia, com mercadorias, rio acima, até Fugiu. Nas suas margens há deliciosos pomares, com toda a espécie de frutas. É uma cidade fadada com todos os dons do Céu. Não havendo mais nada digno de menção, vamos prosseguir a nossa viagem.

158

Da cidade de Zeitom

Atravessando o rio em Fugiu e andando umas cinco jornadas, depara-se sempre com cidades, castelos e vilas muito florescentes, onde se encontra grande quantidade de produtos. Atravessam-se montes, vales, planícies e imensos bosques, onde existe a cânfora. A comarca é abundante em caça, aves e pássaros.

Os seus habitantes vivem do comércio e da indústria, são vassalos do Grã-Cã e estão debaixo da jurisdição de Fugiu. Ao cabo das cinco jornadas está a cidade de Zeitom[246], que é grande e nobre. A este porto vêm os barcos da Índia descarregar verdadeiros tesouros de pedras preciosas de grande valor e as maiores pérolas do Oriente. É o maior porto de todo o Mangi, pois tudo aquilo que se produz nas outras províncias acode aqui, havendo um movimento contínuo no mercado de pedras preciosas que a todos maravilha. Deste porto, seguem para toda a província de Mangi. Por um carregamento de pimenta que vai para a Alexandria, ou outro qualquer porto, para ser vendido para as terras do Ocidente, há centenas que vêm para Zeitom. Sabei que este é um dos dois portos de maior importância no mundo.

O Grã-Cã recebe desta cidade um tributo enorme, porque cada barco que chega da Índia paga dez medidas de cada cem das mercadorias trazidas, não só das pedras finas, como de tudo o mais. Estes barcos pagam fretes de 30 por cento na seda e 44 por cento na pimenta. Pela madeira de aloés e a do sândalo, assim como outras madeiras aromáticas, pagam 40 por cento. De sorte que, entre o frete, o tributo e os direitos, o mercador paga metade dos lucros do produto que traz. Assim, para o Grã-Cã, esta cidade é um tesouro.

Os habitantes são idólatras. A terra é muito fecunda e tem toda a espécie de fruta. Nesta província há uma cidade chamada Tiungiu[247], onde se fazem os mais belos pratos de porcelana que ver se podem. Em nenhuma parte se fazem iguais e dali se espalham pelo mundo inteiro e não são muito caros, pois por um ducado comprareis três pratos grandes, tão belos como não encontrareis em nenhuma outra parte. Esta cidade tem um idioma próprio. E vou deixar de falar do reino de Fugiu, que é uma das partes dos nove reinos. Em verdade, vos digo que o Grã-Cã recebe daqui abundantes rendas, tantas como do reino de Quinsai.

Não descrevi, todavia, os nove reinos de Mangi, apenas três, que são Iangiu, Quinsai e Fugiu; destes já disse bastante. Dos outros seis também lhes poderia falar, mas como é um longo relato nada direi. De Mangi, de Catai e de outras províncias, da gente, animais, pássaros, ouro, prata, pedras preciosas, pérolas e tantas outras coisas, já haveis ouvido.

No entanto, como no nosso livro não está ainda dito tudo aquilo que desejamos relatar, pois nos interessa a descrição das coisas da Índia, que são dignas de ser conhecidas, e ela possui maravilhas que faltam nas outras regiões, é bom e proveitoso o que desejamos descrever neste livro.

Misser Rusticiano vos fará o relato do que conta Misser Marco Polo. Em verdade, vos direi como Misser Marco viveu tanto tempo na Índia, tomou conhecimento dos seus costumes e dos seus negócios como nenhum outro homem do seu país. São tais as maravilhas que, ouvido o relato, quase não o acreditamos; porém, nós as enumeramos tal qual no-las referiu Misser Marco.

FIM DO SEGUNDO LIVRO

Notas

229. A atual cidade de Zhenjiang, na margem sul do Yangtzé, em Kiang-sou.

230. Cristão nestoriano de Samarcande que contribuiu efetivamente para a propagação do cristianismo enquanto governador da província.

231. Depois de ter atravessado o Yangtzé, Marco Polo continua a seguir o grande canal em direção ao sudeste. Ciangiu é a atual Changzhou em Kiang-sou.

232. Os Alains são um povo do norte do Cáucaso dos quais um número importante foi trazido para a China por Mongka. Na época de Cublai, cerca de trinta mil Alains, cristãos ortodoxos, formavam a guarda imperial em Pequim. O massacre descrito por Marco Polo produziu-se efetivamente em 1275, mas o lugar é contestado.

233. A atual Suzhou, no grande canal, a leste de Shanghai.

234. Esta cidade, bem como as duas que seguem, ainda que se situem no grande canal entre Suzhou e Hangzhou, a capital dos Song, são difíceis de localizar. Vugiu seria a atual Wujiang, ao sul de Suzhou, na extremidade sul de Kiang-sou.

235. Seria Jiaxing, a primeira cidade da província de Chekiang no grande canal.

236. Esta última cidade é a mais difícil de localizar. Ela deve, contudo, corresponder à atual Chang'an, situada um pouco ao sul do grande canal, a meio caminho entre Jiaxing e Hangzhou.

237. Esta última parte do itinerário de Marco Polo na China o levará de Hangzhou a Fuzhou e de lá a seu porto de

embarque. Ele começa por subir o rio Fuchun no estuário do qual está situada Hangzhou. Tampigiu é a atual Jiande neste rio, a uma centena de quilômetros à montante na província de Chekiang.

238. Seria a cidade de Lanxi, ainda à montante sobre o mesmo rio. Contudo, Marco Polo não vai em direção a Sirocco, isto é, em direção ao sudeste, como ele o indica, mas em direção ao sudoeste.

239. A atual cidade de Quxian, no alto vale do rio Fuchun.

240. A atual cidade de Jiangshan, ainda à montante do mesmo rio que toma aqui o nome da cidade, na província de Chekiang.

241. Continuando seu caminho a sudoeste, ao longo da atual estrada de ferro, Marco Polo penetra na província de Kiang-si. Cugiu seria a cidade atual de Shangrao neste itinerário. Esta cidade dependia na época mongol da região de Hangzhou.

242. A província é exatamente a de Fou-kien, mas a etimologia da palavra utilizada por Marco Polo não pode ser estabelecida.

243. A atual cidade-porto e capital da província Fouzhou, no estuário do rio Min.

244. Depois de Shangrao, o itinerário de Marco Polo orienta-se efetivamente para sudeste e, através do alto vale do Chung, um dos efluentes do rio Min, desce para o mar. Quenlinfu é a atual Jianou neste itinerário.

245. É a atual Nanpng, no início do vale principal do rio Min.

246. Aqui trata-se justamente do porto chamado Zaitoun pelos árabes da Idade Média e constituindo a principal porta marítima da China aberta para o oceano Índico e o Oriente Médio. Corresponde à pequena atual cidade de Jingiang, no estuário do rio do mesmo nome, na província de Fou-kien.

247. Seria a atual cidade de Longquan, ao sul de Chekiang.

O Livro da Índia

Parte XX

159

Aqui começa o livro sobre a Índia onde se falará de todas as maravilhas que contém e dos costumes dos seus habitantes

Já que falamos de tantas províncias do Continente, deixaremos agora isso e entraremos na Índia, para contar das suas maravilhas, começando pela descrição das naus que navegavam no mar da Índia. São construídas de madeira de pinho ou de lariço. Têm um convés, onde há muitas vezes quarenta câmaras pequenas, onde um negociante pode viver comodamente.

São providas de leme, a que chamam timão, e têm quatro mastros e às vezes dois de reserva, que se põem ou tiram quando se quer. São muito bem-feitas, com duplas carenas de dois tabuados, um exterior e outro interior, calafetados nas fendas, por dentro, e pregados com pontas de ferro.

Não são alcatroados porque não conhecem o pez, mas untam a madeira com uma substância que consideram ainda melhor do que o alcatrão. Tomam estopa e cal, reduzem-nas a pasta e misturam-lhe azeite de palmeira; com esta mistura das três matérias, fazem uma pasta tão resistente e compacta como o pez. Besuntam com elas as naus e é o mesmo que fossem alcatroadas. Têm estas duzentos marinheiros como tripulantes e são tão grandes que podem carregar 5.600 alcofas de pimenta e algumas até 6.000; andam também a remos e em cada remo vão quatro homens. Cada nau grande leva dois barcos, um maior, que pode transportar 1.000 alcofas de pimenta, e o outro menor.

Estes barcos levam 40 homens de guarnição; também estão armados e algumas vezes são rebocados pela nau. Levam ainda uns dez batéis, uns maiores que os outros, e ainda outras pequenas embarcações ou pirogas, com as quais pescam e servem também para levantar as âncoras; estes batéis estão amarrados aos lados. Quando precisam servir-se deles, lançam-nos à água. E os outros barcos também têm batéis.

Quando a nau já navegou mais de um ano, põemna a seco e consertam-na da seguinte maneira: cravam novas tábuas por cima das outras e calafetam todo o casco e untam como tinham feito da primeira vez. E assim fazem tantas vezes que os costados das naus chegam a contar seis tábuas, umas sobre as outras.

Tenho falado dos barcos com que os mercadores vão e vêm da Índia. Deixemos agora esta matéria para falar da própria Índia. Antes, falarei de outras ilhas do Oceano, onde estamos ainda. Estas ilhas ficam para os lados do Levante; e começaremos pela de Cipango[248].

160

A ilha de Cipango

Cipango é uma ilha do Levante, que está afastada da terra 1.500 milhas. É uma ilha muito grande. Os indígenas são brancos, de boas maneiras e formosos. São idólatras e livres, têm rei próprio, que não é tributário de nenhum outro. Têm ouro em abundância, mas o rei não deixa levar, e por essa razão há lá poucos mercadores e poucas vezes ali vão as naus.

Nenhum negociante ou estrangeiro chegou ao interior da ilha. Falarei a respeito dum palácio maravilhoso que um grande senhor da ilha possui. É um palácio grande, todo coberto de ouro fino, tal como são cobertas de chumbo as nossas igrejas. É dum valor incalculável.

Os sobrados das salas, que são numerosas, estão também cobertos de uma camada de ouro fino, da espessura de dois dedos. Todas as outras partes do palácio, tetos e paredes, estão cobertas de ouro. É duma riqueza tão deslumbrante que não sei como explicar o efeito assombroso que produz ao ver-se[249].

A ilha tem abundância de pérolas cor-de-rosa, redondas e muito grossas e que são tão valiosas ou mais do que as brancas. Tem outras e variadas pedras preciosas. É uma ilha muito rica, duma riqueza incalculável. E como deram conhecimento ao Grã-Cã da riqueza desta ilha, Cublai – que então reinava – quis apoderar-se dela. E enviou dois barões, comandando um grande exército de homens a pé e a cavalo. Um destes barões chamava-se Abacham e o outro Vosanguin. Ambos eram sábios e valentes[250].

Largaram dos portos de Zeitom e de Quinsai, em muitas naus, e abordaram a estas ilhas; desembarcaram e fizeram muito dano aos castelos e vilas que ficavam nas terras baixas; mas ainda nenhum lhes caíra nas mãos, quando sucedeu o percalço que passo a contar. Direi, antes de mais nada, que os barões se invejavam mutuamente e que nenhum deles fazia nada de acordo com o outro.

Um dia, soprou um vento tão forte que as tripulações, assustadas, disseram que, se não levantassem ferro, as embarcações se despedaçariam. Então, refugiaram-se todos nos navios e trataram de afastar-se e, tendo navegado quatro milhas, encontraram outra ilha menor.

Os que puderam alcançar a costa salvaram-se; os outros perderam as vidas, pois os navios despedaçaram-se contra as rochas. Salvaram-se, ainda assim, uns 30.000 homens, mas estes náufragos davam-se por perdidos, pois viram morrer os seus companheiros e desaparecer os barcos em que teriam podido regressar à sua terra.

Assim foi, com efeito; os barcos que puderam escapar navegaram, sem descanso, até chegar outra vez ao seu país. Mas deixemos os que se foram e voltemos aos que ficaram na ilha, cheios de medo.

161

De como a gente do Grã-Cã que havia escapado ao temporal tomou a ilha de Cipango

Sabei, pois, que os 30.000 homens que escaparam aos elementos se julgavam perdidos e não viam maneira de remediar a sua triste sorte. Desesperados e cheios de angústia, não sabiam que fazer nem que resolver. Estavam nesta situação, quando o senhor da ilha grande e seus sequazes viram a armada tão reduzida e desfeita, e se inteiraram dos náufragos que estavam na ilha menor.

Encheram-se de alegria e regozijo. Quando o mar acalmou, foram, em muitas embarcações, à ilha pequena, para trazer os que ali estavam. Quando os 30.000 homens viram o inimigo saltar em terra e dirigir-se para eles, a fim de os prender, por julgá-los desamparados de armas e qualquer ajuda, meteram-se para o interior da ilha e manobraram por maneira que voltaram à praia por outro caminho e acercaram-se dos barcos do inimigo, e ali entraram, o que conseguiram com facilidade, pois não havia quem os defendesse. Embarcando, afastaram-se da ilha a toda pressa, para desembarcar na de Cipango. Tomando terra, deitaram mãos às bandeiras do inimigo, que estavam nos barcos, e dirigiram-se para a capital.

Aqueles que tinham ficado na cidade, quando viram as bandeiras e os barcos da sua gente, cuidaram que esta voltava vitoriosa e saíram para recebê-la. E os tártaros entraram logo na cidade, onde não encontraram senão velhos; apoderaram-se da cidade, puseram fora todos os que encontraram, guardando somente algumas mulheres formosas para os servir. E assim tomaram a cidade os homens de armas do Grã-Cã.

Quando o rei de Cipango e a sua gente deram conta de que tinham perdido a sua capital e de que o desastre não podia ser maior, julgaram morrer de raiva. Então, reuniram outros barcos e cercaram a cidade, de forma que ninguém podia entrar nem sair, sem que eles dessem fé.

A gente do Grã-Cã resistiu sete meses ao cerco, sem poder inteirar o Grã-Cã da situação desesperada que os trazia em tão grandes apuros; e assim ninguém lhes auxiliou. Quando viram que não tinham salvação, parlamentaram com o inimigo e acordaram numa trégua: renderam-se, sob condição de lhes perdoarem as vidas. Feito este pacto, ficaram ali para sempre. Isto foi no ano de 1269 da Encarnação de Nosso Senhor Jesus Cristo[251].

Assim acabou esta desgraçada aventura. O Grã-Cã mandou cortar a cabeça a um dos barões, que era o capitão da armada; e enviou o outro para uma ilha deserta, Ciorca[252], para onde sempre desterrava aqueles que lhe desagradavam, e ali o mandou matar. Isto porque soube que se haviam portado mal, tanto um como o outro, nesta aventura.

Contar-lhes-ei outra grande maravilha. Na ilha de Cipango, os tártaros tomaram pela força uma torre que ali havia; e como não quisessem os seus defensores render-se, os barões deram ordem para que os matassem. Assim se fez, mas oito homens lograram salvar as cabeças, pois não houve maneira de cortar-lhes. Isto aconteceu porque tinham umas pedras incrustradas nos braços, entre a carne e a pele, e tão bem postas que não se viam de fora.

Estas pedras eram encantadas, e aquele que as levava não podia morrer pelo ferro. Os tártaros souberam a razão por que não podiam matar estes homens com as suas espadas; então, mataram-nos à paulada, e tiraram as pedras dos braços e as conservaram como coisa muito preciosa. Haveis ouvido esta história da derrota da gente do Grã-Cã. Agora, vamos prosseguir na narrativa deste livro.

162

A idolatria e crueldade dos homens de Cipango

Os ídolos de Catai e os de Mangi, como os de todas as outras terras, são parecidos uns com os outros. Na ilha de Cipango há ídolos com cabeça de boi, outros com cabeça de veado, de cordeiro, de cão e de outros animais. Alguns têm cabeças com quatro caras, outros três cabeças, isto é, uma sobre o pescoço e as outras sobre os ombros; alguns têm quatro mãos, outros dez, outros cem e mais.

E aquele ídolo que tem mais mãos cuidam que é o de maior virtude. Quando os cristãos lhes perguntam por que fazem assim os seus ídolos, dizem:

– Nossos antepassados os legaram desta forma; assim os legaremos a nossos filhos e aos que virão depois de nós.

As patranhas destes ídolos são tão curiosas e de tal forma obras do diabo que será melhor não as descrever neste livro, porque seria um escândalo para os cristãos: assim deixaremos os ídolos e contaremos outra coisa.

Quando algum homem de Cipango prende outro que não é seu amigo e este não pode resgatar-se por dinheiro, convida os amigos e manda matar o homem que lhe caiu nas mãos e come-o, na companhia dos seus parentes; mas antes fá-lo preparar e guisar convenientemente e dizem que é a melhor carne que há.

Voltemos ao nosso relato: este mar, onde a ilha de Cipango está situada, chama-se o mar da China e é o mesmo mar que banha as costas de Mangi; e os naturais desta ilha, quando falam da China, querem dizer

Mangi; porém, a China está para o Levante e tem, segundo os pilotos e navegadores que a conhecem, 7.448 ilhas; muitas são habitadas e não há aqui árvore que não seja aromática e não tenha perfume forte; e as madeiras são de grande utilidade; as árvores são tão grandes como o aloés e maiores ainda. Têm especiarias muito raras, pimenta branca e preta, em grande abundância. O ouro abunda tanto que é uma maravilha, mas está tão longe e passam-se tantas fadigas para o obter que não há muitos que ali vão à sua procura.

Quando as naus de Zeitom e Quinsai atracam ali, é sempre com grandes proveitos e lucros. Mas, para ali chegarem, levam um ano, pois vão no inverno e voltam no verão, porque só podem navegar com dois ventos: um que os leva e outro que os traz. E um sopra no inverno e o outro, no verão.

Esta região está muito afastada do caminho da Índia e dizem que se chama mar da China, e eu lhe chamo mar Oceano. Pois diz-se mar da Inglaterra ou mar da Rochela, assim como aqui mar da China e mar das Índias, mas são todos um só, que é o mar Oceano. Dir-vos-ei por que não falo mais destas regiões: estão muito afastadas e ali não chegamos. Nem o Grã-Cã tem nada que ver ali, nem lhe pagam nenhum tributo, de modo que voltarei a Zeitom[253].

163

Da região de Ciamba

Saindo de Zeitom e navegando para o Poente, a umas 1.500 milhas de distância está um reino chamado Ciamba[254], que é muito rico e de muito boa terra. Tem um rei, idioma próprio e os seus naturais são idólatras. Assinaram um pacto com o Grã-Cã, comprometendo-se a entregar-lhe elefantes todos os anos. Dir-vos-ei de que maneira começou o rei de Ciamba a pagar este tributo.

No ano de 1272 da Encarnação de Cristo, enviou o Grã-Cã um dos seus barões, chamado Sogatu[255], com um exército numeroso a cavalo e a pé, contra o rei de Ciamba e começou uma grande guerra. O rei, que era muito velho e não tinha bastantes forças armadas, não pôde defender-se dos ataques, em campo aberto, mas os seus guerreiros defenderam-se bem, nos castelos e cidades fortificadas, de maneira que o inimigo não podia vencê-los. Mas os tártaros devastavam e destruíam os campos, dizimavam a população e arruinavam o reino. Quando isto viu, o rei ficou em profunda prostração. Então, mandou a toda pressa um mensageiro ao Grã-Cã, a quem disse:

– O meu senhor e rei saúda Sua Majestade e faz-lhe saber que, sendo muito velho, deseja que reine sempre a paz nos seus domínios. Quer ser vosso vassalo e dar-vos, todos os anos, como tributo, os seus melhores elefantes. Pede-vos humildemente e conjura-vos a que mandeis sair das suas terras as vossas hostes e barões, que destroem, pilham e saqueiam o nosso desgraçado reino.

O mensageiro calou-se e não ajuntou mais nada. Quando o Grã-Cã ouviu o que o rei ancião lhe pedia, teve compaixão dele. Ordenou aos seus barões que se retirassem do reino e prosseguissem mais longe as suas conquistas. Eles acataram logo a vontade do seu senhor e saíram do país. Desde então, este rei paga todos os anos um tributo de vinte elefantes, dos maiores que têm no seu reino. Deste modo se submeteu ao Grã-Cã.

Deixemos isto para descrever o seu país. Sabei que, neste reino, nenhuma mulher se pode casar sem que o rei a veja antes: se gosta dela, toma-a para mulher; se não, dá-lhe um dote, para que possa casar com outro. No ano em que eu, Marco Polo, ali fui, o rei tinha 236 filhos de ambos os sexos, dos quais 150 eram homens que podiam manejar as armas.

Neste reino há elefantes em quantidade; há madeira de aloés. Há muitos bosques e uma espécie de madeira, chamada ébano, que é muito negra e da qual se fazem os arcos. Não tendo mais nada de notável para mencionar, vamos para a grande ilha chamada Java.

164

A ilha de Java, a maior

Quando se sai de Ciamba, entre o Meio-Dia e o Sudoeste, a umas 1.500 milhas de percurso, chega-se à ilha de Java[256]. Segundo os navegantes, é a maior ilha do mundo, e tem mais de três mil milhas de costa. Pertence a um grande rei, e os habitantes são idólatras e não pagam tributos a ninguém.

Esta ilha tem grandes riquezas. Tem pimenta, noz-moscada, galanga, açofeifa, cravo e as especiarias mais raras. Ali vêm de toda a parte barcos e mercadores, que compram toda a espécie de mercadorias e fazem grandes negócios. Há ali grandes tesouros. Digo que o Grã-Cã não pôde tomá-los, por ser perigosa a travessia e longo o caminho para alcançá-la.

Já vos contei desta ilha o que sabia. Abreviei, mas voltarei, adiante, a dar mais particularidades.

165

A ilha de Tendur e a de Condur

Partindo da ilha de Java e navegando entre o Meio-Dia e o Sudoeste, encontram-se, a 700 milhas, duas ilhas, uma grande e a outra pequena, que se chamam Tendur e Condur[257].

E se destas ilhas se caminha para Sudeste e Oriente, encontra-se, a umas 50 milhas, uma província chamada Loachim[258], muito grande e rica. Tem um rei e língua própria. Os habitantes são idólatras. Não pagam tributos e não dependem de ninguém, pois ninguém pode ir a estas terras para as conquistar, que, se fosse empresa fácil, o Grã-Cã já as teria conquistado e submetido à sua vassalagem.

Nesta província nasce em grande quantidade o bisso. Tem ouro em grande abundância. Tanto e tanto que só vendo se pode acreditar. Tem elefantes e caça.

Deste reino provêm todas as conchas de porcelana que se gastam em todas as províncias, como vos disse. Nada mais há que mencionar. Existem aqui lugares tão recônditos e selvagens que ninguém jamais neles pôs os pés. O próprio rei não quer que ninguém os freqüente, para que não se descubra onde tem os seus tesouros.

E ir-nos-emos daqui e contaremos outras coisas.

166

A ilha de Pentã

Partindo de Loachim, e a 500 milhas para o Meio-Dia, encontra-se uma ilha, chamada Pentã[259], que é muito rochosa. Está coberta de florestas, com plantas aromáticas, árvores de madeiras odoríferas e de grande utilidade.

Seguindo daqui, internamo-nos entre duas ilhas, a 60 milhas. A água neste estuário é muito baixa e não tem mais de quatro passos de profundidade, e assim convém que as galeotas e naus icem os seus lemes, porque não podem deslocar ali mais de quatro pés. Seguindo para Sudeste cerca de 40 milhas, desviando outras 30, encontra-se uma ilha e reino que se chama Malaiur[260]. Os habitantes têm idioma próprio e uma capital grande e nobre e muito comercial. O comércio das especiarias é a sua maior riqueza.

Nada mais digno há de menção, e por isso passaremos à Pequena Java, da qual vos falaremos.

167

A ilha de Java, a menor

Partindo da ilha de Pentã e desviando para Sudeste, encontra-se, a 100 milhas, a ilha de Java, a menor[261]. Sabei, no entanto, que, ainda que assim chamada, mede duas mil milhas de costa. Diremos agora o que dela sabemos.

Há nesta ilha oito reinos e oito reis coroados. São idólatras e têm idioma próprio. É abundante em produtos de toda a sorte: madeira de aloés, nardo e outras espécies que não se vêem noutros países. Contar-vos-ei os costumes dos seus habitantes, que são muito independentes. Primeiramente, contarei uma coisa que parecerá estranha: esta ilha encontra-se situada tanto para o Meio-Dia, que dela se não vê a estrela do Norte.

Mas voltemos aos costumes dos homens, e falaremos primeiro do reino de Ferlec[262]. Houve, neste reino, uns mercadores sarracenos, que ali chegaram com as suas naus e converteram os indígenas à Lei de Maomé (os da cidade, porque os dos montes são como animais). São antropófagos e comem toda a espécie de carnes, boas e más. Adoram várias coisas. Quando madrugam, adoram a primeira coisa que vêem ao levantar-se. Depois de Ferlec, falarei do reino de Basmã.

Saindo deste reino de Ferlec, entra-se no do Basmã[263]. É um reino independente, com idioma próprio. A gente é completamente selvagem, sem lei, e vive como os animais. Dizem-se súditos do Grã-Cã, mas não lhe pagam tributo, porque estão tão apartados do mundo que ninguém pode chegar até eles: no entanto, enviam-lhe por vezes presentes de coisas curiosíssimas.

Têm elefantes selvagens e rinocerontes tão grandes como os elefantes, com pêlo e patas como os búfalos; e um chifre no meio da testa, grosso e negro. Não é, no entanto, com este chifre que ferem, mas sim com a língua; têm nela um aguilhão muito comprido, de forma que o dano que causam o fazem com a língua. A cabeça é semelhante à de um porco selvagem; trazem-na sempre virada para a terra. É um animal muito feio. Não é verdade que estes animais se deixam prender por uma donzela virgem, pois são temíveis, ao contrário do que deles contam.

Há aqui cisnes de todas as espécies e de variada plumagem. Há também gaviões negros como carvão; são muito grandes e caçam muito bem.

Quero desmentir o que dizem dos pigmeus das Índias. Há, na realidade, nesta ilha, uma espécie de macacos muito pequenos, com cara como a dos homens.

Os indígenas apanham-nos e arrancam-lhes todo o pêlo, menos o da barba e de outros lugares, à semelhança dos homens; matam-nos e fazem-nos secar e curtem-lhes a pele com cânfora e outras espécies, para que não apodreçam, nem deitem mau cheiro. E assim curtidos e pelados, os apresentam à venda e isso tem feito acreditar que são homens. Mas a verdade é que nunca se viu na Índia um homem, mesmo muito pequeno, que seja desse tamanho.

Nada mais diremos deste reino, pois nada mais há digno de nota, e seguiremos para o reino chamado Sumatra.

168

O reino de Sumatra

Nas proximidades de Basmã encontra-se o reino de Sumatra, que pertence a esta mesma ilha, e onde eu próprio, Marco Polo, vivi cinco meses, na época em que nos não deixaram continuar a nossa viagem. A estrela do Norte continua sem aparecer. Aqui há um rei muito rico e poderoso. Dizem-se súditos do Grã-Cã e são selvagens. Por esta razão, aqui ficamos cinco meses. Pusemos pé em terra e construímos a nossa própria casa, de madeira, com ameias, e ficamos nela, temendo o bestial povo desta terra, que gosta de comer carne dos homens.

Aqui se pescam os melhores peixes do mundo. Não há trigo, mas vivem de arroz. Também não têm vinho, mas fabricam uma bebida da seguinte maneira: têm uma espécie de árvore, à qual cortam um ramo, encostam à ferida um pichel de madeira que, durante a noite, se enche do sumo que escorre da árvore, que se parece com uma pequena tamareira, e, cortando uma palma das quatro únicas que tem, obtém-se tanto vinho quanto se queira.

Mas há mais; quando a ferida não deita mais sumo, põem-lhe água na raiz e, dentro de pouco tempo, destila outra vez o sumo, mas não é de tanto valor como o primeiro. Há uma espécie branca e outra vermelha. E usam este licor em vez de vinho. Têm-no em grande abundância e é de bom sabor. Têm muitos cocos da Índia, grandes e saborosos. Os indígenas comem toda a espécie de carnes, boas e más.

Tendo-vos contado as coisas deste reino, deixá-lo-emos para vos contar outras do de Dragoiam[264].

169

O reino de Dragoiam

Dragoiam é um reino independente, que tem linguagem própria; pertence também à ilha de Java. Tem um rei. A gente é muito selvagem e diz que pertence ao Grã-Cã; é idólatra, e contar-vos-ei os seus costumes.

Sabei que, se um homem cai doente, os parentes mandam buscar os feiticeiros e perguntam-lhes se o enfermo pode sarar. E estes feiticeiros, por seus feitiços ou por intermédio dos ídolos, sabem se será curado ou se está condenado a morrer. Quando dizem que vai morrer, os parentes do enfermo chamam certos homens encarregados de o matar, visto que está perdido.

Estes homens vêm e tapam a boca do doente, de tal maneira que o afogam. E quando está morto, fazem-no cozer e toda a família o vem comer. E comem a carne e todos os miolos, pois dizem que, se as carnes dele apodrecessem e se formassem bichos e estes morressem depois de fome, a alma do finado padeceria com isso grandes penas.

Recolhem depois os ossos, guardam-nos numa arca muito enfeitada e levam-nos para umas cavernas, na montanha, tão escondidas que nenhum corvo ou animal as pode descobrir.

E, se podem, apanham um homem que não seja da região e matam-no para em seguida o comer, o que é um horrendo costume.

Deixemos este triste reino e internemo-nos no de Lambri[265].

170

O reino de Lambri

Lambri é um reino cujo rei se diz súdito do Grã-Cã. Os seus habitantes são idólatras. Há nele o bisso em grande abundância e cânfora e outras espécies muito finas e caras. O bisso cresce em pequenos talos e, quando está crescido desta forma, arrancam-no e plantam-no em outro lugar, onde o deixam três anos, para depois o arrancarem, com toda a raiz. Trouxemos sementes desta planta para Veneza, onde as semeamos, porém não cresceu, julgo que por causa do frio, pois requer terra quente.

E vos contaremos uma coisa que é muito extraordinária: há, neste reino, uns homens que têm uma cauda, assim como cães, a qual tem um palmo de comprimento. São numerosos. Não vivem nas cidades, mas nas montanhas. Há também, nesta terra, rinocerontes e caça em quantidade.

De Lambri iremos a Fanfur[266].

171

O reino de Fanfur

Fanfur é um reino independente. Tem rei, os seus habitantes são idólatras e vassalos do Grã-Cã. São da mesma ilha dos mencionados acima. Cresce nesta ilha a melhor cânfora do mundo, chamada cânfora-fanfuri, que vale mais do que nenhuma outra. Vende-se a peso de ouro. E mais do que isso não tem, pois não há trigo, nem cereais; o povo alimenta-se de arroz e de leite.

Nesta província tiram farinha de umas árvores magníficas e esbeltas, que têm uma casca muito fina, e entre esta e o tronco se encontra essa farinha. Fazem com ela muitas massas, muito boas; nós mesmos as preparamos e comemos várias vezes.

Depois de falar deste reino, que constitui uma parte da ilha, nada contaremos do lado oposto, porque o desconhecemos, não tendo chegado até ele. Deixemos esta terra, para nos dirigirmos a uma pequena ilha chamada Gavenispola[267] e outra, chamada Neucrã[268].

172

Da ilha de Neucrã

Partindo de Java e do reino de Lambri, acha-se, a cerca de 150 milhas, uma faixa de terra de 25 milhas, que chamam Neucrã. Nada há que amedronte os homens desta terra, que andam nus e não cobrem nenhuma parte do corpo. São idólatras. As mulheres também andam nuas. Os seus imensos bosques e selvas estão cheios de árvores gigantescas, das mais ricas madeiras.

Encontram-se ali o sândalo vermelho, as nozes da Índia, o cravo, o bisso e outras espécies. Nada de notável há, porém, nos seus costumes. E, assim, passaremos de largo e falaremos de outra ilha, chamada Angamã.

173

Da ilha de Angamã

Angamã[269] é uma ilha muito grande, sem lei nem rei. Os habitantes são idólatras, vivem como os animais selvagens. Temos a apontar uma estranha visão desta gente. Nesta ilha, os homens têm cabeça e dentes de cão, e a sua cara parece-se com a dos mastins. São muito cruéis e comem quantos homens possam apanhar e que não sejam da sua tribo. Têm especiarias variadas e abundantes. Alimentam-se de arroz, leite e toda a espécie de carnes. As frutas que comem são muito diferentes das nossas.

NOTAS

248. O chinês Je-pen Kouo (= o país do sol levante), do qual o Ocidente fez Japão.

249. Esta descrição foi suficiente para transformar Cipangu em uma das principais finalidades da viagem de Colombo para as Índias, pelo oeste.

250. Os personagens são dificilmente identificáveis. Um certo Alakan fora nomeado chefe da grande expedição mongol de 1281 contra o Japão, mas morreu antes de seu início. O segundo, que seria, segundo uma leitura, Von Samping (transcrição persa do chinês Ts'an-cheng = conselheiro), o conselheiro Fan-Wen-hu, vivia ainda em 1293.

Aliás, esta passagem de Marco Polo parece ser uma interpretação bastante livre da campanha de 1281 contra o Japão.

251. A grande expedição de 1281 posta à parte, houve uma outra em 1274, mas nenhuma em 1269.

252. Aqui, a palavra Ciorca parece corresponder ainda à Manchúria. Ilha deserta seria na verdade uma península formada pelo curso inferior e a embocadura do Amor, de um lado, e o mar do outro, bem em frente à Sakalina no distrito de Kabarovsk (ex-URSS), para onde os mongóis enviavam seus prisioneiros importantes.

253. O itinerário de volta de Marco Polo é ainda mais difícil de determinar que os precedentes. Ele deve compor-se ao menos de duas viagens, a embaixada ao Champa por volta de 1288 e ao Ceilão em 1284, mais a grande viagem de volta, onde mistura coisas vistas com um grande número de descrições contadas a ele pelos marinheiros da época.

Resulta um maior número de elementos legendários em relação aos itinerários precedentes.

254. Reino situado ao sul do Vietnã atual. Durou do séc. III ao século XV.

255. A versão de Marco Polo corresponde, *lato sensu*, aos fatos históricos. Sogatu, general mongol, foi enviado contra o Champa em 1282. O rei Indravarman XI, refugiado nas montanhas, faz uma guerra de usura que termina em 1285 com a derrota dos mongóis e a morte de Sogatu. Mas, ao mesmo tempo, para evitar as represálias, o rei enviou uma embaixada a Cublai. Este último respondeu com o envio de uma missão da qual participou Marco Polo em 1288.

256. Java é justamente a Java atual, mas o fato sobre o qual Marco Polo fala, por ouvir dizer que suas partes orientais não eram conhecidas pelos navegadores árabes da época, leva-o a dar-lhe dimensões desproporcionais. Uma expedição mongol aí fracassou em 1292-93.

257. Trata-se de Pulo Condor, ou ilhas Con-Son, situadas em frente ao delta do Mekong.

258. O navio dos Polo, depois de ter contornado o

extremo sul do Vietnã, toma o rumo da península malaia para chegar ao ponto mais próximo situado no extremo sul da Tailândia atual, na região do rio Pattani, onde devemos localizar o reino de Lengkasuka.

259. Trata-se de Bintan, ilha situada em frente à extremidade sul da península malaia. A oeste de Bintan encontra-se a ilha de Batam e entre estas ilhas e a terra firme está o estreito de Cingapura, que corresponde às sessenta milhas percorridas por Marco Polo.

260. Aqui também se trata, aparentemente, de uma digressão. Antes de subir para noroeste depois da travessia do estreito de Cingapura, Marco Polo nos leva até a região de Djambi, a sudeste de Sumatra. Mas o autor não parece saber que o reino de Malayu, situado nesta região, encontra-se em Sumatra; ele não será contado entre os reinos desta ilha no capítulo seguinte. É assim que ele imagina que o conjunto das ilhas situadas no prolongamento da península malaia a leste de Sumatra forma uma única ilha, confundida com Bintam, na qual se encontraria o reino. Malayu era na época um reino muçulmano sob a suserania de reis javaneses.

261. Isto é, Sumatra.

262. Ferlec, do malaio Perlak, corresponde à cidade de Peureulak e de sua região na atual província de Atjeh, a noroeste da ilha diante da península malaia. Na época era um reino muçulmano. Em sua viagem de volta, Marco Polo teve que abordar a ilha em Peureulak e deixá-la em Atjeh na ponta noroeste; os reinos efetivamente visitados durante esta viagem devem encontrar-se neste itinerário.

263. Trata-se do reino de Pasei, confundido mais tarde com o de Sumatra, situado nos arredores da atual cidade de Lhokseumawe e de sua parte interior, o vale do rio Pasei e as montanhas do mesmo nome.

264. Trata-se, provavelmente, de uma digressão, uma vez que este reino não está expressamente localizado na continuação dos outros. O nome não pôde ser decifrado, mas os costumes funerários de seus habitantes indicam que se trata

de um povo Batak que vive nas imediações do lago Toba nas montanhas do norte de Sumatra, mas bem mais ao sul das regiões anteriormente descritas.

265. Este reino se encontraria no extremo noroeste da ilha na região da cidade de Atjeh.

266. Fanfur está localizada na costa noroeste da ilha na região da cidade de Barus. Seria, pois, uma segunda digressão contradizendo a afirmação de Marco Polo a respeito de um conhecimento de conjunto dos reinos descritos. A menos que se imagine um trajeto indo da costa noroeste ao lago Toba (Dagroian) e de lá a Barus, efetuado seja durante a permanência de cinco meses ao longo da viagem de volta, seja durante uma viagem precedente ao Ceilão.

267. A atual ilhazinha de We, defronte da ponta noroeste de Sumatra.

268. As ilhas Nicobar, ao norte de Sumatra, pertencendo hoje à Índia.

269. As ilhas Andaman, ao norte das ilhas Nicobar. Segundo a descrição feita, pode-se razoavelmente supor que Marco Polo tomou caminho em direção a oeste depois das ilhas Nicobar sem desembarcar nas Andaman.

PARTE XXI

174

Da ilha de Seilã

A 1.000 milhas de distância, mais ou menos, partindo de Angamã para Poente, encontra-se a ilha de Seilã[270], que é na realidade de grande formosura. É muito extensa e tratarei de o demonstrar com números. Mede cerca de 2.400 milhas, segundo os dados dos mapas destes mares. Mas noutro tempo era maior, porque, segundo se sabe nestas paragens, media 3.500 milhas. Mas veio um grande vento do norte que deu na ilha, e muitas montanhas que nela havia, perto do mar, perderamse e a água ocupou o lugar da terra.

Há nesta ilha um rei muito rico, chamado Sandemai[271]. Os habitantes são idólatras. Não pagam tributo a ninguém. Andam completamente nus, apenas cobrindo as partes vergonhosas. Não têm trigo, mas têm arroz. Há grande abundância de gergelim, e das suas sementes fazem óleo. Vivem de leite e de carne. Bebem aquele vinho de palma de que vos falei. Têm bisso do melhor. Apontaremos as coisas mais apreciadas que possuem e que são os mais lindos rubis do mundo, e safiras, topázios, ametistas, ágatas e outras pedras finas.

O rei desta ilha possui o rubi mais lindo e maior que vi e certamente verei na minha vida. Dir-vos-ei o tamanho dessa pedra: tem um palmo de comprimento e é grossa como o braço de um homem gordo; é a jóia mais formosa que se pode admirar, sem a menor mancha, vermelha que parece fogo, de tão incalculável valor que não haveria dinheiro que a pagasse.

O Grã-Cã mandou mensageiros ao rei, para que lha cedesse, pois lhe daria em troca o valor de uma cidade inteira. O rei respondeu que não a daria por nada deste mundo, porque a herdara dos seus antepassados, e, por esta razão, o Grã-Cã não a pôde obter.

Os homens desta terra não são guerreiros, pois são raquíticos e fracos. Se precisam defender-se, contratam homens de outras regiões, especialmente sarracenos, que empregam como mercenários.

Nada mais havendo digno de menção, seguiremos para Maabar.

175

Da província de Maabar

Deixando Seilã, a 60 milhas para o Poente, encontra-se a grande província de Maabar[272], a que chamam Grande Índia, e é, com efeito, a mais importante das regiões. Esta já é terra firme. Há ali cinco reis, que são irmãos carnais; falaremos deles um por um.

Na capital da província, reina um destes irmãos, que tem por nome Sondar Bandi Devar[273]. É o reino das pérolas. Contar-vos-ei como se encontram e como se pescam. Há neste mar um recife entre uma ilha e a terra firme. Em alguns sítios não chega a ter dez pés de água; noutros doze e ainda noutros tão-somente dois.

Aqui se recolhem as pérolas. Armam pequenas embarcações e vão para o recife, desde meados de abril a meados de maio, num lugar a que chamam Beletar[274]. Afastam-se 60 milhas para o mar e ali deitam as âncoras, e, em pequenos batéis, acercam-se dos viveiros de pérolas.

Há vários mercadores que exploram o negócio e formam companhias, que contratam determinado número de homens, enquanto dura a pesca. E estes mercadores pagam os tributos que vou dizer: ao rei, antes de todos, uma décima parte; ao encantador de peixes (para que eles não causem prejuízos aos que mergulham no mar), outra décima parte; para os pescadores, a vigésima parte. Os encantadores de peixes são os brâmanes que enfeitiçam uns peixes muito grandes que por ali há, que matariam os pescadores; mas só os enfeitiçam de dia, pois de noite não fazem as encantações e estão aqueles livres para fazer o mal. Estes brâmanes encantam não só os peixes mas também os pássaros.

Quando chegam os batéis, os homens que neles se encontram, pagos pelos mercadores para este ofício, mergulham na água; este, a uma profundidade de quatro passos; aquele, de cinco e até de doze; e agüentam-se debaixo de água enquanto podem. Quando estão no fundo do mar, apanham umas conchas, que chamam ostras do mar, e nelas se encontram pérolas pequenas e grandes, de todas as formas, pois dentro destas conchas é que se formam as pérolas.

E assim pescam as pérolas em enormes quantidades, as quais são logo vendidas para o mundo inteiro.

O rei deste território tem-nas a granel, o que para ele constitui um grande tesouro.

Depois dos meados de maio já não se encontram conchas que tenham pérolas; mas existem 300 milhas mais longe, até meio de outubro. Nesta província de Maabar não são precisos alfaiates nem sapateiros para talhar panos e couros, porque toda a gente anda nua em qualquer estação. Só cobrem as suas partes vergonhosas com um pano.

O rei anda também todo nu, como os outros, mas cobre a sua virilidade com um pano mais rico e usa um colar de ouro, que é uma fiada de safira, rubis, esmeraldas e outras pedras preciosas. Também usa, posto ao pescoço, um cordão com 104 pérolas grandíssimas e rubis de grande valor. E são 104 pérolas e pedras, porque tem de dizer, todas as manhãs e todas as noites, 104 preces ou invocações aos seus ídolos. É o que lhe mandam a fé e os costumes; assim o fizeram os seus antepassados, e assim o faz ele, e é por isso que usa um tal colar.

Além disto, usa braceletes de ouro, cravejados de pedras grandes, de alto valor. Usa nas pernas outros aros de ouro, também com pedras finas. Nos dedos dos pés traz anéis com pedras muito grandes. Enfim, traz consigo um tal tesouro de pedraria, que tem o valor de uma cidade inteira. E ninguém pode calcular um tal valor, que afinal não é maravilha, porque tudo isso se encontra no seu reino em grande quantidade.

Dir-vos-ei ainda outra coisa: ninguém pode levar do reino nenhuma pedra nem pérola, nem grande, nem cara, de valor superior a meio sequim. O rei manda que todos aqueles que tenham pérolas e pedras finas as levem à sua corte e ele lhas compra por bom preço. É costume que as pague pelo dobro do que lhe pedem. Deste modo, os mercadores preferem vendê-las na corte, onde são mais bem pagas do que em qualquer outra parte. E é por isto que este rei possui tantas riquezas e tesouros.

Contei-vos tudo isto, mas no entanto ainda me fica muita coisa maravilhosa por dizer.

Sabei que este rei tem quinhentas mulheres legítimas. Quando vê uma bela mulher ou rapariga, logo a quer para si. Fez uma vez o que ides ouvir: um dos seus irmãos tinha uma mulher muito linda; desejou-a o rei e a tomou para si, e seu irmão, quando o soube, suportou isto com paciência e não se revoltou contra ele, temendo a sua ira.

Contar-vos-ei ainda outra coisa assombrosa deste rei: os seus servidores são-lhe de uma fidelidade e dedicação sem igual, que perdura não só neste mundo mas ainda no outro. Estes homens leais servem o seu senhor na corte, cavalgam com ele e fazem-lhe companhia e têm grande prestígio em todo o reino. Para onde vai o rei vão eles também, desfrutando grande poder.

Quando o rei morre, queimam o seu corpo numa pira monumental; então, os seus barões, que nunca o abandonaram, lançam-se às chamas e ardem também, para lhe fazer companhia no outro mundo. E há outro estranho costume neste país: quando o rei morre e deixa um grande tesouro, os seus filhos não lhe tocam por nada deste mundo, pois dizem:

– Tenho o reino de meu pai e todas as suas gentes; posso, pois, juntar um tesouro como ele juntou.

De modo que não tocam no tesouro e vão eles mesmos juntando outro. E, por isso, são incalculáveis os tesouros deste reino.

Nesta região não se criam cavalos e os rendimentos são empregados, em grande parte, na sua aquisição e da maneira seguinte: os mercadores de Ormuz, de Quisi, de Dufar e de Aden – província que tem muitos cavalos e corcéis – criam e compram cavalos, carregam-nos nas suas naus e levam-nos ao rei e aos seus quatro irmãos. Pagam-lhes por cavalo 500 saics de ouro, que equivalem a mais de 100 marcos de prata.

Todos morrem em pouco tempo, porque não há tratadores que saibam cuidar deles e por falta de vigilância. E os mercadores que os vendem evitam cuidadosamente levar-lhes gente que saiba disso, porque quanto mais cavalos morrerem mais proveito têm.

Referir-vos-ei outro estranho costume: quando um homem comete algum delito e o condenam à morte, e o senhor tem de o fazer executar, aquele que deve morrer diz que quer matar-se a si mesmo, para honra e por amor aos seus ídolos. É costume que o rei lho conceda. Então, os parentes e amigos combinam-se para lhe fornecer punhais afiados e levam-no por toda a cidade, num palanquim, com os punhais pendentes do pescoço, apregoando:

– Este valente que aqui vedes quer matar-se a si mesmo por amor ao ídolo.

E desta maneira dão volta à cidade. Chegados ao local do suplício, o condenado à morte empunha um punhal e grita:

– Mato-me por amor ao ídolo.

Depois de pronunciar estas palavras, fere-se num braço; logo pega em outro e se fere no outro braço, e por fim, toma um terceiro e dá uma punhalada no ventre. E fere-se até cair. Depois de morto, os parentes queimam o cadáver, no meio das maiores demonstrações de júbilo.

Há neste reino outro costume: quando morre um homem e o seu cadáver está a consumir-se no fogo, a sua viúva lança-se às chamas e faz-se queimar como exemplo. E não julgueis que são poucas, pois são muitas que tal fazem.

E todos adoram os ídolos. Alguns adoram o boi, porque dizem ser um animal muito bom, e ninguém mataria jamais um boi nem seria capaz de comer da sua carne. Há, contudo, uma classe de homens, chamados "gavi", que comem a carne do boi, embora não se atrevam a matá-lo. Se o boi morre de morte natural ou violenta, é comido então pelos "gavi". Mas, antes disso, untam as suas casas com o sebo do animal.

Outro costume deste povo é que o rei e os seus barões e todos os outros se sentam no chão. E quando lhes perguntam por que se não sentam mais dignamente em escabelos, respondem "que a terra é um motivo de honra; que posto sejam feitos de terra e a ela devam voltar, há que respeitá-la e ninguém deve atrever-se a desprezá-la".

Os "gavi" de que vos falei são os homens cujos antepassados mataram o Apóstolo São Tomé. E nenhum dos que assim se chama pode entrar no lugar onde está o corpo do Senhor São Tomé. Pois que dez homens não conseguiriam obrigá-lo a isso, nem vinte tampouco, porque no sítio onde está o corpo do Santo há uma força que o expulsa violentamente e não pode permanecer ali; isto por virtude do corpo do Santo.

Este reino tem arroz, mas não cresce nele o trigo. Se um formoso cavalo cobre uma boa égua, nasce logo um cavalinho defeituoso, com as patas torcidas e débeis, e não há quem o monte, pois não vale nada. Estas gentes vão para as batalhas com lanças e escudos e completamente nus. Não são valentes nem arrojados; não matam pássaros nem nenhum animal e, se querem carne de carneiro, mandam-no matar por um sarraceno ou por outro forasteiro que não obedeça à sua lei.

Os homens e as mulheres lavam o corpo, todos os dias, de manhã e à noite, e não comem nem bebem sem fazer primeiramente as suas abluções. E todo aquele que não se lave duas vezes por dia é considerado vil e grosseiro.

Neste país, castigam-se muito severamente os homicídios, os roubos e outros delitos. Não bebem vinho e se algum se acostuma a bebê-lo, não o escolhem mais para testemunha e ninguém mais o afiança; e isto mesmo fazem para os navegantes, por dizerem que aquele que anda sobre o mar está desesperado, e por isso lhes parece que o seu testemunho não tem valor. Mas, em troca, não consideram como pecado nenhum ato de luxúria.

Faz nestas paragens um calor sufocante; por isso andam nus. Nunca chove, a não ser em junho, julho e agosto. E, se não fosse a água que cai durante estes três meses e que refresca o ar, morreriam de calor. São estas chuvas que temperam o clima.

Há entre eles sábios numa arte a que chamam fisionomismo, quer dizer o conhecimento do homem e da mulher pelas feições e por elas dizer das suas qualidades e defeitos. E conhecem isto à primeira vista. São muito sabidos em agouros, no significado do vôo dos pássaros e dos encontros com certos animais. Conhecem os presságios melhor do que ninguém e sabem o que é bom e o que é mau. Se um homem que segue um caminho ouve um ruído e este lhe parece favorável, segue o seu destino; se lhe parece adverso, senta-se um pouco antes de prosseguir, ou volta para casa.

Quando nasce um menino, varão ou fêmea, o pai ou mãe inscrevem-no num registro: deixam escrito o dia do nascimento, o mês, a lua, o signo e a constelação sob que nasceu. E isto é sempre feito de acordo com os astrólogos e adivinhos, que conhecem os feitiços e a arte mágica da nigromancia, havendo também entre eles quem entenda da astronomia.

Há neste reino toda a qualidade de pássaros, de uma variedade incrível, mas nada parecido com os nossos, salvo as codornizes, que são iguais às da nossa terra. Também se vêem morcegos, espécies de ratos com asas, sem penas, e que voam de noite. São grandes como gaviões. Os falcões que ali se vêem são negros como os corvos, voam muito alto e caçam maravilhosamente.

Dir-vos-ei outra coisa digna de contar-se: dão a comer aos seus cavalos carne cozida com arroz e outros alimentos cozidos.

Nos mosteiros, veneram ídolos de ambos os sexos e consagram muitas jovens a esses deuses. Dir-vos-ei como se celebram estas cerimônias, em que o pai e a mãe oferecem as suas filhas aos ídolos de que são mais devotos. Quando as monjas destes mosteiros convidam as moças para virem ao convento honrar os ídolos, estas acodem pressurosas e cantam, tocam e manifestam grande alegria.

Estas jovens apresentam-se em grande número e levam de comer aos ídolos mais de uma vez por mês e até por semana. Preparam vitualhas e doces e outros manjares deliciosos; sobem ao altar, guarnecem-no com uma mesa, com todos os alimentos que trouxeram e no meio colocam a iguaria mais importante. Entretanto, cantam, tangem instrumentos e dan-çam graciosamente.

Antes do banquete, tal como o ofereceriam a um poderoso senhor ou a uma pessoa de grande consideração, dizem que o ídolo comeu a substância da carne. Então, põem-se elas à mesa e com grande regozijo comem todas juntas. Depois, cada uma regressa a sua casa. E quase todas as moças deste reino, até que se casam, fazem o mesmo. Descrevemos os costumes deste grande reino e agora narrar-vos-emos os de outro, chamado Murfili.

176

O reino de Murfili

Murfili[275] é um reino que se encontra pouco mais ou menos a 1.000 milhas de Maabar, para o Norte. É governado por uma rainha, que é uma grande mulher. Há já quarenta anos que morreu o seu marido, pelo qual tinha grande amor; por isso, disse quando da sua morte que, como lhe queria mais do que a si mesma, não tomaria outro esposo e por essa razão não tornou a casar. E nestes quarenta anos administrou perfeitamente a justiça no seu reino, tão bem como o teria feito o seu marido. E asseguro-vos que é mais querida dos seus súditos do que nunca o foi dama nem senhor.

Neste reino, os homens são idólatras. Vivem de arroz, de carnes e de leite. E nele se encontram muitos diamantes, que se apanham como passo a dizer: há neste reino várias montanhas onde se encontram diamantes.

Quando acaba a chuva, que pela montanha corre em torrentes, por fendas e cavernas, os homens procuram os diamantes nos vales por onde passou muita água, e encontram-nos em grande quantidade. Quando se encontram mais é especialmente no verão, quando secam as fontes. Mas o calor é tanto que não há quem lhe resista.

Além disso, existem na montanha muitas serpentes, tão grandes e peçonhentas que os homens não se aventuram ali confiadamente. No entanto, vão como podem e encontram grandes diamantes. As serpentes são venenosas e muito más, e escondem-se precisamente nas cavernas, onde esses homens ousados vão procurar os diamantes. Mas também os obtêm doutra maneira. Há um despenhadeiro profundo, a cujo fundo é impossível chegar; mas eles fazem o seguinte: tomam pedaços de carne que lançam com força no abismo onde se encontram os tais diamantes, que nela se cravam.

Nestas montanhas, fazem ninho muitos abutres e águias brancas, que se alimentam das serpentes. Quando estas águias vêem a carne no fundo do precipício lançam-se sobre ela e levam-na para os seus ninhos. Os homens espreitam o sítio onde a águia se refugiou e com a maior presteza marinham até lá. A águia, espantada ao vê-los aparecer, levanta vôo, abandonando a carne, e nela há sempre cravados alguns diamantes.

Há ainda um terceiro modo de procurar os diamantes: as águias que apanham a carne não se detêm sem que a tenham devorado, tragando os diamantes também, os quais expelem depois nos excrementos e, neste guano, costumam também os homens encontrar os diamantes.

Ouvistes assim ás três maneiras de buscar diamantes. E é este o único reino que tais pedras produz. Mas, na verdade, são grandes, magníficas e as melhores não são, por certo, as que vão para as terras de cristãos, mas sim as que levam ao Grã-Cã e aos reis e barões destas variadas províncias, reinos e senhorios. Como têm grandes riquezas, compram as pedras mais caras.

Já vos falei dos diamantes e agora narrar-vos-ei outras coisas. Sabei que neste reino se fazem os melhores tecidos, os mais belos e transparentes que se tecem no mundo; são delicadíssimos e comparáveis às mais finas telas de linho; não há rainha nem rei que não os use, pois são macios e belos.

Neste reino abundam os animais, e os carneiros são muito grandes. Dispõem em grande abundância de tudo quanto necessitam para bem viver.

Não há outras coisas a mencionar; deixaremos, por isso, este reino, e seguiremos para o lugar onde se encontra o corpo do Senhor São Tomé, Apóstolo.

Notas

270. O atual Ceilão ou Sri-Lanka.

271. O rei do Ceilão da época era Parakkama-bahou IV, que reinou de 1291 a 1326. O nome dado por Marco Polo corresponde provavelmente a um título.

272. Maabar, que não se deve confundir com Malabar, é o nome dado pelos árabes à costa sudeste da Índia, atual costa de Coromandel.

273. As fontes históricas dão Maravarman Koulaçekhara como rei desta região de 1268 a 1308.

274. A atual cidade de Puttalam, na costa oeste do Ceilão.

275. Trata-se do reino de Telingana na parte norte da costa de Coromandel, entre Madras e Machilipatam. Reino hindu, foi conquistado pelo sultão de Deli pouco depois da passagem de Marco Polo. A soberana que reinou quarenta anos é uma personagem histórica, com a diferença de que era a filha e não a mulher do rei defunto.

Parte XXII

177

O corpo de São Tomé, Apóstolo

O corpo do Apóstolo São Tomé está numa pequena cidade, na província de Maabar; não há navegante nem mercador que venha para aqui, por ser lugar muito retirado[276]. É bem certo que a ele vêm, em peregrinação, cristãos e sarracenos, pois também os sarracenos desta região veneram o Santo, dizendo que era sarraceno e um grande profeta, e chamam-lhe Anhamã, que quer dizer santo verão. Os cristãos que ali vão em peregrinação apanham terra do sítio onde o mataram e levam-na para os seus países, dando-a a beber, em infusão, aos doentes que sofrem de sezões ou de febres quartãs ou terçãs e que em seguida se curam. E isto acontece a todos quantos bebem esta terra, que tem uma cor avermelhada.

Contar-vos-ei um milagre que sucedeu no ano de 1288 da Encarnação de Cristo. Um senhor desta região tinha grande quantidade de arroz e, para o guardar, encheu com ele todas as casas que rodeavam o santuário.

Os cristãos que guardavam a igreja e o corpo do Santo viram com desgosto que este barão idólatra ocupava as casas e que os peregrinos já não tinham onde hospedar-se, e pediram-lhe que não o fizesse.

Mas nada conseguiram, nem a bem, nem a mal; o barão não ouviu as suas súplicas e continuou enchendo de arroz as casas vizinhas. Quando acabou de enchê-las, produziu-se o milagre que vou contar. De noite, enquanto dormia, apareceu São Tomé ao barão, com um pedaço de ferro nas mãos e, pondo-lho na garganta, disse.

– Despejarás imediatamente as casas, ou morrerás de morte violenta.

Dizendo isto, carregava de tal maneira na garganta com o ferro, que o barão se sentia morrer. O Senhor São Tomé, depois disto, abandonou o quarto e desapareceu; e o barão levantou-se de madrugada e mandou esvaziar todas as casas. E tiveram por milagroso tudo o que se passou. Folgaram muito os cristãos e felizes cantaram preces ao Senhor São Tomé, e bendisseram o seu santo nome. E digo-vos que durante todo o ano sucedem milagres. Especialmente quando se trata de sarar padecimentos e curar aleijados.

Contar-vos-ei agora como mataram o Santo. Quando este saía do seu cenóbio, no bosque, e elevava para Deus as suas preces, havia em torno dele uma quantidade de pavões reais (pois aqui abundam em todos os sítios); um pagão, que era da linhagem dos "gavi", disparou uma flecha a um destes pavões reais que rodevam o Santo.

O "gavi" não viu o Santo, mas a flecha que julgava ter disparado sobre o pássaro cravou-se no lado direito das costas de São Tomé, que depois de receber este golpe se pôs a rezar docemente e adormeceu na paz do Senhor. Também é certo que, antes de vir para esta terra, onde morreu, tinha feito muitas conversões na Núbia[277] e vo-las contarei em devido tempo e lugar, neste mesmo livro.

Falei-vos do Apóstolo São Tomé, e agora ocupar-nos-emos de outras coisas. Nestas terras de Maabar, quando nasce um menino, untam-no uma vez por semana com óleo de gergelim, e isto faz com que pareça mais negro. Porque, quanto mais negros são, mais formosos os acham e os apreciam.

Toda esta gente manda desenhar e colorir os seus deuses e todos os seus ídolos são pintados de negro, enquanto que os diabos e espíritos malignos são brancos; e é assim que os representam e pintam nas suas imagens.

Como têm grande fé no boi e o consideram coisa sagrada, apanham pêlos de bois selvagens e os cavaleiros enfeitam com eles as crinas dos cavalos, e os homens a pé os põem nos seus escudos e atam aos seus próprios cabelos.

E fazem isto porque acreditam na virtude destes pêlos, que lhes evitarão os perigos e os salvarão dos desastres. Assim fazem todos os que vão para a guerra, e por isso os pêlos do boi selvagem têm grande valor, pois de nada está livre aquele que não os possua.

Tendo falado desta matéria, ir-nos-emos para vos falar de outra província, a dos brâmanes.

178

A província de Lar, onde nascem os brâmanes

Lar[278] é uma província para Poente, deixando para trás o lugar onde jaz o corpo do Apóstolo São Tomé.

Nasceram nesta província todos os brâmanes do orbe, e foi ali sua origem. Estes brâmanes são os melhores mercadores do mundo, os mais leais e honrados; nunca mentem e antes querem morrer do que faltar à verdade.

Não comem carne nem bebem vinho. Levam vida honesta, segundo os seus costumes. Não dormem com mulher que não seja a sua e são incapazes de roubar. Nem os animais matam, e não fariam qualquer coisa que considerassem pecaminosa. Reconhecem-se os brâmanes por um distintivo que usam[279].

Sabei que todos os brâmanes trazem um cordel de algodão no ombro, atado ao braço, de forma que passa pela espádua e lhes cruza o peito, e por este sinal os reconhecem em todos os lugares por onde passam. Têm um rei rico e poderoso, que possui um grande tesouro. Este rei compra pérolas e pedras preciosas e ordena que todos os mercadores que vêm do reino de Maabar lhe tragam quantas pedras finas possuam.

É esta província a mais gentil que existe em toda a Índia e onde se encontram as melhores pérolas. Os brâmanes vão ao reino de Maabar e compram as pérolas para vendê-las ao seu rei. Dizem-lhe o preço por que as compraram, e é costume o rei pagar-lhas imediatamente pelo dobro. Por isso possui as maiores e melhores do mundo.

Os brâmanes são idólatras e consultam os oráculos e o vôo das aves; acreditam em mil agouros e dir-vos-ei o que costumam fazer.

Têm, entre outros, o seguinte hábito: cada dia da semana põem um sinal. Se querem adquirir ou vender qualquer coisa, põem-na primeiro ao sol e, fixando a sua sombra, exclamam:

– Que dia é hoje? É tal.

Então, medem a sombra; se é tão comprida quanto deve ser nesse dia, fecham contrato; se não o é, não fazem negócio, mas esperam que a sombra seja como deve ser, não concluindo a transação antes disso.

Dis-vos-ei outra coisa curiosa. Quando vão efetuar qualquer negócio, pedem que lhes tragam uma tarântula (que as há em abundância nestes países); se ela vem do lado que julgam propício, compram a mercadoria; mas se a tarântula vem do outro lado, que consideram nefasto, desfazem o contrato.

Se, ao saírem de casa, ouvem um homem espirrar, tomam isto por signo adverso e voltam para trás. Quando um brâmane segue por uma estrada e vê aproximar-se uma andorinha da esquerda, ou da direita, segue o seu caminho, se considera feliz o lado de onde vem; se, pelo contrário, voa do lado oposto, volta para casa e não sai mais nesse dia.

Os brâmanes vivem mais anos do que o comum dos mortais, e isto porque comem pouco e são muito parcos. Os seus dentes são magníficos, devido a uma erva que costumam mascar, que é muito saudável para o corpo. Os brâmanes nunca se sangram, e não tiram sangue de nenhuma parte.

Têm sacerdotes que se chamam Gioguis[280], os quais vivem mais do que todos os outros homens. Acontece viverem de cento e cinqüenta a duzentos anos; são tão robustos que podem ir e voltar, onde quiserem, sem nunca adoecerem, e cumprem as suas obrigações nos mosteiros da mesma forma que os jovens. É devido isto à rigorosa abstinência que observam. Não comem mais do que leite e arroz. Dir-vos-ei como comem estes Gioguis que tão grande idade alcançam.

Misturam azougue e enxofre com água e fazem uma bebida; bebem-na, e dizem que isto prolonga a vida. E não há dúvida de que vivem muitíssimos anos. Tomam esta bebida duas vezes por mês e desde a mais tenra infância.

Estes Gioguis são tão abstinentes e levam uma vida de tantas privações como não o podeis imaginar. Na verdade, andam completamente nus, nada usando para se cobrir ou esconder o corpo.

Adoram o boi, e a maioria deles usa um pequeno boi de bronze ou de cobre a meio da testa. Queimam a bosta do boi e reduzem-na a pó; untam depois com esse pó as diversas partes do corpo, com muito recolhimento, como os cristãos fazem com a água benta.

Não comem nem em escudela nem em prato, mas sim sobre grandes folhas secas, pois dizem que as verdes têm uma alma e que seria um grande pecado maltratá-las. Porque já vos disse que evitam fazer tudo aquilo que consideram pecaminoso, mais do que nenhuma outra criatura do mundo. Quando alguém lhes pergunta por que andam nus e se não têm vergonha de assim se mostrarem, respondem:

– Andamos nus, porque assim viemos ao mundo e nada queremos do mundo. E não temos vergonha porque não pecamos, e não é vergonha mostrar a cara, nem as mãos, nem qualquer outra coisa, pois não cometemos pecado de luxúria. Vós outros haveis entregado vossos corpos à luxúria, e por isso tendes vergonha de mostrá-los e assim os trazeis cobertos. Mas nós não nos envergonhamos de os mostrar, como não nos envergonhamos de mostrar os nossos dedos, pois com eles não pecamos.

Também já vos disse: por nada matariam uma

pessoa, nem um animal, nem sequer moscas, pulgas ou piolhos, porque dizem que têm alma. E nada comem, nem bichos, nem ervas, nem raízes, sem que estejam secos, porque na sua crença, tudo o que vive tem alma. Dormem no solo, completamente nus, sem nada por cima nem por baixo, e é milagre que assim não morram e vivam tanto tempo. Jejuam todos os anos e nesse tempo nada tomam, a não ser água.

Têm um clero regular, que habita nos mosteiros, para servir os ídolos, e o experimentam do seguinte modo: trazem virgens consagradas aos ídolos e ordenam-lhes que, com o seu poder de sedução, ponham à prova esses homens, que por sua vez serão guardiães dos ídolos. E àquele que se deixa seduzir o expulsam imediatamente e dizem não consentir que ali fique esse homem dado à luxúria. São assim cruéis e idólatras.

Além disso, queimam os cadáveres, para que não criem vermes, pois dizem que os vermes, depois de devorarem o corpo, não teriam que comer e morreriam de fome, e com isso a alma do defunto cometeria um pecado, por ter deixado de alimentá-los. Porque, segundo eles, o verme também tem uma alma.

Agora que vos contamos estes estranhos costumes dos idólatras, ir-nos-emos e contar-vos-emos uma história da ilha de Seilã.

179

Buda e a ilha de Seilã

Seilã é uma ilha que já vos descrevi. Nesta ilha há uma montanha muito alta, com rochas escarpadas e penhascos tão empinados que ninguém os pode escalar, se não for da maneira que passarei a explicar. Desta montanha, pendem cadeias de ferro, dispostas de tal forma que os homens podem subir até o cume da montanha, com a ajuda dessas correntes e, no cimo, está o monumento a Adão, nosso primeiro pai. Os sarracenos dizem que é o sepulcro de Adão e os idólatras dizem que é o monumento de Sagamuni Burcã[281].

Este Sagamuni foi o primeiro homem que consideraram como ídolo. Porque, segundo eles, foi o melhor dos homens e o primeiro que consideraram santo e, em nome dele, fizeram um ídolo. Era ele filho de um grande rei, rico e poderoso. Tinha este jovem príncipe uma vida tão exemplar que nem sequer queria ouvir falar em que, um dia, viria a ser rei.

Quando seu pai ouviu dizer que ele não queria reinar e que tinha desapego pelas coisas do mundo, encolerizou-se. Ofereceu-lhe coroá-lo e deixar que governasse o país segundo a sua vontade e entendimento. E quis abdicar e deixar-lhe a sua coroa, para que fosse ele o único senhor. Seu filho protestava que nada queria e, quando seu pai viu que de forma alguma desejava o mando, aborreceu-se tanto que julgou morrer de desgosto, o que não é de estranhar, porque não tinha outro filho a quem deixar o reino.

Tomou o rei a resolução de obrigar seu filho a tomar gosto pelas coisas do mundo e a desejar a posse da coroa. Fê-lo encerrar num magnífico palácio e deu-lhe 3.000 donzelas, belas e graciosas, para o servirem. E não quis que houvesse entre elas um único homem.

Estas beldades acompanhavam-no na sua câmara, serviam-no à mesa e velavam-lhe o sono. E cantavam e bailavam para ele, fazendo-lhe a vida agradável, como lhes havia sido recomendado pelo rei.

Não puderam, porém, decidi-lo e arrastá-lo à luxúria; pelo contrário, cada dia aumentava mais a sua fortaleza de ânimo e se tornava mais casto. E fazia uma vida edificante. Era um jovem tão delicado que nunca tinha visto miséria, nem havia saído do palácio, nem vira um homem enfermo, e nunca tinha visto um morto, porque seu pai não permitia que nenhum velho, nem enfermo, se apresentasse perante ele.

Sucedeu, um dia, quando o jovem príncipe cavalgava, encontrou um homem morto, atravessado no caminho. Ficou assombrado, pois era a primeira vez que tal via. Perguntou à sua escolta o que era aquilo; responderam-lhe que era um morto.

– Como? – disse o filho do rei. – Todos os homens morrem?

– Sim, meu senhor; na verdade, todos morremos.

Não acrescentou palavra, seguindo o seu caminho muito pensativo. Não teria cavalgado cem passos quando encontrou um homem muito velho, que mal podia andar e tinha a boca desdentada, por causa dos seus muitos anos. E quando o filho do rei viu este velho, perguntou o que era e por que não podia andar. Responderam-lhe os que o acompanhavam que por ser tão velho não podia caminhar e havia perdido os dentes.

Quando o príncipe ouviu o que lhe disseram do morto e viu aquele ancião, voltou ao seu palácio e disse que não queria continuar neste triste mundo e que desejava ir em busca de Aquele que nunca morre e o havia criado. Fugiu do palácio de seu pai e foi para as montanhas escarpadas, selvagens e solitárias, e ali viveu toda a sua vida, em grande castidade e abstinência.

E certo é que, se tivesse sido cristão, teria sido um grande santo, como Nosso Senhor Jesus Cristo.

Quando morreu, levaram-no ao rei seu pai, e quando este viu morta aquela criatura que amava mais do que ao seu próprio corpo, apossaram-se dele um desgosto e uma pena difíceis de descrever. Quis que lhe fizessem uma imagem à sua semelhança, toda de ouro e pedras preciosas, e foi venerado por todos os súditos e adorado como um deus.

Dizem que morreu oitenta e quatro vezes. Da primeira, transformou-se em boi; da segunda, em cavalo, e assim, até oitenta e quatro, se transformou em outros animais sempre diferentes; porém, depois de morrer oitenta e quatro vezes, transmudou-se em deus, e os idólatras o têm pelo deus grande e verdadeiro. E este foi o seu primeiro ídolo. Dele descenderam todos os outros ídolos, e isto se passou na ilha de Seilã, na Índia.

Ouvistes assim como nasceu o primeiro ídolo. Os idólatras de todos os países vêm aqui, de muito longe, em peregrinação, como os cristãos vão aos Lugares Santos. E dizem os idólatras que o monumento que está em cima da montanha é do filho do rei do qual ouvistes a história, e que tinha o nome de Sagamuni Burcã, que significa Santo.

Os sarracenos, que também vão ali em peregrinação, dizem que é de Adão, mas os idólatras, como vos contei, teimam que é o filho do rei que foi o seu primeiro deus; mas só Deus sabe quem é e o que foi, pois não acreditamos que seja Adão, nosso primeiro pai, porque dizem as Escrituras Sagradas que está noutra parte.

Aconteceu que o Grã-Cã ouviu dizer que estava nesta montanha o monumento a Adão e que nele se guardavam os seus dentes, o seu cabelo e o seu prato, e disse que desejaria ter em seu poder estas três coisas.

Enviou então uma embaixada, sucedendo isto no ano de 1284 da Encarnação de Cristo.

Os emissários do Grã-Cã puseram-se a caminho, com grande acompanhamento, seguindo tanto por mar como por terra, até chegarem à ilha de Seilã. E tanto fizeram junto do rei, que conseguiram levar dois molares grandes e grossos, os cabelos e o prato, que era de pórfiro e de grande beleza.

Quando os emissários do Grã-Cã obtiveram estas coisas, puseram-se a caminho, em busca do seu senhor, e quando já estavam perto de Cambaluc, onde se encontrava, o Grã-Cã mandou então que toda a sua gente fosse ao encontro das relíquias que todos acreditavam fossem as de Adão.

Não quero ser mais extenso. Sabei, no entanto, que todos os de Cambaluc foram ao encontro das relíquias e as levaram em cortejo ao Grã-Cã, que deu mostras de grande satisfação e alegria, recebendo-as com grande reverência. E havia uma inscrição que dizia que, se no prato se punha alimento para uma só pessoa, imediatamente se multiplicava num manjar para cinco. O Grã-Cã quis ter a prova disso e verificou ser verdade. Temos contado todas estas histórias por sua ordem e com inteira verdade e, adiante, vos falaremos da cidade de Cail.

Notas

276. Trata-se da cidade de Mailapuram rebatizada São Tomé pelos portugueses no séc. XVI. As escrituras de São Tomé, que datam aproximadamente do séc. IV, relatam que ele pregou o Evangelho na Índia, mas não se conhece o processo de localização do túmulo pertencente a São Tomé neste lugar.

277. A evangelização da "Núbia", que não figura nas escrituras, foi acrescentada depois, quando era preciso explicar a existência dos cristãos na Etiópia.

278. A região conhecida pelo nome de Lar, que corresponde ao Goudjerat, isto é, o noroeste da atual Índia, limítrofe com o Paquistão, não pode corresponder à localização dada por Marco Polo. Seria preciso, pois, procurar no interior da costa sul de Coromandel, na região de Madura.

279. Trata-se ainda de brâmanes, mas seu qualificativo de comerciantes indica uma confusão difícil de determinar.

280. Trata-se de uma transcrição do termo "yogi".

281. Marco Polo mongolizou o nome do Buda Sáquia Muni para Sagamuni Burcã. Burcã (mongo) significa *divino.* Ora, nunca ele poderia ter ouvido na Índia tal termo, pois é grande a diferença de idiomas. (N. do T.)

Parte XXIII

180

Da cidade de Cail

Cail[282] é uma nobre e grande cidade. Pertence a Asciar[283], o mais velho dos cinco reis. Sabei, na verdade, que a ela aportam todas as naus que vêm do Poente, quer dizer, de Ormuz, de Quisi, de Adém e de toda a Arábia, repletas de mercadorias e de cavalos.

Fazem alto nesta cidade porque lhes oferecem um bom mercado para os seus negócios, pois de toda a parte acorrem a ele os mercadores para comprar cavalos e mil outras coisas. Este rei é muito rico e traz sobre si muitos atavios de preço, vestindo luxuosamente.

Administra o seu reino com muita justiça e protege os negociantes que vêm do estrangeiro, respeitando os seus direitos com grande retidão. Por isso, trata com tanta benevolência. Verdade seja que disso tiram honra e proveito.

O rei tem trezentas mulheres ou talvez mais, pois quem possuir mais mulheres é quem mais consideração merece. E, quando nasce a discórdia entre estes cinco irmãos carnais (pois o são de pai e mãe), e querem guerrear, então a mãe, que ainda é viva, exige que façam as pazes.

Se eles não querem atender às suas palavras, a mãe toma um punhal e lhes diz:

– Se não cessais de combater e não fazeis as pazes, matar-me-ei, cortarei o peito com que vos amamentei.

E quando os filhos consideram o desespero da pobre mãe, que lhes suplica que cedam, reconhecem que tem razão e que devem fazer-lhe a vontade. Logo se concertam e fazem as pazes.

Isto aconteceu mais de uma vez. De modo que, se um dia chegar a faltar a mãe, é possível que estale a discórdia e se matem uns aos outros.

181

Do reino de Coilum

Coilum[284] é um reino que se encontra a umas quinhentas milhas de Maabar, para Sudoeste. Os seus habitantes são idólatras. Mas, entre a população, há também cristãos e judeus. Tem idioma próprio. O rei não paga tributo a ninguém. Vou fazer-vos a descrição deste reino e seus produtos.

Cultivam o bisso e os cominhos, que são excelentes. Também têm pimenta em grande abundância, que se recolhe nos meses de maio, junho e julho. As árvores que dão a pimenta plantam-se e crescem facilmente. Há anil em quantidade e de superior qualidade. Este extrai-se das folhas da anileira. Põem estas folhas numa talha, que enchem de água e deixam-nas macerar até que elas se desfaçam; depois, expõem-nas ao sol, que é muito quente, e fazem-nas ferver, soltando-se então o anil.

O calor é tal nesta região que mal se pode suportar. Pondo um ovo dentro da água, dali a uma hora está cozido. Aqui chegam os mercadores de Mangi, da Arábia e do Levante, com suas galeras, e todos realizam bons negócios, trazendo ou levando mercadorias.

Há animais raríssimos e diferentes de todos os outros do mundo. Há leões negros, sem a menor mancha de outra cor; há aves de todas as espécies e plumagens; brancas como a neve, com as patas e o bico vermelhos; encarnadas e azuis; há também periquitos, muito engraçados; pavões reais, grandes e de várias cores, que não são como os das nossas terras; todas estas espécies são mais variadas e melhores do que as nossas.

Nem aves, nem flores, nem frutos se parecem com os nossos, por serem da zona tórrida. Têm arroz, mas não têm trigo. Têm vinho de cana, que é uma bela bebida, mas que entontece os homens ainda mais que o vinho de uvas. Têm em grande abundância mantimentos e tudo quanto apetece ao homem.

Os astrólogos são sábios e os seus médicos sabem conservar ao homem a saúde do corpo. Todos são de raça negra, e homens e mulheres andam nus; cobrem, porém, as partes vergonhosas do corpo com lindos panos. Não consideram como pecado a luxúria nem as fraquezas da carne. Podem casar com as suas primas-irmãs e com a madastra, se o pai tiver morrido. Este é um costume geral na Índia.

Descrevemos assim outra parte deste reino e como nada mais de notável há a mencionar, seguiremos e falar-vos-emos de Comari.

182

A cidade de Comari

Comari[285] é uma região da Índia onde já se avista a estrela polar, que desde a ilha de Java tínhamos deixado de ver. E daqui se navegam trinta milhas para o mar alto, vendo-se a estrela polar, que parece estar à altura de um côvado, sobre o mar. Este lugar não é tão cultivado, e é mais virgem a natureza. Há variedade de animais, especialmente macacos, dos quais há grande diversidade, sendo alguns parecidos com os homens. Há gatos de mui diversas espécies, magníficos leões, leopardos e linces.

Iremos daqui para o reino de Heli, porque neste nada mais há digno de menção.

183

O reino de Heli

Heli[286] é um reino situado para o Poente, afastado de Comari trezentas milhas. Tem um rei. Os seus habitantes são idólatras e têm idioma próprio. Os seus costumes podem contar-se mais livremente, porque nos vamos acercando de lugares mais civilizados. Nesta província não existe nenhum porto, mas há um grande rio, cuja corrente é navegável. Nasce aqui pimenta em abundância, gengibre, baunilha e alcaçuz. O rei possui grandes tesouros, mas não é forte nem poderoso, por serem escassos e pouco valentes os seus vassalos. Mas a entrada no reino é de tal modo difícil que ninguém pode invadi-lo. E por esta razão não teme ninguém.

Se alguma nau aborda a estas povoações, sem se lhe conhecer intento definido, imediatamente a seqüestram e lhe apreendem as mercadorias dizendo:

– Seguíeis para outras paragens e Deus vos enviou para nós, e por isso vos tiramos as coisas que levais.

E, sem pensar que cometem um pecado, apoderam-se então do carregamento e o guardam. E assim acontece em toda esta parte da Índia.

Os baixéis e naus de Mangi e de outras partes vêm aqui no verão, carregam em quatro ou oito dias e vão-se enquanto podem, porque, como não há porto onde se abriguem, é muito perigoso permanecer entre essas dunas que não oferecem resguardo. É também verdade que as naus de Mangi não temem ancorar nas praias, como as outras, porque têm uma âncora de tal forma grande que agüentam qualquer ventania.

Também aqui há leões e feras com abundância, bem como toda a espécie de caça. De Heli iremos a Melibar.

184

O reino de Melibar

Melibar[287] é um grande reino para as bandas do Poente. Tem um rei e idioma próprios. São idólatras os seus habitantes e livres de todo o tributo. Deste reino vê-se muito bem a estrela polar, que parece elevar-se duas braças acima da água. Sabei que Melibar está a pouca distância de outra província chamada Cuzurate. Daqui saem, todos os anos, cerca de cem baixéis, que tomam e roubam quantos navios encontrarem, pois são piratas do mar. Estes corsários espiam os mercadores. Para isso põem os seus baixéis a cinco milhas uns dos outros, até a conta de vinte. E assim dominam uma toalha de água de cem milhas, pelo mar adentro. E quando observam uma nau ou navio, fazem sinal de uns para outros e desta maneira não há nau que lhes escape.

Mas os mercadores, que conhecem as artimanhas destes corsários e prevêem os encontros, preparam-se também e vão tão bem armados que não têm medo deles. Defendem-se com bravura e causam-lhes, por vezes, grande prejuízo. Isto não evita que os piratas apresem algumas naus e, quando caem em suas mãos, ficam com elas e com os carregamentos; mas não fazem mal aos homens, antes os deixam em liberdade, dizendo-lhes:

– Ides arranjar haveres de novo, porque assim o acaso os trará outra vez para as nossas mãos.

Este reino tem grande quantidade de pimenta e de gengibre, muita canela e baunilha, nozes da Índia, bocaxim muito fino e do melhor; tudo o que daqui se leva é de grande valor.

De outros países vêm, em troca, panos de seda, tecidos de ouro, sândalo, ouro e prata. Vêm da província de Mangi, para os transportar mais longe. E os que vão a Adém levam-nos para Alexandria.

Contei-vos coisas do reino de Melibar; afastar-nos-emos daqui para vos contar do reino de Cuzurate. E não vos descreveremos todas as cidades do reino, para não prolongar demasiadamente o relato, pois cada um tem tantas e tantas cidades e castelos que era impossível mencioná-los.

185

O reino de Cuzurate

Cuzurate[288] é um grande reino. O povo é idólatra e fala um idioma próprio. É independente. Este reino está situado a Poente e vê-se, já bastante alta, a estrela do Norte. São os piores corsários do mundo. São tão perversos como nunca se viu. Quando aprisionam um mercador, dão-lhe a beber água do mar com tamarga e assim lhe causam cólicas muito fortes.

E fazem isto pois pode acontecer que os mercadores tivessem engolido alguma pérola ou pedra fina. Porque dizem que, quando eles se vêem em perigo, engolem as pérolas e as pedras finas para que não lhas encontrem e por isso lhes dão essa bebida.

No país há pimenta, bastante gengibre e anil em abundância. Tem também algodão, porque há muitos algodoeiros altos de seis passos e com mais de vinte anos. Mas quando estas árvores são demasiadamente velhas, já não dão algodão bom para ser torcido, mas serve para colchas e jubões dobrados ou para fazer estopas; mas até os doze anos o algodão é bom para fiar.

Neste reino se preparam e curtem muitas peles e couros de boi, de búfalo, de rinoceronte e outros animais. Curtem em tal quantidade que carregam naus inteiras que os levam para a Arábia e outras partes e aqui se surtem todos os reinos e províncias.

Neste país fazem-se belos entrançados e tecidos de couro vermelho, com pássaros pintados e animais, finamente cosidos com fio de ouro e de prata. São tão maravilhosos que é um encanto admirá-los; os sarracenos empregam-nos para neles se deitarem, pois, sendo de couro, são macios e prestam-se para isso.

Fazem belos coxins, cosidos a ouro, que valem marcos de prata. E, desses tapetes entrançados, há alguns que chegam a valer dez marcos de prata. Em nenhuma parte do mundo se trabalha melhor o couro do que nesta, onde se fazem obras do maior valor. Daqui já vos contamos tudo e agora iremos a um reino chamado Tana.

186

O reino de Tana

Tana[289] é um grande reino, na direção do Poente. Tem um rei que não paga tributo a ninguém. Os habitantes são idólatras e têm idioma próprio. Não há pimenta nem especiarias como nas outras províncias; tem benjoim, não muito branco, mas amarelado. É isto que lhes dá maior renda. Também fazem panos e tecidos de algodão. Trazem os mercadores as coisas de que o país precisa, levando as que podem trazer-lhes ganho e proveito.

Ainda vos direi outro mau costume desta região. Ouvistes já que saem daqui os corsários que fazem danos nos mares. Sabei agora que estão de acordo com o seu rei, tendo fechado com ele o seguinte contrato: os corsários obrigam-se a ceder-lhe todos os cavalos que roubam.

E roubam-nos amiúde, porque, como já vos contei, faz-se com eles grande comércio nas Índias, e poucas são as naus que não levam cavalos para vender. Por isso, o rei tem um pacto com os corsários; fica ele com os cavalos e guardam aqueles o ouro, a prata e as pedras finas. É uma feia ação, indigna de um rei.

Descrevemos o reino de Tana. Ir-nos-emos agora e falaremos do reino de Cambarete.

187

O reino de Cambarete

Cambarete[290] é um grande reino, mais para Poente. Tem idioma próprio e é independente. A gente é idólatra. Vê-se aqui a estrela polar, e à medida que seguis para Poente, mais alto as vereis. Também a este reino vão e vêm os mercadores. Tem anil em quantidade e muito bom. Guardam muito algodão e panos, pois trazem-nos de muitas partes. Vendem vinho muito bem preparado e tantas outras coisas que se torna impossível dizê-las, pois alongaria muito a nossa narração.

As naus que vêm aqui trazem também ouro, prata e cobre; trazem coisas dos seus países e levam outras. Neste país não há corsários; os homens vivem do seu trabalho, são industriosos e boa gente.

Nada mais há a dizer deles e por isso vamos para o reino de Semanate.

188

O reino de Semanate

Semanate[291] é um grande reino, mais para Poente. Os habitantes são idólatras e têm um rei e um idioma próprios, não pagando tributo a ninguém. Não há corsários, e vivem da indústria e do comércio, como gente honrada. São grandes comerciantes, e aqui acorrem mercadores de todos os países. Vendem as mercadorias e, em troca, compram o que carecem. O que é verdade é serem cruéis e ferozes idólatras.

Nada mais há digno de menção, e passaremos a falar do reino de Rosmochoram.

189

Do reino de Rosmochoram

Rosmochoram[292] é um reino que tem soberano e língua próprios; vivem do comércio e da indústria. Tem arroz; os habitantes alimentam-se de carne, arroz e leite. Também aqui o tráfico é muito. Não há mais coisas dignas de serem contadas, e passemos ao reino da última província da Índia, entre Poente e Mistral[293], pois de Maabar até esta província – quer dizer, todas as províncias e reinos que acabamos de percorrer – se estende a portentosa Índia.

Temos descrito os portos da costa, porque, se nos internássemos no país, seria muito comprida a narração. Por isso nos afastaremos desta província e falar-vos-emos de umas ilhas que há naquele mar.

190

A ilha onde moram homens sem mulheres e a ilha onde moram mulheres sem homens

Para além do reino de Rosmochoram, a quinhentas milhas no alto-mar, para o Meio-Dia, há duas ilhas, a trinta milhas uma da outra. Numa delas, vivem homens sem mulheres, e chama-se por isso ilha dos Varões. São cristãos e batizados na fé de Cristo.

As mulheres nunca vão à ilha dos homens, mas os homens vão à ilha das mulheres e moram com elas três meses seguidos, março, abril e maio, e ali se gozam delas. Mora cada um em sua casa, com sua própria mulher.

Ao fim destes três meses, voltam para a sua ilha e ali ficam trabalhando os outros nove meses. As mulheres criam e têm consigo os filhos machos, até a idade dos catorze anos, e depois os mandam a seus pais, e as filhas ficam à guarda delas. Estas mulheres não têm outro cuidado que não seja criar os filhos, e os maridos provêm o seu mantimento[294].

Encontra-se nestas ilhas o âmbar transparente e da melhor qualidade. Os habitantes vivem de arroz, leite e carne. São bons pescadores, pois ficai sabendo que ali se apanham magníficos peixes, que eles salgam e secam em grande quantidade, de modo a conservá-los assim para todo o ano. Também os vendem a outras gentes. Não têm outro chefe além de um bispo, que por sua vez está submetido ao arcebispo de Escoréia. Também têm idioma próprio.

Narrado este assunto, nada mais há digno de menção, e falaremos agora da ilha de Escoréia.

191

Da ilha de Escoréia

Partindo destas duas ilhas, a 500 milhas mais ou menos de distância na direção do Meio-Dia, encontra-se a ilha de Escoréia[295]. Há ali magníficos tecidos de algodão. Grandes e excelentes peixes, que os habitantes salgam. Vivem de arroz, carne e leite, pois não têm trigo. Andam completamente nus, segundo os costumes dos índios idólatras.

Vêm a esta ilha muitos mercadores buscar mercadorias. Há âmbar muito bom. Todas as naus que vão para Adém fazem escala por esta ilha. O arcebispo desta ilha nada tem que ver com o Papa de Roma, mas obedece a um arcebispo que vive em Baudac e que, tal como o Papa de Roma, manda neste arcebispo e em outros de várias partes do mundo. E todos estes sacerdotes e prelados não obedecem à igreja de Roma, mas sim ao grã-prelado de Baudac, que consideram como Papa. A esta ilha vêm também os corsários e aqui fazem escala, para vender o que roubaram. E vendem por altos preços, visto que os cristãos não ignoram que estas coisas são roubadas aos idólatras e aos sarracenos e não aos cristãos.

Quando o arcebispo morre, é substituído logo por outro, que mandam de Baudac. Estes cristãos são também feiticeiros e muito entendidos em encantamentos. O arcebispo não quer que se ocupem destas artes, adverte-os e castiga-os, mas de nada lhe serve, porque eles dizem que os seus antepassados assim o faziam antigamente e não querem ficar-lhes atrás. Como os não pode corrigir, o arcebispo tem de se conformar.

Falar-vos-ei destes sortilégios. Servem eles para apaziguar o vento, quando é contrário. Mandam ao mar a bonança ou a tempestade e o vento. Fazem outros encantamentos, mas são de tal natureza que é melhor não os contarmos neste livro, porque os achariam estranhos e talvez se escandalizassem muito, e por isso nos calaremos. Partindo desta ilha, vamos para a de Madeigastar.

A grande ilha de Madeigastar. Os grifos

Madeigastar[296] é uma ilha que fica na direção do Meio-Dia, afastada 1.000 milhas de Escoréia. Os habitantes são sarracenos e adoram Maomé. Têm quatro bispos, ou melhor, quatro anciãos, que exercem soberania na ilha. Esta é das mais importantes e tem quase 4.000 milhas de redondeza. Vivem ali das artes e do comércio. Nascem mais elefantes nesta ilha do que em nenhuma outra parte, e tampouco em nenhum lugar, com exceção de Zanguibar[297], há um tão grande mercado de marfim de elefante.

Nesta terra, só se come carne de camelo. Matam uma tão grande quantidade que só vendo se pode acreditar. Pretendem eles que a carne de camelo é a mais sã que pode haver. Comem-na em todo o tempo. Há nesta ilha árvores de sândalo vermelho, do tamanho das nossas. Queimam aqui estas árvores como a lenha no nosso país.

Têm muito âmbar, porque há neste mar baleias em quantidade, e, pescando-as, recolhem o âmbar que delas extraem. Há leopardos, leões, linces, gamos e veados, tantos quantos possam desejar. Muita caça e muitas aves. Têm também avestruzes muito grandes. Há pássaros diferentes dos nossos, mas que são uma maravilha. Também aqui chegam os mercadores, com panos de ouro e de seda para vender e trocar por outros artigos. Fazem assim bons negócios.

Não têm os navegantes para o Sul outra ilha senão a de Zanguibar, e não podem ir mais longe, porque a corrente arrastá-los-ia para o Meio-Dia, de onde não poderiam voltar; por isso, evitam ir mais além. Quando os baixéis vêm de Maabar para esta ilha demoram vinte dias, mas quando regressam levam três meses, porque a corrente empurra-os para trás e impede-os de navegar mais depressa.

Ficai sabendo que, em todas as ilhas que em grande quantidade existem para os lados do Meio-Dia e onde as naus já não vão, por causa da corrente, dizem haver grifos. Estes pássaros aparecem em certas épocas do ano; mas não são como as pessoas os imaginam, com cabeça de leão e corpo de águia. Aqueles que os viram dizem que eles são, na realidade, como águias muito grandes[298].

Contam que são tão fortes que levantam ao ar um elefante, deixando-o cair de tão alto que rebenta, quando chega ao solo. Então o grifo desce para comê-lo e saciar-se nele. Dizem que, com as asas abertas, medem trinta passos, tendo as asas doze passos e largura em proporção. O que eu vi, dir-vos-ei em outra página, porque assim convém para boa ordem deste livro.

Disse-vos o que contam aqueles que viram os grifos. O Grã-Cã enviou emissários a estas ilhas para que se inteirassem do que eram. Estes homens contaram coisas muito estranhas. Trouxeram dentes muito grandes de javalis selvagens. O grã-senhor mandou pesar um deles, e o peso era de catorze libras. Podeis imaginar o tamanho que teria o javali, ao qual tal dente tinha pertencido. Há javalis que são certamente do tamanho de búfalos; girafas em grande número e burros selvagens.

Há também pássaros diferentes dos nossos, muito variados e curiosos. Mas voltemos a falar dos grifos. Os habitantes da ilha chamam-lhes *rute*, e não lhes dão outro nome; mas, comparando as suas descrições, achamos que deve ser aquele a que chamamos grifo. Já vos contamos desta ilha os seus usos e costumes; nada mais nos resta para contar e por isso vamos falar da ilha de Zanguibar.

Notas

282. A cidade de Kail, centro comercial importante da época, corresponde à atual vila de Palayakayal, no distrito de Tirunelveli, na extremidade sul da Índia.

283. O personagem não está identificado. Deveria pertencer à dinastia dos Pandya que governava o sul da Índia como o rei "Maabar" acima citado.

284. A cidade de Quilon, na província de Querala, na extremidade sul da costa oeste da Índia. Por Quilon, Marco Polo começa a subir a costa de Malabar. Conseqüentemente, a indicação Garbin (sudoeste) é falsa, seria preciso ler noroeste.

285. É a região do Cabo Comorin (do sânscrito kumari = virgem), a ponta sul da Índia. O lugar deste capítulo depois do de Coilum explica o erro de direção assinalado na nota precedente, Coilum tendo aparentemente ficado na memória de Marco Polo como uma cidade situada na costa leste.

286. É a cidade chamada Hili pelos muçulmanos. Ela devia situar-se a uns vinte quilômetros ao norte de Cananore na costa de Malabar na atual província de Querala, mas não restam vestígios.

287. Na época da passagem de Marco Polo, o reino hindu, que ocupava o Malabar, sofria os ataques do Estado muçulmano de Deli e deveria desaparecer no início do século seguinte.

288. A atual região de Goudjerat, composta pela península de Kathiawar e pelos territórios adjacentes. Ela constituía na época um reino hindu duramente pressionado pelo sultanato de Deli.

289. Tana é hoje um arrabalde de Bombaim, situada em uma ilha, a uns vinte quilômetros ao norte. Na época ela pertencia a um príncipe hindu vassalo dos sultões de Deli. Aqui também há uma inversão no relato, pois Tana encontra-se ao sul de Goudjerat.

290. A atual cidade de Cambay, no fundo do golfo do mesmo nome, a leste da península de Kathiawar. Foi conquistada por um sultão de Deli em 1297.

291. É uma antiga cidade situada na costa sudoeste da península de Kathiawar, pertencente na época a um reino hindu.

292. O nome é formado pela combinação Kedj-Mekran, Mekran indicando a província marítima ocidental do Paquistão atual, limítrofe com o Balouquistão iraniano, e com Kedj, uma cidade situada na parte oriental desta região que já não existe mais. É possível que o nome no seu conjunto tenha servido para indicar o Mekran oriental. A região constituía na época o limite entre os ilknides da Pérsia e o sultanato de Deli.

293. Mistral é o nome do vento do noroeste no Mediterrâneo oriental e, por extensão, aqui o noroeste. A partir deste ponto, Marco Polo começa uma longa digressão que vai levá-lo até as costas da África e que constituirá a parte mais farta de elementos legendários de seu relato, pois inteiramente composta por relatos orais.

294. Estas ilhas fazem parte dos inumeráveis avatares do "reinado das mulheres", amazonas ou não, procurado da Manchúria ao Brasil, passando pelo Cáucaso, e desde os antigos gregos até a divisão definitiva do globo terrestre. Quanto à ilha macho, aparece como um apêndice necessário à procriação. O problema daqui seria saber se existe um núcleo histórico qualquer constituído por uma sociedade matriarcal permitindo esta localização nas paragens do Oceano Índico, mas a resposta ainda não é conhecida. Resta uma localização esvaziada de conteúdo correspondendo às ilhas Kuria Muria ao largo da costa de Oman, aproximada-

mente a meio caminho entre o Mekran e Socotra, mas em uma direção sudoeste e não sul como o indica Marco Polo. Quanto ao relato aqui fornecido, hoje apareceria a nossos olhos mais como uma fábula sobre a condição dos trabalhadores imigrados.

295. É a ilha de Socotra, diante do Chifre da África. O cristianismo fora aí propagado durante a posse da ilha pelos soberanos abissínios e manteve-se até o séc. XVIII. Hoje a ilha faz parte do Iêmen do Sul.

296. Aqui seria o caso de um dos maiores mal-entendidos da geografia. Esta palavra, que aparece na maioria dos manuscritos malgaxes, terminou por designar esta ilha depois de sua descoberta pelos europeus. Ora, as informações recolhidas por Marco Polo diziam respeito apenas à região de Mogadício, a atual capital da Somália. O que explicaria o fato de que, excluindo-se o qualificativo de ilha que lhe é conferido, o que se constitui em uso bastante corrente para nomear as terras desconhecidas, este território com seus camelos e seus elefantes convém muito mais à Somalia que a Madagáscar. Este nome, que não figura em nenhum texto anterior de Marco Polo, foi colocado em seguida nos mapas segundo as indicações dadas no livro de Polo e acabou por sobrepor-se à ilha descoberta pelos portugueses no início do séc. XVI.

297. Zanzibar. (N. do T.)

298. Aqui estamos diante de uma das famílias mais prestigiosas do bestiário fabuloso, compreendendo o Grifon grego, o Garuda hindu e o Rukh árabe. Um parente histórico seria o *Aepyornis*, pernalta gigante de três metros de altura, vivendo em Madagáscar, exterminado pelos homens. Como a primeira colonização de Madagáscar data aproximadamente do ano 1000 de nossa era, este desaparecimento é bastante recente e os restos vistos por Marco Polo podem pertencer a esta espécie. Mas este pássaro não deve ser o único responsável pela lenda.

PARTE XXIV

193

A ilha de Zanguibar

Zanguibar[299] é uma ilha grande e bela. Tem 1.000 milhas de redondeza. Os seus habitantes obedecem a um rei e têm linguagem própria. Não dependem de ninguém e não pagam tributos. São fortes, mas mais atarracados do que altos, tendo braços e pernas tão grossos que parecem os dos gigantes, e tão fortes que podem levar a carga de quatro homens. São negros e andam nus. Têm o cabelo tão encrespado que nem mesmo quando o metem na água o podem desfrisar. Têm a boca grande e o nariz tão achatado, os lábios e os olhos tão saídos que são muito feios. Se vos aparecessem em outro país, julgaríeis ver o diabo.

Há elefantes e fazem grande tráfico de marfim. Tem leões, tigres, leopardos e linces. Aqui os animais também são diferentes dos do resto do mundo. Os carneiros e os cordeiros têm corpo branco e a cabeça preta, e são assim em toda a ilha.

Nascem aqui belas girafas, que vou descrever: têm o corpo pequeno e as pernas de trás curtas, mas as da frente são compridíssimas, bem como o pescoço, de modo que trazem a cabeça muito alta, a treze pés do solo, pelo menos. A cabeça é pequena. É um animal inofensivo, de cor acobreada, raiada de branco; é um animal bonito.

Falar-vos-ei agora do elefante. Quando um elefante quer cobrir a fêmea, cava um grande fosso na terra e ali a deita, de forma a pôr-lhe as patas para cima, porque ela tem o sexo colocado no baixo ventre, como a mulher.

As mulheres desta ilha são muito feias, porque têm umas enormes bocarras, o nariz achatado e grosso, os olhos salientes e grandes peitos, quatro vezes maiores do que os das outras mulheres. São na verdade feíssimas. Vivem de arroz, de carne e de tâmaras. Não têm vinho de uvas, mas com arroz, açúcar e outras espécies compõem uma bebida muito boa. São muito comerciantes; acorrem também aqui os mercadores que levam marfim e âmbar em quantidade. Nestes mares abundam as baleias.

Os homens desta ilha são guerreiros e batem-se muito bem, pois são valentes e esforçados, e não lhes importa morrer. Não têm cavalos e combatem em cima de camelos e de elefantes. Encarapitam nestes uns pavilhões bem cobertos e defendidos e em cada um destes palanquins montam dezesseis a vinte homens, com lanças e adagas, espadas e pedras.

E uma batalha com elefantes é coisa grandiosa. Não têm mais armas do que a rodela de couro, a lança e a espada, mas com isso já se dizimam bem. Ainda vos direi outra coisa: quando querem levar os elefantes para refrega, dão-lhe a beber vinho de arroz, quer dizer, o vinho que eles mesmos tomam, porque assim que o bebem tornam-se mais terríveis e ferozes e valem mais para ganhar a batalha.

Temos contado nesta parte tudo o que diz respeito a esta ilha e seus habitantes, animais e produtos. Já nada há para contar e por isso a deixaremos para passar à narração da grande província de Abastian. Antes, porém, de prosseguir, temos ainda alguma coisa a dizer sobre a Índia. Realmente, só descrevemos as mais importantes ilhas e províncias da Índia, porque na verdade só nós o podemos fazer, por as conhecermos bem. Mas não falamos de uma infinidade de outras, porque são insignificantes.

Neste mar da Índia há, entre habitadas e desertas, 12.700 ilhas, segundo o mostram os mapas e os escritos dos sábios navegantes que estudaram estes mares. A Índia Maior vai desde Maabar até Rosmochoram e conta treze grandes reinos, dos quais descrevemos dez. A Índia Menor vai de Ciamba a Murfili e compreende oito reinos.

Contar-vos-ei agora da Índia Central, que se chama Abastia.

194

A província de Abastia, que pertence à Índia Central

Sabei que Abastia[298] é uma grande província da Índia Central. O mais poderoso de todos os reis desta província é cristão, estando os demais debaixo da sua jurisdição, e estes são em número de seis: três cristãos e três sarracenos.

Os cristãos desta província usam três sinais no meio da cara. Um na fronte, até o nariz, e os outros um em cada face; são marcados com ferro em brasa e são os sinais do seu batismo, pois, não obstante o serem batizados na água, fazem estes sinais como complemento do batismo. Há também judeus e estes têm dois sinais em cada face. Os sarracenos não têm mais do que um sinal, desde a fronte até metade do nariz.

O rei vive no centro da província. Os sarracenos, em Adém. Nesta província pregou São Tomé e, depois de havê-la convertido, foi para Maabar, onde morreu e guardam o seu corpo, como anteriormente vos descrevi.

Nesta província de Abastia há bons homens de armas e excelentes cavaleiros. Têm bastante cavalos. E é mister que assim seja, porque estão continuamente em guerra com o sultão de Adém e com o da Núbia.

Escutai uma famosa história, ocorrida no ano de 1288 da Encarnação de Cristo. O rei da província, que é cristão, disse que queria ir adorar o Sepulcro de Nosso Senhor, em Jerusalém. Os seus barões o advertiram de que correriam grandes perigos nesta expedição e de que mais valia enviar um bispo ou algum prelado, em seu lugar. O rei ouviu os seus conselhos. Mandou então um bispo, que era um santo varão, para que fosse em seu lugar a Jerusalém. Este obedeceu ao seu senhor. Ordenou-lhe este que fizesse os seus preparativos e partisse tão cedo quanto possível.

Partiu o bispo, depois de despedir-se do seu rei, e pôs-se a caminho, como bom peregrino. Tanto andou por mar e por terra, até que chegou a Jerusalém, e ali se dirigiu imediatamente ao Santo Sepulcro, para o adorar e lhe render preito e homenagem, como devia fazer com coisa tão nobre e elevada.

Deixou também os presentes que trazia, da parte de seu rei. Feito isto, o santo homem voltou a pôr-se a caminho, e regressou, indo por Adém, desta vez. Sabei, porém, que neste reino odeiam os cristãos como a inimigos mortais.

Quando o sultão de Adém soube que este bispo que chegava às suas terras era cristão e um enviado do rei de Abastia, fê-lo prender e interrogar, perguntando-lhe se era cristão, ao que ele respondeu que era. Replicou o rei que, se não se convertesse à lei de Maomé, lhe faria grande escárnio. Disse o bispo que antes morreria do que deixaria de ser cristão.

Quando o sultão ouviu a resposta do bispo, encheu-se de ira; fê-lo prender por vários homens e o mandou circuncidar, à maneira dos sarracenos. Feito isto, disse-lhe o sultão que o havia mandado circuncidar para o envergonhar e vilipendiar, e para ofender o seu rei. Deixaram-no, depois, em liberdade. Quando o bom bispo se viu objeto de um tal escárnio, só pôde consolar-se pensando que isso lhe havia sido feito em honra e por sacrifício pela lei cristã e que Deus Nosso Senhor lho levaria em conta para a salvação da sua alma, na outra vida.

Sarou o bispo da sua ferida e, podendo já cavalgar, tomou o caminho do regresso e chegou a Abastia, onde encontrou o rei seu senhor. Este o recebeu com grande pompa e com demonstração do maior afeto e deferência.

Fez-lhe contar a sua visita ao Santo Sepulcro, e o bom bispo contou-a toda com santa exaltação. E referiu-lhe também a afronta que lhe fizera o sultão de Adém. Quando o rei ouviu a forma como o santo varão fora desonrado e maltratado, encolerizou-se e pouco faltou para que morresse de dor.

Disse, muito alto, para que o ouvissem todos os que estavam presentes, que não queria tornar a usar a sua coroa, nem possuir terras e senhorios, enquanto não tomasse vingança de uma tão vil ação, para que o mundo inteiro soubesse o que fizera para castigo dos malvados.

Então o rei fez os seus preparativos de guerra e armou grande número de elefantes, com seus palanquins, nos quais iam pelo menos vinte homens. E quando teve toda a sua gente bem apetrechada, pôs-se a caminho, até chegar ao reino de Adém. O rei da província de Adém veio ao seu encontro, com grande multidão de sarracenos, a cavalo e a pé, para defender as suas terras e evitar que os inimigos entrassem por ela. Aconteceu que chegaram a um desfiladeiro, onde os de Adém se colocaram.

Travou-se uma refrega cruel; contudo, os reis dos sarracenos, que eram três, não puderam resistir à fúria do de Abastia, porque as hostes deste eram numerosas e temíveis e valiam mais do que as dos sarracenos. Estes foram, pois, repelidos, e o rei cristão entrou no reino de Adém.

Morreu neste desfiladeiro uma infinidade de mouros. E, entrando pelo reino, o soberano de Abastia encontrou muitas praças fortificadas, mas isto não o deteve e seguiu adiante, vencedor.

O rei cristão ficou mais de um mês em terra inimiga, arrasando tudo e fazendo grande estrago entre os sarracenos. Feito isto, disse ter já vingado a honra do seu bispo, e voltou para a sua terra.

Ouvistes como foi vingado o bispo e assim devia suceder a todos os sarracenos que humilham os cristãos.

Voltemos à província de Abastia.

Há nesta província abundância de mantimentos: arroz, carnes e leite. Têm elefantes; não se criam nesta terra, mas os trazem de uma ilha próxima. Pelo contrário, as girafas nascem em abundância; também há leões, leopardos, linces e muitas outras feras, completamente diferentes dos animais das nossas terras. Os avestruzes são do tamanho de burros. Há macacos e papagaios muitíssimo extravagantes. Há gatos monteses e gatos pardos, que têm focinhos parecidos com as caras dos homens.

Daqui iremos para Adém; mas antes devemos dizer que os de Abastia fazem tecidos lindíssimos e tecem excelentes teias de algodão; ponhamos agora ponto e prossigamos.

195

A província de Adém

Nesta província, há um senhor chamado o sultão de Adém; todos os sarracenos adoram ali a Maomé e detestam furiosamente os cristãos. Há muitas cidades, castelos e praças fortes.

Adém é um porto de mar onde atracam todas as naus das Índias, com suas mercadorias. Nesta cidade descarregam os mercadores os seus baixéis para embarcações menores, que sobem o rio até uma distância de sete dias de viagem. Ao fim desses sete dias, retiram as mercadorias dos esquifes e carregam-nas em camelos e com eles as levam a uma distância de mais trinta dias de viagem. Ao fim desses trinta dias, encontram o rio de Alexandria e por ele acarretam as mercadorias que são destinadas à cidade de Alexandria. E desta forma têm os mouros de Alexandria as especiarias e outras coisas preciosas, pois não há outro modo de fazêlas chegar.

O mesmo sucede com Adém; daqui levantam âncora as naus para, por sua vez, levarem mercadorias para a Índia.

Destes portos se levam para a Índia formosos corcéis árabes de grande valor, e com este tráfico arranjam grande fortuna, pois ficai sabendo que por um bom cavalo se paga, na Índia, cem marcos de prata ou mais. O sultão de Adém tem avultadas rendas e o tesouro engrossa mais, a cada dia, com as alcavalas que pagam os mercadores pelas suas naus e os direitos de passagem; com isto e o ir e vir das galeras, pode considerar-se o sultão de Adém um dos mais ricos monarcas do mundo.

Este sultão causou grandes danos aos cristãos. Tendo tomado o sultão de Babilônia a cidade de Acre, este soberano enviou as suas hostes em ajuda, e eram seguramente 30.000 homens, entre cavaleiros e peões, e mais de 40.000 em camelos. Com esta poderosa ajuda, os mouros destroçaram as hostes cristãs. E fez isto mais por ódio aos cristãos do que por amor ao sultão de Babilônia.

Deixemos Adém e passemos a contar de uma cidade importante, perto de Adém, e de um rei que governa esta cidade, chamada Esterim.

196

A cidade de Esterim

Esterim[301] é uma grande cidade, situada a quarenta milhas para Noroeste do porto de Adém. Esta cidade presta obediência a um conde, que administra as suas terras com muita justiça. Tem, além disso, castelos e cidades debaixo da sua jurisdição, mas é, por sua vez, vassalo do sultão de Adém. A população é sarracena e adora a Maomé. Esta cidade também tem um magnífico porto e a ela vêm e vão as naus das Índias buscar, como a Adém, cavalos dos melhores e mais apreciados.

Nesta cidade faz-se, em grande quantidade, o mais branco incenso. Há tâmaras em grande abundância. Não tem trigo, mas há muito arroz; trazem para ali o trigo de outras regiões, pois ali gastam muito. A pesca é abundante, especialmente toninhas, saborosas e grandes, vendendo-se duas por um veneziano. Não têm vinho de uva, mas fazem-no de arroz, de palmeira e de cana. Há aqui uns carneiros que não têm orelhas nem ouvidos e no lugar das orelhas têm uma espécie de chifres. São animais pequenos mas muito graciosos.

Vou contar-vos uma coisa que haveis de estranhar. Os animais – bois, carneiros, camelos e cavalos – comem peixe por único alimento, porque, nesta região, não cresce erva alguma, por ser a mais seca do mundo. Alimentam-se de uma variedade de peixes pequenos, que ali abundam nos meses de março, abril e maio. Secam estes peixes e guardam-nos nas suas despensas e assim o têm para o gado, durante o ano. No verão, porém, os animais comem-nos vivos, tal como saem da água.

Também fazem uma espécie de torta de peixe; pescam os peixes grandes, cortam-nos em tiras e põem-nos a secar ao sol e com eles amassam uma espécie de torta, com sêmea e água, que assim lhes dura para todo o ano.

O incenso ou benjoim que recolhem, como vos disse, é em abundância tal que o soberano compra-o por dez bizâncios de ouro e o revende por quarenta, e assim podeis ver o benefício que dele tira.

Nada mais digno de menção existe nesta cidade, pelo que passaremos à cidade de Dufar.

197

A cidade de Dufar

Dufar[302] é uma bela e nobre cidade, que se encontra a umas dezenas de milhas de Esterim, aproximadamente, na direção de onde sopra o mistral. Os habitantes são mouros e adoram a Maomé. O seu chefe é um conde que depende do sultão de Adém.

Esta cidade pertence também à província de Adém. Está na costa e tem um belíssimo porto, onde se descarregam muitas mercadorias. Trazem ali cavalos árabes, para negociar.

Desta cidade dependem outras vilas e castelos. Há também aqui excelente incenso, e dir-vos-ei como o recolhem: a árvore que o produz é uma espécie de pinheiro pequeno, no qual fazem uns cortes, e por estas feridas destila, em dias de grande calor, uma resina a que chamamos incenso ou benjoim.

Nada mais há digno de menção, pelo que seguiremos a nossa viagem até chegar ao golfo de Calatu.

198

A cidade de Calatu

Calatu[303] é uma formosa cidade, edificada numa grande baía, no golfo do mesmo nome. Dista 600 milhas de Dufar, sempre na direção do mistral. Os seus habitantes são sarracenos e adoram a Maomé. Depende do melique[304] de Ormuz, e, de cada vez que este move guerra a um vizinho mais poderoso e forte do que ele, encerra-se em Ormuz, que é forte e bem defendida e está situada de forma a não haver perigo de que a tomem. Não tem trigo, mas levam-lho de outros países.

O porto é enorme e as mercadorias vendem-se muito bem, porque com elas se abastece o interior. Também daqui se levam muitos cavalos para a Índia e os mercadores enriquecem.

Esta cidade está situada à entrada do golfo de Calatu, e não há nau que possa entrar ou sair sem que a vejam. O melique desta cidade, que é vassalo do sultão de Quirmã, tem de guerrear com ele várias vezes. Quando o sultão impõe algum tributo ou imposto ao melique de Ormuz ou outro dos seus irmãos e que estes se negam a satisfazê-lo, envia as suas hostes para pôr cerco à cidade; mas eles fortificam-se na cidade de Calatu e não deixam passar uma única nau, e com isto põem em cheque o sultão de Quirmã. Por isto lhe convém estar em paz com o melique de Ormuz e não lhe cobrar alcavalas muito altas. Mais longe, tem este melique outra fortaleza à beira-mar, que é ainda mais inexpugnável.

Também aqui comem tâmaras e se alimentam de peixes em salmoura. Isto quanto aos vilões, porque há gente rica e gentis-homens, que comem muito bem e muitas coisas excelentes.

E tendo falado de Calatu, do seu golfo e dos seus negócios, iremos a Ormuz. Pois, quando se sai da cidade de Calatu, a umas trezentas milhas, encontra-se a cidade de Ormuz; mas seguindo entre o mistral e o Poente, a cerca de quinhentas milhas, passa-se por Quisi; mas poremos de lado Quisi, para falarmos de Ormuz.

199

A cidade de Ormuz

Ormuz é uma bela e nobre cidade, que está à beira-mar. É regida por um melique que tem sob o seu mandato outras cidades e fortalezas. São sarracenos e adoram a Maomé. Faz nesta região um calor sufocante, e por isso colocam as suas casas de maneira que possa dar-lhes o vento e as dispõem de forma a recolherem todo o ar que possam. Não falaremos mais desta cidade que tem os mesmos produtos que as demais; iremos daqui até a Grande Turquia, da qual desejo falar-vos sem mais tardar[305].

200

A Grande Turquia

A Grande Turquia tem por soberano um sobrinho do Grã-Cã, chamado Caidu, filho do filho de Ciagatai, que era irmão carnal do Grã-Cã[306]. Tem sob o seu mando muitas e fortes cidades e é senhor de muita consideração. É tártaro e os seus súditos são também tártaros e homens aguerridos e adestrados nas armas. Caidu nunca ouviu falar do Grã-Cã, senão por seus feitos de armas.

Fica a Grande Turquia na direção do mistral, quando se vem de Ormuz, como já vos disse; encontra-se entre o rio Jon e prolonga-se, para o Norte, até ao Império do Grã-Cã.

Este Caidu tem tido de haver-se, por várias vezes, com a gente do Grã-Cã. Falar-vos-ei do que semeou a discórdia entre eles. Caidu exigia do Grã-Cã a sua parte na presa, na qual entrava uma parte de Mangi e outra da província de Catai. Disse-lhe o Grã-Cã que lhe daria a sua parte, como aos seus outros filhos, logo que quisesse ir à sua corte, quando se celebrassem os conselhos e sempre que ele lhe ordenasse, pois o Grã-Cã queria que lhe prestasse obediência, como os seus filhos e demais barões.

Caidu, porém, que não se fiava no tio, dizia que não queria ir, mas sim que lhe renderia preito sem se mover de onde estava, e isto porque tinha medo de que o fizesse matar.

Foi aqui a origem do ressentimento havido entre Caidu e o Grã-Cã, que trouxe consigo, mais tarde, muitas contendas e grandes batalhas. O Grã-Cã vigiava muito Caidu, de modo que não pudesse fazer incursões nas suas terras, nem molestar as suas gentes. Caidu, porém, entrava apesar disso nos domínios do Grã-Cã.

Um dia chegou em que Caidu pôde equipar perfeitamente e pôr em pé-de-guerra uns 100.000 homens. Tinha ao seu serviço vários barões da linhagem do imperador, quer dizer, de Gêngis Cã, que foi o fundador da dinastia e do Império. Razão por que diremos como pelejou, repetidas vezes, o rei Caidu contra a gente do Grã-Cã e como se aprestava para a batalha e para combater.

Cada homem levava sessenta flechas na sua aljava, trinta pequenas e outras trinta maiores, das que têm uma grande farpa e se atiram de perto, e são as que ferem na cara e nos braços e servem para cortar as cordas dos arcos, desarmando os homens. Logo que ficam com a aljava vazia, depois de atirarem estas flechas, lançam mão da espada e da maça e com elas dão golpes fomidáveis. Assim se armam para a batalha.

No ano de 1266 da Encarnação de Cristo, reuniu

Caidu um grande exército, no qual se incorporaram os seus dois primos, um dos quais se chamava Gesudar[307], para marchar contra dois primos do Grã-Cã, que eram também seus parentes e que mandavam em terras do Grã-Cã. Um deles chamava-se Cibai e o outro Caban[308]. Eram filhos de um filho de Ciagatai, que foi batizado e abraçou o cristianismo, e era irmão carnal do Grã-Cã Cublai.

Caidu e a sua gente combateram os seus primos, que estavam também providos de cavaleiros, e tanto de uma como de outra parte haveria uns 100.000 homens a cavalo. Pelejaram duramente e houve muitas mortes.

Caidu, porém, venceu e derrotou o inimigo e só puderam escapar os dois primos com vida, graças aos seus excelentes cavalos.

E assim Caidu se encheu de orgulho por tê-los vencido. Voltou para o seu país por dois anos e ficou em paz com o Grã-Cã.

Ao fim de dois anos, o rei Caidu reuniu um grande exército, com muitíssimos homens a cavalo. Sabia que estava em Caracorum um filho do Grã-Cã, que se chamava Nomogã[309], e, com ele, Jorge, o neto do Prestes João. Este também tinha consigo um grande exército. Caidu partiu então, com a sua gente, e chegou sem novidade a Caracorum.

Quando o viram chegar com todos estes homens de armas, longe de se acovardarem, se animaram e prepararam com os seus homens, que deviam orçar por 60.000 soldados a cavalo, para se defrontar com ele. Vieram ao seu encontro e, chegados que foram a dez milhas de distância, assentaram seus arraiais. E o rei Caidu igualmente descansou, preparando-se para a batalha.

No terceiro dia, cada um dos partidos se armou e preparou para combater. Ambos tinham forças iguais. Tomaram posições divididas em seis quadrados, cada um de 10.000 homens a cavalo, às ordens de um chefe. E assim esperaram o sinal que deviam dar os timbales dos generais.

Porque ficareis sabendo que nenhum tártaro rompe a pelejar sem que tenha ouvido o sinal dos timbales, e que têm por costume preparar-se para a batalha com cânticos e suave música dos seus instrumentos, divertindo-se, assim, antes de entrarem na peleja. Era um encanto ouvir estes poderosos exércitos cantar e tocar, esperando o sinal de começar a refrega.

Tocaram por fim os timbales e os homens acorreram às armas. Furiosamente, lançaram então as suas flechas e dardos, que caíam como chuva desoladora e cobriam os ares; viram-se cavaleiros cujos cavalos se encabritavam, feridos de morte. Os gritos e ruídos eram espantosos; não se podia ter ouvido o próprio deus do trovão. E, assim, a batalha prosseguiu, terrível, monstruosa, nela se defrontando dois inimigos mortais, e não tardou que a terra se cobrisse de cadáveres.

Esgotadas as flechas, lançaram mão das maças, correndo uns contra os outros, despedindo tremendas machadadas. A batalha era cruel. Os golpes choviam em toda a parte. Viam-se braços e mãos cortados e homens que estrebuchavam no chão, antes de morrer. O campo estava inteiramente coberto de mortos e agonizantes.

E tanto o rei Caidu, que fez grandes proezas, animando e confortando a sua gente, como o filho do Grã-Cã e o neto do Prestes João, no lado contrário, rivalizavam em ousadia, valor e arrojo.

Foi uma das mais cruéis batalhas que os tártaros tiveram e esteve indecisa até a tarde, porque cada parte fazia quanto podia para aniquilar a contrária.

Tantos eram os mortos que horrorizava vê-los. E ficaram muitas viúvas e órfãos, e outras damas por toda a vida ficaram chorando aquele dia, e foram estas as mães e as irmãs dos que morreram.

Quando o sol estava no zênite, tiveram de fazer uma trégua e separaram-se, para descansar. E isto se prolongou pela noite afora, em virtude das angústias passadas nesse dia mortal.

Na manhã seguinte, tendo Caidu ouvido dizer que o Grã-Cã enviava um numeroso reforço, julgou mais prudente retirar-se de novo para o seu reino. E, ao romper da alva, montou a cavalo e encaminhou-se para a sua terra, com toda a sua gente.

Quando o filho do Grã-Cã e o neto do Prestes João viram que se retirava, nada fizeram para o deter nem para o alcançar, pois estavam de sobejo cansados, e assim o deixaram ir em paz.

E tanto cavalgaram, Caidu e as suas hostes, que não se detiveram antes de chegar ao reino da Grande Turquia, a Samarcanda. Mas nem aí pararam.

201

O Grã-Cã e os danos causados por Caidu

Estava o Grã-Cã enfurecido pelo prejuízo que Caidu fizera nas suas terras e na sua gente, e disse que ele escapava à morte somente por ser seu sobrinho. Não queria derramar seu próprio sangue, e, por esta mesma razão, escapou Caidu, por outras vezes, das mãos do Grã-Cã.

Deixaremos este assunto, e passaremos a narrar uma grande maravilha da filha do rei Caidu.

NOTAS

299. A palavra Zanzibar deriva de *zendji-zendji*, que no mundo muçulmano designa "negro", mais especificamente "negro escravo".

300. A palavra vem do árabe Habash, que designa etíope.

301. É Shihr, porto da Arábia do sul, na região de Hadramaut, que formava, com o porto vizinho de Mukalla, um pequeno emirado até o fim da dominação inglesa nesta região. Pertence hoje ao Iêmen do Sul.

302. A cidade não existe mais, mas deu seu nome à região de Dhofar, que constitui a parte leste do sultanato de Oman.

303. Antiga cidade situada perto da localização da atual Sur, a sudeste de Masqat no sultanato de Oman.

304. Governador. (N. do T.)

305. Aqui termina a terceira parte do livro e com ela o itinerário de Marco Polo. Resta uma espécie de epílogo no qual estão misturados dois tipos de informações: as relativas aos países não-visitados, como a Rússia e o Grande Norte, e as ligadas aos acontecimentos históricos que se desenrolaram durante sua estada na China ou mesmo depois de sua volta à Europa, pois a última informação fornecida neste último capítulo, a morte de Nogai, data de 1299, o que mostra que o manuscrito foi completado mesmo depois da saída de Marco Polo da prisão de Gênova.

306. O filho de Ciagatai, pai de Caidu, chama-se Cachi.

307. Há dois personagens conhecidos com este nome, todos os dois primos de Caidu.

308. Tchubei e Caban, da linguagem de Tchagatai. A

guerra aqui descrita é a da linhagem de Oegoedei, cujo representante na época era Caidu, contra a de Tchaghatai, representada por Barak, soberano da Transoxiania na época da primeira passagem dos Polo mais velhos. A guerra que se desenrolou em 1267 terminou com a suserania de Caidu sobre Barak.

309. Nomogan, quarto filho de Cublai, era encarregado das operações contra Caidu e seu aliado Duva, soberano da linhagem de Tchaghatai. Estas operações atingiram seu ponto culminante em 1275-76, mas não parecem ter chegado a uma grande batalha organizada como a descrita por Marco Polo. Além disto, o príncipe Oengut George não parece ter participado desta história. Em compensação, este príncipe foi morto em uma outra guerra contra Caidu em 1298; Polo, contudo, não poderia estar a par disto.

Parte XXV

202

Aigieruc, a filha do rei Caidu

O rei Caidu tinha uma filha, chamada, em tártaro, Aigieruc[310], o que quer dizer Lua Clara. Esta era tão forte e formosa que não havia em todo o reino donzel ou escudeiro que pudesse vencê-la. Seu pai queria procurar-lhe um marido e casá-la. Mas ela não queria, dizendo que só casaria com aquele que, em forças, a vencesse. O rei, por especial privilégio, prometeu-lhe que casaria segundo o seu gosto.

A princesa, quando obteve o privilégio de casar segundo a sua vontade, sentiu uma grande alegria. E fez publicar um pregão, para que fosse sabido por todas as partes das suas terras e reinos que, se algum moço quisesse medir forças com as suas, e a vencesse, o tomaria por esposo. E quando esta notícia chegou a outras terras e senhorios, vieram muitos cavaleiros nobres e senhores tentar a fortuna da seguinte maneira:

Reunia-se o rei na grande sala do palácio, com as pessoas do seu séquito, damas e gentis-homens. Chegava a filha do rei, vestida com um cendal de seda ricamente bordado; em seguida, vinha o cavaleiro com cendal e fina cota de malha.

A aposta era que, se o moço a vencesse e conseguise deitá-la ao chão, a tomaria por esposa, e se a filha do rei vencesse, lhe ganharia cem cavalos. Mas, por mais que se apresentassem, a todos vencia, e deste modo a donzela já tinha ganho mais de seis mil cavalos. E era maravilha vê-la, porque era tão bem-feita e os seus membros tão grandes e musculosos, que parecia quase uma giganta.

E sucedeu que, no ano de 1280 da Encarnação de Jesus Cristo, veio o filho de um rei poderoso, que era jovem e de gentil compostura. Acompanhava-o um formoso cortejo e trazia consigo mais de mil cavalos, para pôr à prova a filha do rei.

O rei Caidu estava encantado, porque desejava dar-lhe a filha por esposa, visto que sabia que o pretendente era filho do rei Pumar, e fez saber secretamente a sua filha que gostaria que ela se deixasse vencer. Mas esta replicou que por nada no mundo o faria.

Chegou o dia assinalado e reuniram-se, a rainha, os gentis-homens e as damas na grande sala do palácio. E ali se apresentaram a filha do rei e o príncipe, fazendo tão formoso par como nunca se vira. Também o moço não achara até então quem pudesse lutar com ele.

E quando se encontraram os dois, no meio da sala, convencionaram que, se o donzel perdesse, entregaria os mil cavalos que para isso trouxera. Em seguida o cavaleiro e a donzela começaram a lutar corpo a corpo. E todos quantos isto presenciavam desejavam secretamente que o jovem vencesse, para que fosse o marido da filha do rei. Era este o desejo mais fervoroso do rei e da rainha.

Sabei agora que a aventura terminou por a filha do rei vencer o príncipe, atirando-o de encontro ao chão, e assim o fez perder os seus mil cavalos, havendo em toda a sala um murmúrio de contrariedade.

O rei levou a filha a muitas batalhas e na luta não havia cavaleiro que valesse mais do que ela, e mais de uma vez se internou pelo campo inimigo e pela sua força vencia um cavaleiro, que depois trazia, fazendo-o prisioneiro.

Narramos assim a história da filha do rei Caidu, que deixaremos agora para prosseguir e fazer outra narração. Contaremos a outra grande batalha que se feriu entre Caidu e Arghum, o filho de Abaca, senhor do Levante.

203

Arghum derrota Barac

Sabei que Abaca, senhor do Levante, tinha várias províncias e terras confinantes com as do rei Caidu. Para impedir que este saqueasse e arruinasse as suas gentes e seus territórios, mandou Abaca seu filho Arghum, com muitos cavaleiros e peões, até o rio Jon, na comarca da Árvore Seca. E ficou o rei Abaca cuidando de suas terras.

Sucedeu que o rei Caidu reuniu um número de soldados e nomeou, fazendo seu capitão, um irmão dele chamado Barac, que era homem sábio e prudente. Disse-lhe Caidu que desejava combater Arghum. Por seu mando, Barac e os seus homens puseram-se em marcha, e chegaram, sem grande contratempo, ao rio Jon, a dez milhas do acampamento de Arghum[311].

Quando este soube que Barac vinha contra ele com tanta gente, armou-se dos pés à cabeça, em três dias. Quando os seus cavaleiros se viram bem apetrechados e logo que soaram os timbales, não se detiveram mais, lançando-se uns contra os outros. A chuva de setas obscurecia o céu. Quando de uma e outra parte se acabaram as flechas, lançaram mão das espadas e maças. Muitos homens e cavalos jaziam pelo solo, e caíam mão e braços; os gritos eram tão grandes que não se teria ouvido o próprio deus do trovão.

Em poucas horas, ficou a terra coberta de homens mortos ou malferidos, e Barac e os seus homens, não podendo resistir à força de Arghum, fugiram com a sua gente e foram-se para além do rio, e Arghum e os seus os perseguiram, matando-os em grande quantidade.

Assim se decidiu a batalha, tal como o haveis ouvido, ficando Arghum com a melhor parte. Dir-vos-ei agora como Arghum herdou o senhorio, por morte de seu pai.

204

Acomat, irmão de Abaca, usurpa o trono de Arghum

Pouco tempo depois de haver vencido Barac, soube Arghum que seu pai Abaca havia morrido.

Foi grande a sua desolação e preparou o seu exército para empreender o regresso à corte de seu pai e entrar na posse do senhorio, do qual estava a uns quarenta dias de jornada.

Um irmão de Abaca, chamado Acomat[312], se fizera muçulmano, e quando soube que seu irmão Abaca havia morrido pensou poder usurpar o trono a Arghum, que estava tão afastado. Preparou um grande exército e foi direto à corte de Abaca, onde se apoderou do governo e armou em senhor.

Ali encontrou grandes tesouros, e distribuiu-os tão generosamente e com tanta largueza pelos seus barões e cavaleiros que todos disseram que era um soberano bom e liberal. E todos o queriam e lhe manifestavam admiração. Acomat regia bem os seus domínios, tratando de contentar a todos; praticou, no entanto, uma ação baixa, que muitos lhe reprovaram: tomou todas as mulheres de seu irmão Abaca e fê-las suas.

Não tardou muito que soubesse vir Arghum ao seu encontro, com grande quantidade de gente armada. Não mostrou surpresa e chamou os seus barões reunindo, numa semana, grande número de soldados, que se armaram contra Arghum e juraram que não tinham outro desejo que não fosse o de o matar e de lhe fazer sofrer o martírio.

205

Acomat marcha com seu exército para combater Arghum

Quando Acomat acabou de reunir 60.000 homens a cavalo, pôs-se a caminho, ao encontro de Arghum. Cavalgou dez dias e não parou enquanto não ouviu que Arghum já se encontrava próximo, a cinco dias de jornada, com tanta gente como ele. Acomat, então, assentou seus arraiais numa grande e bela planície, e disse que esperaria ali a chegada de Arghum, porque era um bom sítio para combater. Chegado ao lugar e preparado o campo, mandou reunir toda a sua gente e falou-lhe da seguinte maneira:

– Senhores, já sabeis que tenho direito a ser o chefe do que era de meu irmão, porque sou filho de seu pai e conquistei reinos e províncias que formam parte do nosso patrimônio. É verdade que Arghum é filho de meu irmão e que o poder lhe vem por direito próprio. Mas isso não é razão, pois, tendo seu pai gozado tanto da soberania, é justo que eu a tenha agora. Deveria, em vida, ter-me dado metade mas, por bondade de coração, deixei-lhe inteiramente o mando. Já que assim é, ajudai-me a defender os meus direitos contra meu sobrinho, e que o reino nos fique pertencendo. Não quero que tenhais somente honras, mas também proveitos. Nada mais vos digo, porque sei que fareis quanto em vós couber para me prestar auxílio.

E todos a uma voz lhe afirmaram que enquanto tivessem um sopro de vida, combateriam por ele, apesar de o fazerem contra Arghum. E agora, voltemos a Arghum e à sua gente.

206

Arghum reúne os seus barões para combater Acomat

Quando Arghum teve conhecimento de que Acomat o esperava no campo, com tanta gente, sentiu uma grande cólera; pensou que não convinha que pudessem pensar que os temia, e quis mostrar-se ousado e valente. Reuniu os nobres do seu séquito e conselheiros, e, quando os juntou em assembléia no seu pavilhão – pois haviam acampado num lugar muito formoso –, dirigiu-lhes a palavra da seguinte maneira:

– Irmãos meus e meus amigos: sabeis bem como, durante o seu reinado, meu pai vos amou como a irmãos e a filhos, e sabeis também que, em muitas batalhas, o ajudásteis a conquistar as suas terras. Tendes aqui o seu filho, que tanto vos quer, pois vos amo como ao meu próprio corpo. E, já que assim é, deveis ajudar-me contra aquele que quer despojar-me do reino, e que bem sabeis não ser dos nossos nem obedecer à nossa lei, pois é sarraceno e adora a Maomé. E não é digno que um sarraceno tenha domínio sobre os tártaros. Por todas estas razões, irmãos meus e meus amigos, devereis tomar a peito que isso não suceda, e por tal motivo peço a cada um que seja valente e que peleje com todo o arrojo, para que ganhemos a batalha e o poder fique em nossas mãos e não nas do sarraceno, pois o direito é nosso e não dele. Nada mais vos digo, mas peço que o considereis bem, para que bem me ajudeis.

E aqui se calou, nada mais acrescentando.

207

Respostas dos barões de Arghum

Quando os barões acabaram de ouvir as palavras de Arghum, disseram que antes queriam morrer do que deixar de empregar todos os esforços para vencer. Um dos barões mais importantes levantou-se e falou assim:

– Senhor, sabem bem a razão que assiste em tudo que dissestes; não fraquejaremos na batalha pois antes queremos morrer do que deixar-nos vencer, e seremos tão valentes que todos haverão de falar do nosso arrojo.

Calou-se e não houve um único que quisesse acrescentar uma palavra, porque todos estavam de acordo com ele e não desejavam mais do que ver-se na batalha. Ao romper da alvorada, Arghum levantou o campo, com a sua gente, e marchou, cavalgando, até a planura onde se encontravam os seus inimigos.

Quando chegou, Arghum chamou dois dos seus barões e enviou-os a seu tio, para que lhe dissessem o que vos passo a relatar.

208

Os barões, emissários de Arghum, falam com Acomat

Logo que estes sábios barões se despediram do seu senhor, montaram a cavalo e dirigiram-se para o acampamento onde estava a tenda de Acomat, rodeada de luzida escolta. Acomat conhecia-os muito bem e, da mesma forma, conheciam eles Acomat. Saudaram-no com cortesia e Acomat lhes deu as boas-vindas, convidando-os a passar à sua tenda.

Então, levantou-se um dos barões à sua tenda.

– Muito ilustre senhor: muito estranhou vosso sobrinho Arghum o que contra ele haveis feito; não é, por certo, uma boa ação, e não procedestes como um bom tio para com um bom sobrinho, pois o despojastes do seu reino. Por isso, vos pede e suplica com brandura, não como a um tio, mas sim como a um pai, pois que assim vos considera, para não prosseguirdes este caminho, e que não haja batalha nem mal-entendido entre vós. Repete-vos, portanto, que vos terá respeito como a um pai e que sereis senhor na sua terra. É isto o que vos pede e diz pela nossa boca.

E calaram-se, não acrescentando uma palavra.

209

Resposta de Acomat aos emissários de Arghum

Depois de os ter ouvido, Acomat respondeu-lhes:

– Senhores emissários: meu sobrinho não está na razão, porque a terra me pertence e não é dele, pois que a conquistei, juntamente com seu pai. Se assim quiser, fá-lo-ei grande senhor e dar-lhe-ei tantas terras como se fosse meu próprio filho e será no meu reino o primeiro depois de mim; e, se assim não quiser, farei todo o possível para o matar. Ide e dizei isto a meu sobrinho.

Os dois anciãos não quiseram ouvir mais; puseram-se a caminho para chegarem depressa ao campo do seu senhor.

Ao regressarem disseram a Arghum o que tinham ouvido da boca de seu tio. Escutou Arghum o que aquele pretendia e a ira incendiou o seu rosto, dizendo em alta voz aos que o ouviam:

– Não demoremos mais, vamos matar os traidores; amanhã, daremos o assalto para os aniquilar.

E toda a noite se prepararam, e Acomat, que tal soube pelos seus espias, preparou-se também e advertiu os seus homens para que estivessem prontos.

210

A batalha entre Arghum e Acomat

Depois de ter falado aos seus homens, Arghum pôs-se a caminho, ao encontro dos inimigos.

Quando as hostes se encontraram frente a frente, houve um choque tão violento que a terra tremeu. Arghum praticou mil proezas, para dar exemplo à sua gente, mas de nada lhe serviu; a fortuna tinha-lhe voltado as costas e a derrota foi tremenda. Esgotadas as flechas e o campo juncado de cadáveres, os seus homens, não podendo suportar tal horror, começaram a fugir, perseguidos pelo inimigo, que os matava à porfia.

Por fim, prenderam Arghum. Acomat mandou acorrentar o sobrinho, tratando-o severamente.

E Acomat, que era um homem luxurioso, disse que iria folgar com as belas mulheres que tinha e deixou a direção do exército a um melique, a quem confiou a guarda de Arghum, dizendo-lhe que cuidasse dele como da menina dos seus olhos. Voltaria para a corte em pequenas jornadas, para não cansar a sua gente. Tendo-lhe respondido o melique que seria obedecido, pôs-se Acomat a caminho, em numerosa companhia.

Acomat deixou assim o melique comandando o exército, em seu lugar. Arghum ficou prisioneiro, tão maltratado e doente que desejava morrer.

211

Os barões se concentram para libertar Arghum

E aconteceu que um corajoso barão, muito antigo e venerável, se condoeu de Arghum e pensou que era grande deslealdade e feia injúria manter prisioneiro o seu senhor, pelo que faria o possível para libertá-lo, indo apresentar estas razões aos outros nobres senhores. Estes, que o tinham como homem prudente e de bom coração, escutaram tão elevados argumentos e concordaram em fazer a sua vontade.

Resolvido isto, Boga, que era quem tinha disposto tudo, e com ele Elcitai, Togã, Tegana, Tagatiar, Ulatai e Samagar[313], dirigiu-se para a tenda onde Arghum se encontrava acorrentado. Na sua presença, Boga, que era o chefe, falou assim:

– Senhor, reconhecemos claramente que procedemos mal, tendo-vos aprisionado; por isso, arrependidos, vimos dizer-vos que queremos a vossa liberdade e que sejais nosso senhor.

212

Arghum em liberdade

Quando Arghum ouviu as palavras de Boga, julgou tratar-se de um embuste e respondeu áspera e tristemente:

– Cometeis grande pecado, escarnecendo de mim! Bem maltratado me vejo, por vossa culpa, e bem posso queixar-me de vós, que deveríeis honrar-me como vosso senhor e assim me carregasteis de cadeias e vos atrevesteis a tirar-me a liberdade. Grande pecado é, por certo; ide, deixai-me em paz e poupai-me os vossos ultrajes.

– Senhor – retorquiu Boga –, sabei que não vos enganamos.

Juraram que o tomariam por senhor, e Arghum prometeu não lhes pedir contas dos maus tratos e que os estimaria como Abaca, seu pai, o tinha feito. E, depois de trocarem estas promessas, tiraram-lhe as algemas e o honraram como seu rei. Ordenou então Arghum que da tenda disparassem flechas até matarem o melique que o tinha prisioneiro, e que era o chefe do exército. A estas palavras, tantas flechas partiram da tenda de Arghum quantas as precisas para matar o melique, tendo Arghum recuperado o poder e sendo por todos obedecido. E o melique que morreu era o principal senhor, depois de Acomat, e era também sultão. E desta maneira Arghum recuperou os seus domínios.

213

Arghum recupera seus domínios

Quando Arghum se viu senhor de tudo e reintegrado na sua dignidade, ordenou que se encaminhassem para a corte.

Sucedeu, um dia em que Acomat se encontrava na corte, no seu principal palácio, em grande pompa e regozijo, chegar um mensageiro, que lhe disse:

– Senhor, são más as novas que vos trago, e bem diferentes daquelas que desejaria dar-vos; sabei que os barões libertaram Arghum, reconhecendo-o como dono e senhor, e mataram o vosso amigo. Vêm já a caminho para vos prender e matar. Decidi, pois, o que devemos fazer, para evitá-lo.

Calou-se o mensageiro, e Acomat, ao ouvir as suas razões, como o tinha por leal e bom vassalo, ficou desanimado e muito se acovardou. Não sabia o que dizer nem fazer. Em seguida, porém, como era valente e ousado, refez-se e disse ao mensageiro que não fosse indiscreto e a ninguém revelasse o que sabia. E Acomat montou num corcel e, acompanhado pelos seus homens de confiança, pôs-se a caminho para visitar o sultão de Babilônia[314], pois junto dele se tinha por seguro.

Mas, passados que foram seis dias de jornada, embrenhou-se por um desfiladeiro, porque outro não havia, e aquele que guardava a passagem reconheceu-o e viu que fugia. Disse consigo que o faria prisioneiro, o que era fácil, visto Acomat não levar mais do que uma mísera escolta. E sabei que o prendeu.

Quando apanhou a rédea do seu cavalo, Acomat pediu graça e ofereceu-lhe um grande tesouro, se o deixasse escapar. Mas ele, que estimava Arghum com o maior carinho, disse que não lhe importava promessas, nem que lhe oferecessem todos os tesouros do mundo; e que o entregaria a Arghum, seu senhor.

E, feito isto, pôs-se a caminho para a corte, levando Acomat consigo, guardando-o à vista, com o maior cuidado, para que não fugisse. Cavalgaram sem cessar até chegar à corte, onde se encontrava Arghum, que chegara havia três dias apenas, muito contrariado por Acomat lhe ter fugido.

214

Arghum ordena a morte de Acomat

Quando o homem que guardava a passagem chegou, trazendo Acomat prisioneiro, sentiu Arghum uma alegria tão grande como nunca havia experimentado. Disse a seu tio que o via em má hora e que lhe faria o que era de justiça e logo mandou que o levassem dali e o matassem.

O que recebeu esta ordem levou Acomat para um

sítio onde nunca mais o voltassem a ver. Matou-o, atirando-o depois a um precipício, para que ninguém pudesse encontrar-lhe o corpo.

Desta maneira se resolveu a contenda havida entre Arghum e seu tio Acomat.

215

Homenagem dos barões a Arghum

Feito isto, sentiu-se Arghum dono do seu palácio e seguro do seu poder, e os barões e vassalos de Abaca, seu pai, vieram render-lhe homenagem. E Arghum enviou seu filho Gazã, com 30.000 homens, a cavalo, para a terra da Árvore Seca, para salvaguardar e proteger os seus súditos.

E foi assim, como ouvistes, que Arghum recuperou os seus domínios, no ano de 1286 da Encarnação de Cristo, tendo Acomat usurpado o poder durante dois anos.

Arghum reinou seis anos e, ao cabo deles, morreu de doença, ainda que alguns suponham haver morrido envenenado, por ter bebido uma beberagem maligna.

Notas

310. Este nome, que significa "lua brilhante", não corresponde ao da filha de Caidu conhecida como Koutouloum (a afortunada), mas talvez se trate de um apelido popular, uma vez que elementos lendários parecem ligar-se a este personagem mesmo nos escritores muçulmanos. O relato aqui fornecido por Marco Polo constitui um dos elementos de base do grande ciclo dos contos populares, mas

não podemos determinar se eles vêm simplesmente aplicar-se a uma personagem histórica ou se ele o toma como fonte.

311. A origem deste relato deve encontrar-se nas lutas entre a linhagem de Tchagatai, vassalo de Caidu, e os ilkânides de Pérsia aliados de Cublai. A batalha descrita só poderia ter ocorrido entre 1267, data da submissão de Barak a Caidu, e 1271, data de sua morte. Ora, Abagha não morreu logo após, mas em 1282.

312. De seu nome mongol Tekudar, foi o primeiro ilkânide a se converter ao islamismo. A história da luta entre Tekudar Amat e Arghoun contada aqui por Marco Polo corresponde aos fatos históricos.

313. Eltchidai, Toghan, Toegoené, Taghatchar, Ouladai e Semagher são identificados como dignitários do Império ilkânide. Ouladai é provavelmente o mesmo que foi enviado à corte de Cublai para procurar a princesa Koekoetchin (ver cap. 18).

314. Trata-se do sultão Kalaoun, que reinou de 1279 a 1290.

Parte XXVI

216

Morte de Arghum

Depois da morte de Arghum, um irmão seu, chamado Acatu[315], tomou as rédeas do governo, o que pôde fazer porque Gazã, o herdeiro, se encontrava muito longe, na região da Árvore Seca. E Gazã soube que seu pai tinha morrido e que Acatu lhe havia tirado o poder.

Chorou ao saber da morte de seu pai, e mais o afligiu a perda do seu reino. Não podia partir, por causa dos seus inimigos, mas jurou vingar-se, como seu pai fizera com Acomat. Acatu casou com a mulher de seu irmão Arghum. Apreciava muito as mulheres e com elas se recreava, por ser muito luxurioso. Reinou dois anos e ao cabo deles morreu, envenenado por uma beberagem.

217

Gazã, filho de Arghum, derrota Baidu

Depois de Acatu ter morrido, seu irmão Baidu, que era cristão, tomou a senhoria do reino. Aconteceu isto no ano de 1294 da Encarnação de Cristo, e todos, menos os partidários de Gazã, lhe obedeceram.

Quando Gazã soube da morte de Acatu, encheu-se de cólera, por não poder vingar-se do agravo que este lhe fizera; mas disse que haveria de tomar tal desforço de Baidu, que o mundo falaria dele. E assim se preparou, com toda a sua gente, marchando ao encontro de Baidu, para resgatar o seu reino.

Inteirado Baidu do avanço de seu sobrinho, juntou quantos homens pôde e colocou-os em ordem de batalha, a dez dias de jornada dele. Assentou em seus planos e esperou Gazã e as suas hostes, para combatê-los, dirigindo palavras de alento aos seus sequazes, para os animar à luta.

Ao cabo de dois dias, chegou Gazã, com a sua gente, e a batalha travou-se, encarniçada e terrível; dentro em pouco, porém, os que estavam com Baidu voltaram-se contra ele, que assim foi derrotado e desfeito. Gazã, vencedor, ficou dono e senhor de todo o reino e todos os barões lhe juraram fidelidade e lhe renderam preito de homenagem, como a seu senhor e rei. Começou a reinar no ano de 1294 da Encarnação de Cristo Nosso Senhor.

Ouvistes assim todos os fatos que aconteceram desde Abaca até Gazã, e sabei que Hulagu, que conquistou Baudac, era irmão de Cublai, o Grã-Cã, e é dele que descendem todos os que mencionei, pois era o pai de Abaca, e Abaca o pai de Arghum, e Arghum de Gazã, que é quem presentemente reina.

Deixaremos os tártaros do Levante e a Grande Turquia, de que já falamos quando vos contamos de Caidu, seu rei.

De modo que prosseguiremos adiante.

218

Canci, o rei do Norte. A caça

Para o Norte, há um rei chamado Canci[316]; é tártaro e o seu povo é tártaro, também; rege-se pelas leis deste povo, que é rude e selvagem; observa-as como Gêngis Cã e os outros as observavam.

Têm um deus que se chama Vatigai. Consideram que tem mulher e dizem que este casal divino são os deuses da terra, que guardam o gado e o trigo e todos os bens terrestres. Invocam-no constantemente, e, quando encontram algum bocado bom, metem-lhe na boca, para os dois participarem do que comem. Vivem como animais, sem estarem submetidos a lei nenhuma.

No entanto, é verdade que Canci é da estirpe de Gêngis Cã, quer dizer, de linhagem imperial, e, por sua ascendência, parente próximo do Grã-Cã. Este rei não tem cidades nem fortalezas, mas vive na planície ou na montanha. O seu povo alimenta-se de leite e de carne. São muito numerosos mas pacíficos e não travam questões com ninguém.

Têm grande quantidade de gado: camelos, cavalos, bois e outros animais. Há também ali grandes ursos brancos, que têm vinte palmos de tamanho; raposas negras e grandes; zibelinas, que têm peles preciosas; ratas de Faraó em grande quantidade, e com elas se alimentam durante o verão. Têm toda a espécie de animais selvagens, porque vivem em sítios intransitáveis e pouco habitados.

Possui este rei uma região, vizinha da sobredita terra, onde o cavalo não pode viver; é um país onde há lagos e mananciais, mas o gelo e o lodo são de tal forma que os cavalos não podem andar. Pode atravessar-se esta região em treze jornadas, e em cada jornada se encontra uma posta e estalagem, onde o viajante se pode albergar. Nestas há pelo menos quarenta mastins, grandes como burros, e são estes cães que levam o correio de um lugar para outro.

Já vos disse que nestas paragens não podia usar-se o cavalo, por causa do gelo e do barro, nem carros de rodas; por esta razão, fizeram carros sem rodas[317] que escorregam sobre o gelo e a lama, sem neles se enterrarem.

Na nossa terra há carros semelhantes a estes, e servem para acarretar o feno e a palha, no inverno, quando há chuvas e lodo. Forram estes carros com peles de urso, metendo-se neles os correios, e fazem-nos puxar pelos cães de que vos falei.

Não há necessidade de guiar estes cães: dirigem-se sozinhos para a próxima muda, puxando muito bem o carro. E assim vão de uma posta para outra, levando-os os cães pelo caminho mais reto e melhor. Quando o correio chega a outra posta, encontra já prontos outros cães, que levam o carro mais adiante. E os que o levaram voltam a trazê-lo e assim sucede em todas as viagens.

Os homens que vivem nestas planícies e vales são grandes caçadores. Caçam animais de grande preço, de que tiram grande proveito, e que são: zibelinas, arminhos, martas e outros, que lhes fornecem peles preciosas de grande estimação e valor. Têm armadilhas, das quais não se escapa nenhum. Vivem em casas debaixo do chão, por causa do frio. E, como nada mais há digno de ser mencionado, continuaremos a nossa narração, ocupando-nos de um lugar onde reina a obscuridade.

219

A província da escuridão

Antes deste reino, vindo do Norte, há uma província, que é chamada a terra da escuridão, porque sempre nela reinam as trevas; não há sol, nem lua, nem estrelas, mas uma escuridão como nas primeiras horas da noite[318]. A gente que nela habita não tem rei e vive como os animais. Os tártaros vão ali, por vezes, da maneira que vos vou contar.

Os tártaros penetram ali montados em éguas cujos filhos deixam amarrados pelo caminho, para que as éguas voltem outra vez onde estão os filhos e não errem o rumo. Os tártaros roubam e furtam tudo o que podem, e com isso carregam as éguas, as quais voltam depressa em busca dos filhos e não se enganam no destino.

Há ali peles de grande valor: zibelinas, raposas negras, martas e arminhos. Ali todos os homens são caçadores e juntam tal quantidade destas peles que é uma maravilha, e os vizinhos, que vivem na luz, compram-nas e com elas acumulam riquezas. Estes homens são muito altos e bons, mas pálidos e sem cor. Sabei que a Rossia Maior confina, pelo Norte, com esta província.

Como não há nada mais de notável a contar seguiremos adiante, para vos falarmos da província da Rossia[319].

220

A província da Rossia e sua gente

A Rossia é uma grande província do Norte. Os seus habitantes são cristãos e observam a lei dos gregos. Têm vários reis e idiomas próprios. É gente muito simples; são formosos os homens e belas as mulheres, brancas e loiras. Têm desfiladeiros estreitos e fortificados. Não pagam tributo a ninguém, a não ser a um rei tártaro do Poente, que se chama Toctai[320]. Mas este quase nunca o cobra, por não ser terra que se dedique ao comércio. Têm peles em quantidade e de grande valor e as mais belas do mundo. Têm muitas minas de prata. E não havendo outra coisa digna de ser mencionada, ir-nos-emos da Rossia, para falarmos do grande mar e das províncias que o rodeiam e, em primeiro lugar, de Constantinopla.

Antes porém, deixai que vos fale de uma província entre o Norte e o mistral. Nesta região, encontra-se uma província chamada Lac, que confina com a da Rossia e é governada por um rei. Os seus habitantes são cristãos e sarracenos. Fazem comércio de peles, que mandam para todo o mundo. Vivem desse comércio e das suas artes.

Afastar-nos-emos daqui, porque já nada há de digno de contar-se; mas, antes, dir-vos-ei ainda alguma coisa da Rossia. Faz ali o maior frio do mundo, de tal forma que, no inverno, é difícil escapar com vida. Esta província é tão extensa que vai até o Oceano. Nesse mar há ilhas onde nascem falcões, em tanta quantidade que os levam para todas as partes do mundo.

Da Rossia para Oeste não há muitos caminhos, mas se não fora o frio, facilmente se poderia ir ali. Mas deixemos isso e falemos do Mar Grande, pois embora haja muitos mercadores e navegantes que o conhecem, outros há que não, e por isso se torna necessário deixá-lo escrito. Começaremos pela entrada ou estreito de Constantinopla.

221

O Mar Grande

Na entrada do Mar Grande, para o Poente, há uma montanha, chamada Far[321]. Muitos conhecem este mar e por isso é preferível falarmos dos tártaros do Poente e dos senhores que os governam.

222

Os reis tártaros do Poente

O primeiro rei dos tártaros do Poente foi Sain[322], grande e poderoso senhor. Este rei conquistou a Rossia[323], a Comânia[324], a Alania[325], Lac[326], Mengiar[327], Cie[328], Gutia[329] e Gaçaria. Todas estas províncias conquistadas pelo rei Sain estavam sujeitas a Acomaiz, mas não tinham unidade e por isso os naturais perderam as suas terras, espalharam-se pelo mundo, e os que ficaram são servos deste rei Sain.

Depois do rei Sain, reinou o rei Batu; depois de Batu, reinou o rei Barca, e depois de Barca reinou o rei Mongutemur, e depois de Mongutemur reinou o rei Totamangu e sucedeu-lhe Toctai, que é quem reina presentemente.

Aqui estão os nomes dos reis tártaros do Poente. Falaremos da grande guerra que houve entre Hulagu, senhor do Levante, e Barca, senhor do Poente, e da origem desta guerra.

223

A guerra entre Hulagu e Barca. As grandes batalhas

No ano de 1261 da Encarnação de Cristo surgiu uma grande discórdia entre o rei Hulagu, senhor dos tártaros do Levante, e Barca, rei dos tártaros do Poente. E foi isto para decidir se uma província pertencia a um ou ao outro, pois cada um pretendia ter direito a ela e nenhum a queria ceder ao outro. Declararam a guerra, decidindo ambos apoderar-se dela pela força, e prepararam-se para a luta.

Depois de se terem desafiado, reuniram 300.000 homens em seis meses e apresentaram-se para a luta, segundo os seus costumes.

Quando Hulagu, senhor do Levante, se aprontou, pôs-se a caminho, com toda a sua gente, cavalgando até chegar a uma planície entre a Porta de Ferro e o mar de Sarai[330]. E aqui dispôs as suas forças em ordem de batalha. Havia ricos pavilhões e tendas de campanha. Via-se bem que era um acampamento de homens ricos. Ficou ali aguardando que Barca viesse ao seu encontro, esperando o inimigo.

Deixemos Hulagu e a sua gente e voltemos a Barca.

224

Barca e suas hostes encontram Hulagu

E, quando o rei Barca acabou de apetrechar e reunir as suas hostes e soube que Hulagu tinha partido ao seu encontro, com as dele, pensou que não devia demorar-se, pelo que se pôs a caminho, cavalgando até a planície onde o esperavam os seus adversários.

A dez jornadas de Hulagu, assentou o seu arraial, e este acampamento era tão formoso como o daquele, pois tinha suas tendas cobertas de colgaduras de ouro e ricos panos bordados, de tal maneira que nunca se vira tanta riqueza em campo de batalha, e tinha Barca mais gente que Hulagu, pois reunira mais de 350.000 homens.

Ao terceiro dia, chamou Barca os seus homens e disse-lhes:

– Sabeis que desde que cheguei a esta terra vos tenho estimado como a irmãos e a filhos, e vários de entre vós haveis pelejado comigo, ajudando-me a conquistar grande parte do meu reino e por isso vos deveis esforçar por manter a nossa honra. Sabeis que Hulagu se quer bater conosco sem razão; é esta a verdade; por conseguinte, temos o dever de nos mantermos e dar alento uns aos outros; assim, ganharemos a batalha. Somos em maior número, pois eles não têm senão 300.000 homens a cavalo e nós temos 350.000, tão bons ou melhores do que os deles. Nada mais vos direi, mas que cada um esteja no seu posto e se prepare para vencer e assim façamos com que, no futuro, todo o mundo nos tenha medo.

Barca calou-se, depois disto dizer. Contar-vos-emos agora de Hulagu e sua gente, de como se prepararam, ao saberem que Barca e os seus homens estavam próximos.

225

Hulagu fala aos barões e outros dignitários

Quando soube com segurança que Barca chegara com grande número de homens, Hulagu reuniu o seu conselho e os seus mais respeitáveis barões e dignitários, e quando todos se juntaram, falou-lhes da seguinte maneira:

– Meus irmãos, filhos e amigos; toda a vida me haveis prestado auxílio e assim temos ganho muitas batalhas; por isso vos trago a combater a gente do temível Barca. Já sei que o seu exército é mais numeroso do que o meu e sabemos também, pelos nossos espias, que chegarão ao campo dentro de três dias; já me tarda esse momento, e peço a cada um de vós que nesse dia me ajude como de costume. Uma só coisa vos quero recordar: que mais vale morrer em campo de batalha, guardando a sua honra, do que regressar derrotados. Que cada um salve, pois, a sua honra e que o inimigo seja morto e vencido.

Assim falou Hulagu à sua gente.

Esperaram que chegasse o dia da batalha, apetrechando-se, cada partido, o melhor que pôde, de todas as coisas que lhe eram necessárias.

226

A grande batalha entre Hulagu e Barca

E quando os dois grandes reis, com toda a sua gente, se encontraram próximos, esperaram, para começar a batalha, que se ouvissem os timbales. Depressa soaram, e, quando os ouviram, não mais pararam, e atiraram-se uns aos outros com furor. Empunharam os arcos, atiraram as flechas e era vê-las voar, cobrindo o céu.

Os homens morriam e caíam dos cavalos, e não podia deixar de suceder assim, com a quantidade de flechas que cruzavam o espaço. Não deixaram de disparar os dardos, até que o solo se cobriu de mortos e feridos. Empunharam depois as espadas e maças e correram, desferindo golpes tremendos. A batalha foi das mais cruéis que jamais se viu. Caíam braços, mãos e cabeças. Os homens tropeçavam nos seus cavalos mortos, que jaziam no solo. E morreram tantos, que em malfadada hora começou esta peleja.

Eram tão aterradores os gritos, que teriam coberto o ruído do trovão. Os mortos cobriam a terra, que estava vermelha de sangue. Repito-vos que nunca tinha havido no mundo uma batalha onde morressem tantos homens como nesta. E eram tantos os gritos dos feridos de morte que causava lástima ouvi-los. E é certo que em má hora começou esta luta para uma e outra parte, pois muitas mulheres ficaram viúvas e muitas crianças sem pai.

O rei Hulagu, que era sábio, prudente e destemido, portou-se tão bem na contenda que logo se via ser homem destinado a mandar e a cingir uma coroa. Não havia proeza de que não fosse capaz. Confortava a sua gente e, ao vê-lo, todos se inflamavam em novo ardor, e era coisa admirável olhá-lo, pois não parecia um homem, mas um trovão.

Desta forma se portou Hulagu na batalha.

227

Derrota do rei Barca

O rei Barca também era valente, mas de nada lhe valeu, pois teve tantos mortos e feridos que não lhe foi possível continuar e, ao fim da tarde, os seus começaram a fugir. Quando Hulagu viu que o inimigo fugia, começou a persegui-lo com os seus cavalos, matando quantos encontrava no caminho. E, pouco depois de começar a perseguição, renderam-se e foram ao acampamento depor as armas.

Mandaram erguer e tratar os feridos, estando todos tão fartos da peleja que já nada mais podiam. Veio a noite e descansaram e, quando Hugalu se recolheu ao seu acampamento, recomendou que queimassem os cadáveres de amigos e inimigos. Imediatamente executaram as suas ordens. Na manhã seguinte, Hulagu regressou à sua terra, com a sua gente.

Havia muitos mortos, entre os que ganharam a batalha, e nem falemos no campo dos vencidos, onde foram tantos que não se podiam contar. E assim como haveis ouvido se passou esta peleja, de que saiu vitorioso o rei Hulagu. Contar-vos-ei agora de outra batalha que se deu entre os tártaros do Poente.

228

Totamangu torna-se senhor do Poente

Um senhor dos tártaros do Poente, que se chamava Mongutemur, morreu, e o poder recaiu em Tolobuga, que era um jovem letrado. Totamangu, que era um homem poderoso, matou Tolobuga[331], com a ajuda de outro rei tártaro que se chamava Nogai.

Morreu, não tendo reinado muito tempo, e Toctai foi eleito rei. Era homem prudente e sensato, regendo a senhoria de Totamangu. Sucedeu, neste tempo, que os filhos de Tolobuga – o que fora morto – cresceram e chegaram a ser homens aguerridos, sábios e valentes.

Os dois irmãos puseram-se a caminho, preparando-se para irem à corte do rei Toctai.

Chegados que foram à corte, logo se lhe apresentaram, saudando-o com respeito e se humilharam ante ele, pondo um joelho em terra. Toctai lhes disse serem bem-vindos, e fê-los levantar. Então, o primogênito tomou a palavra e disse:

– Magnífico senhor: dir-vos-emos ao que viemos; somos, na verdade, os filhos de Tolobuga, que foi morto por Totamangu e Nogai. Já não é possível alcançar a Totamangu, porque morreu, mas reclamamos Nogai e vos pedimos que nos ajudeis contra ele, como senhor que sois conhecedor da justiça, pois matou nosso pai. Pedimos que o obrigueis vir à nossa presença e que lhe peçais contas pela morte de nosso pai. Eis por que viemos a esta corte.

E o jovem calou-se, nada mais acrescentando.

229

Toctai ordena a Nogai que venha à sua presença

Quando Toctai ouviu o que o jovem lhe disse, e que sabia ser verdade, respondeu-lhe:

– Farei da melhor vontade o que desejas e pedirei contas a Nogai. Farei com que venha perante mim, à minha corte, e veremos as razões que nos poderá apresentar.

E Toctai enviou dois emissários a Nogai, ordenando-lhe que viesse à sua corte, para prestar contas, e justificar-se, diante dos filhos de Tolobuga, pela morte do pai destes. Quando os enviados do rei disseram a Nogai a embaixada que traziam, zombou deles e disse que não iria à corte. Os enviados do rei voltaram para a corte do seu senhor e transmitiram-lhe a resposta de Nogai. Quando Toctai ouviu semelhante impertinência, encolerizou-se e disse a quantos o rodeavam e podiam ouvir:

– Farei com que Nogai venha aqui dar satisfação aos filhos de Tolobuga, ou irei contra ele com toda a minha gente.

E enviou outros dois embaixadores, com as palavras que ouvireis.

230

Toctai envia outra mensagem a Nogai

Os dois mensageiros a quem Toctai havia confiado a missão puseram-se a caminho e chegaram à corte de Nogai. Apresentaram-se ante ele, e, saudando-o cortesmente, lhe falaram nestes termos:

– Senhor: Toctai manda-vos dizer que, se não virdes à corte dar satisfação aos filhos de Tolobuga, virá ele, com toda a sua gente, contra vós e vos fará todo o dano que puder; decidi o que haveis de fazer e dai-nos a vossa resposta.

Muito desagradou a Nogai o que Toctai lhe mandava dizer, e respondeu irado:

– Voltai para o vosso senhor e dizei-lhe que o não temo, nem a ele nem à sua gente, e que não esperarei que venha à minha terra, mas irei eu mesmo ao seu encontro.

E, quando isto ouviram, cavalgaram a toda a pressa, para levar ao seu senhor as palavras de Nogai.

Vendo que a guerra se tornava inevitável, mandou Toctai aviso à sua gente, para que se alistasse, com o fim de marchar contra Nogai, e fez grandes preparativos. Quando Nogai teve a certeza de que Toctai vinha ao seu encontro, preparou os seus cavalos e tropas; mas não era tão poderoso como Toctai e tinha muito menos soldados; apesar disso, armou-se o melhor que pôde e isto lhe valeu vir a ser mais tarde grande e poderoso.

231

Toctai marcha contra Nogai

Quando Toctai acabou de se aprontar, pôs-se a caminho com a sua gente, pelo menos 200.000 homens a cavalo. Cavalgaram sem novidade, até chegarem à planície de Nergui, que era muito extensa e bela, e ali esperou Nogai, porque sabia que este vinha ao seu encontro. Os dois filhos de Tolobuga levavam também muitos homens a cavalo e armaram muitas companhias, para vingar a morte de seu pai.

Deixemos Toctai e a sua gente e voltemos a Nogai e às suas hostes. Pôs-se este a caminho, com 150.000 homens, que eram a fina flor e a nata dos valentes cavaleiros, e homens de armas mais aguerridos do que os de Toctai. Chegou com a sua gente, ao cabo de dois dias, e assentou arraiais a dez milhas do inimigo.

No campo era rico em tendas de panos de ouro, brocados e colgaduras bordadas, e bem se via ser o acampamento de um grande rei. E, naquela planura de Nergui, descansaram, aprestando-se para o dia da batalha.

A fala de Toctai e a de Nogai

Quando o rei Toctai teve a sua gente reunida, fez-lhes o seguinte discurso:

– Viemos até aqui para nos batermos com Nogai e os seus homens; fizemo-lo com razão, porque, como sabeis, nasceu entre nós o ódio por não ter querido dar satisfação aos filhos de Tolobuga. Como estamos na razão, convém que sejamos os vencedores da batalha e que o malvado pereça. Peço-vos que sejais destemidos e valentes, para que possamos assistir à morte e destruição do inimigo.

Por outro lado, Nogai falou à sua gente da maneira que ides ouvir:

– Meus bons irmãos e amigos: sabeis que, em muitas e grandes batalhas, temos vencido, e contra gente mais feroz e bem armada, por isso deveis preparar-vos para também vencer nesta peleja. A razão nos pertence e não a eles, pois bem sabeis que o meu senhor me mandou ir à sua corte, por motivos que lhe eram estranhos. Por tudo isto vos digo que cada um pense em fazer quanto possa para que ganhemos esta batalha e façamos falar de nós no mundo inteiro, e digam que em cada dia nos tornamos mais temíveis.

E o rei Nogai calou-se, sem mais acrescentar.

Logo que os dois reis acabaram de falar, não quiseram ter mais demora. No dia seguinte, estavam a postos. O rei Toctai repartiu a sua gente em vinte batalhões e pôs à frente de cada batalhão um bom chefe e um bom capitão. E Nogai formou quinze quadrados, tendo cada um deles 10.000 homens a cavalo, com os seus bons e bravos capitães.

Quando os dois exércitos se acharam frente a frente, detiveram-se um pouco, esperando o toque dos timbales. E, ao som deles, começou a peleja. A luta foi encarniçada. Voavam flechas e dardos. Reboavam os gritos. Cortavam-se braços, cabeças e mãos. Viam-se rolar por terra os cavaleiros com os seus cavalos.

Em nenhuma batalha morreu tanta gente, mas em muito maior número morreram os homens de Toctai do que os de Nogai. Tudo foi inútil, no entanto, porque Nogai pelejava terrivelmente, e embora os filhos de Tolobuga se esforçassem por vingar a morte do pai, lutando como leões, tudo foi em vão e não conseguiram matar o rei Nogai. A refrega foi de tal ordem que, muitos e muitos, que nessa manhã estavam sãos e de boa saúde, morreram naquele dia, e assim foi, por ser a batalha muito sangrenta e cruel.

O rei Toctai esforçou-se, com todo o seu poder, para manter a sua gente e a sua honra, fazendo grandes proezas. Certamente que toda a gente não podia deixar de elogiá-lo. Metia-se por entre os inimigos, como se a morte de nada lhe importasse. Brandia a espada e repartia golpes de tal maneira que muito prejudicou os inimigos. Matou muitos pelas suas próprias mãos, e os seus amigos, quando isto viam, enchiam-se de novo ardor, arremetendo contra eles e matando-os sem piedade.

233

Arrojo e heroísmo do rei Nogai

O rei Nogai expôs-se tanto, e tanto combateu entre a sua gente, que em toda a parte acudia, excedendo-se a si mesmo; bateu-se entre os inimigos, como um leão entre as feras, e lançando-se sobre eles como um herói, venceu-os, esmagando-os com o seu furor. E os seus homens, que assim viam o seu senhor, esforçavam-se por imitá-lo, e, correndo sobre os contrários, neles faziam grande estrago.

Sabei que, na verdade, a gente de Toctai se esforçou por manter a sua honra, mas de nada lhe valeu; tinham contra eles guerreiros demasiadamente fortes. Sofreram tanto que, mais não podendo agüentar, começaram a fugir, pois viram bem que, se ali continuassem, morreriam todos; e o rei Nogai, arremetendo contra eles, acabou de os dizimar.

E foi assim que o rei Nogai[332] venceu a batalha em que morreram mais de 60.000 homens. Mas o rei Toctai teve a sorte de escapar com vida, e os filhos de Tolobuga também.

Notas

315. Acatu, primo de Gaikhatou, reinou durante cinco meses em 1295. Ele não era cristão mas simpatizava com estes, segundo a política tradicional dos mongóis não-islamizados.

316. Konitchi, da linhagem de Djoetchi (ver quadro gen.), e sua descendência eram soberanos da Sibéria ocidental até a conquista russa do séc. XVI.

317. Trenós. (N. do T.)

318. Trata-se da *no man's land* da Sibéria setentrional e oriental cujas primeiras partes conhecidas foram as bacias do Obi e do Yenisei a leste dos Urais, dependente na época da cidade mercantil de Novgorod.

319. Os diferentes principados russos eram, na época, dependentes do soberano da Horda de Ouro. A visita dos Polo mais velhos à corte da Horda de Ouro é contemporânea do reinado de Alexandre Nevski.

320. Toktagha, soberano da Horda de Ouro na época da redação do texto (1290-1312).

321. Trata-se do farol que se encontra na costa européia do Bósforo, na saída para o Mar Negro.

322. Sayin, equivalente de "senhor", e ainda utilizado neste sentido em nossos dias em turco, era um cognome de Batou, primeiro soberano da Horda de Ouro (ver quadro gen.).

323. Trata-se, obviamente, da Rússia.

324. Esse povo era chamado Huno (Khoun) pelos húngaros, Polovtsi pelos russos e Comane pelos bizantinos.

325. Os alanos, povo indo-europeu, pertencente, pois, à vaga das migrações que precedeu a dos turcos, ocuparam a mesma Rússia meridional no início da era cristã. Repelidos para o norte do Cáucaso pela chegada dos hunos, eles reduziram-se ao vale do Terek sob a pressão dos Czares. Cristãos ortodoxos sob a influência dos bizantinos, foram utilizados pelos mongóis como mercenários na China.

326. Trata-se dos Lezquianos, povo do Cáucaso, que se autodenominam "Laki".

327. Seriam os magiares, instalados originalmente na bacia do Volga. Um grupo repelido para oeste dará origem, no fim do séc. IX, ao povo húngaro e um outro, retirado para o sul do Ural, se mesclará com elementos turcos para constituir o povo dos Bachkirs. São estes últimos que são, provavelmente, aqui mencionados.

328. Trata-se dos Circassianos que se localizam na mesma região, isto é, ao noroeste do Cáucaso, desde a época

de Estrabão e chamados Zikhi tanto por ele como pelos bizantinos.

329. Os godos, que passaram pela Rússia meridional no séc. IV de nossa era como uma vanguarda dos hunos, deixaram no local alguns elementos que com o tempo confinaram-se no sul da Criméia entre as montanhas e o mar, o que constitui a Gódia da época de Marco Polo, cujo nome subsistirá até o séc. XVI.

330. Trata-se sempre do mar Cáspio, já chamado mar de Ghilan e mar de Baku por Marco Polo.

331. Toula-Bougha, omitido na lista dada por Marco Polo no cap. 122, é aqui introduzido, mas não no lugar correto. Toda Mengu, tio e predecessor de Toula-Bougha, teve que abdicar em 1287 em favor deste último. Toula-Bougha, soberano da Horda de Ouro de 1287 a 1290, foi deposto por Nogai, personagem importante da linhagem de Djoetchi, genro de Miguel Paleólogo e, na época, fazedor de reis, e entregue a um outro pretendente da família, Toktagha, que o matou e tomou seu lugar. Restabelecendo-se, assim, a história, o pedido de vingança dos filhos da vítima ao assassino de seu pai não parece manter-se. Mas as alianças não são excluídas, e Toktagha voltar-se-á contra seu benfeitor Nogai, como será explicado nos capítulos que seguem.

332. Nogai morreu em 1299, quando Marco Polo permanecia preso em Gênova.

Ouvistes todos os feitos dos tártaros e dos sarracenos, dos seus costumes e dos de outros países do mundo, tudo quanto deles se pode dizer e saber. E se Misser Nicolau Polo, seu irmão Mafeu e eu, Marco Polo, não tivéssemos sido encarregados pelo Grã-Cã de escoltar a bela princesa Cogatim, não teríamos podido contar as coisas maravilhosas que vimos. Mas tal foi a vontade de Deus. E jamais a homem cristão, tártaro ou pagão foi dado ver o que Misser Marco, filho do nobre Nicolau Polo de Veneza, viu pelo mundo. DEO GRATIAS. AMEN. AMEN. AMEN.

Aqui termina o relato tal como o escreveu Rusticiano de Pisa e o escutou de Marco Polo, encontrando-se na prisão de Gênova, no ano de 1298.

Informações sobre o Texto e as Notas

A grande fortuna do livro de Marco Polo desencadeou, desde seu aparecimento, um sem-número de manuscritos – cento e quarenta e três conhecidos – e conseqüentemente grandes problemas de alteração a cada nova cópia, principalmente porque jamais surgiu um manuscrito verdadeiramente original.

Uma primeira síntese entre todos esses textos foi tentada na edição italiana de 1928, mas a síntese completa só foi realizada em 1938, graças à descoberta de um novo manuscrito, em Toledo, pelos professores A. C. Moule e Paul Pelliot. Tal edição, com o texto reconstituído a partir do conjunto dos manuscritos existentes, foi publicada originalmente em inglês. Trata-se, portanto, de um texto que pode ser considerado integral.

Muitos estudiosos dedicaram suas vidas a estudar o livro de Marco Polo e enriquecê-lo com notas. G. Pauthier, sinólogo, foi o primeiro a demonstrar, em sua edição de 1865, o valor das informações de Marco Polo, confrontando-as com fontes chinesas. Contudo, o conhecimento cartográfico da Alta Ásia era insuficiente na época para que Pauthier pudesse estabelecer com precisão o itinerário da viagem.

Quase ao mesmo tempo o inglês Yule empreendeu uma edição crítica que, completada pelo sinólogo francês Henri Cordier, fez avançar consideradamente os estudos sobre Marco Polo. Mas o trabalho de longe o mais monumental foi realizado pelo orientalista Paul Pelliot e pelo professor Moule, culminando com o texto "integral" da edição inglesa de 1938. Essa edição deveria ser completada por abundantes notas dos dois estudiosos, que não chegaram a ser publicadas devido à morte de ambos. As notas de A. C. Moule só viriam a ser editadas em 1957, em Cambridge, e as de Pelliot em Paris, por Louis Hambris, em três volumes, lançados em 1959, 63 e 73. Nesse meio tempo, Hambris, sem utilizar as notas manuscritas de Pelliot, anotou a edição de 1955, contribuindo com muitos elementos novos.

As notas organizadas por Stéphane Yerasimos e publicadas nesta edição da L&PM foram elaboradas a partir das notas de Pauthier, principalmente no que diz respeito à utilização de textos chineses; as de Pelliot, que são extremamente detalhadas e precisas, mas que evitam chegar a uma conclusão; e as de Hambris, que, mesmo estando muito atrasadas com relação às de Pelliot, têm o mérito de propor uma solução e, portanto, de melhor corresponder a uma obra deste tipo.

Outras notas foram pesquisadas diretamente pelo próprio Yerasimos nas fontes bizantinas, negligenciadas pelos pesquisadores essencialmente sinólogos. O objetivo da L&PM ao adquirir e publicar estas notas – mais do que três centenas – e também a introdução de Stéphane Yerasimos, considerado o maior polista vivo, foi dar consistência histórica a esse relato inigualável que, sem elas, correria o risco de assemelhar-se a uma mera obra de ficção.

O relato de Marco Polo foi o terceiro livro a ser impresso em língua portuguesa. A iniciativa coube ao famoso impressor Valentim Fernandes, em 1502, que o publicou em Lisboa sob o título de "O Livro de Marco Polo de Veneza, das Condições e Costumes das Gentes e das Terras e Províncias Orientais". Em 1922, essa edição foi reimpressa pela Biblioteca Nacional de Lisboa.

No Brasil, o texto mais próximo do original publicado até hoje é justamente este, organizado pelo professor Elói Braga Júnior e relançado agora pela L&PM. A primeira edição do trabalho do professor Braga Júnior foi publicada em 1945 e reeditada em 1956 pelo próprio autor, através da editora Iva, de sua propriedade. De lá até hoje, foram lançadas apenas diluídas e insignificantes edições infanto-juvenis.

Há mais de 40 anos o professor Elói Braga Júnior estuda e anota o relato de Marco Polo. Essa versão organizada por ele, entretanto, não reproduz inteiramente o texto da versão inglesa de 1938 (publicado em francês pela editora Maspero, na coleção "La Decouvert", e até hoje considerado o mais completo). Tampouco trata-se de uma cópia das edições de Valentim Fernandes. É o próprio professor Braga Júnior que explica seus critérios para a edição deste texto:

"Essa nova edição do *Livro das Maravilhas* não é uma tradução literal do texto original, de leitura pouco fluente; tampouco se baseia na tradução editada por Valentim Fernandes, que é incompleta e suprime vários capítulos. Nosso modestíssimo trabalho foi organizado depois de cotejadas várias edições e corrigidas determinadas falhas em muitas delas. Certos trechos obscuros foram colocados em linguagem mais clara e algumas repetições enfadonhas, cortadas. Houve também grande cuidado com os nomes próprios, de ortografia irreconhecível em várias edições."

Cotejando com a edição francesa lançada pela Maspero sob o título de *Le Devissement du Monde – Le Libre des Merveilles*, que nada mais é do que a tradução da famosa edição inglesa de 1938 acrescida ainda da introdução e das notas de Stéphane Yerasimos, o leitor perceberá o quão criterioso foi o trabalho de Braga Júnior. Se, na verdade, o texto não é exatamente igual ao original, as partes subtraídas, de fato, são desimportantes e repetitivas. Assim sendo, o leitor brasileiro finalmente tem a seu dispor a mais completa edição em português do livro que alterou as idéias geográficas da Idade Média, dando os primeiros contornos da geografia moderna e tornando-se a inspiração maior para os grandes navegadores do século XVI que tiveram, a seu modo, uma Visão do Paraíso.

Os Editores

Nota Biográfica

Os Polo eram nobres da Dalmácia – região próxima ao Adriático, que faz parte da atual Iugoslávia e que esteve ocupada por Veneza de 1420 a 1797. Muito antes desta invasão, no entanto, a família já havia se estabelecido na grande capital do mercantilismo – possivelmente em 1033. Comerciantes bem-sucedidos, em 1250 os Polo possuíam uma representação comercial em Constantinopla e outra, ainda mais avançada, em Soudak, na Criméia. Ambas eram dirigidas por Marco Polo, "o Velho", irmão mais velho de Nicola e Mafeu – respectivamente pai e tio do jovem Marco.

Marco Polo nasceu em 1252, quando Nicola e Mafeu encontravam-se na China em sua primeira viagem. Pai e filho só se conheceram em 1267, no retorno de Nicola a Veneza, anos após a morte da esposa. Pouco mais tarde, os dois, mais Mafeu, partiram para a segunda viagem, sobre a qual Marco narra todos os detalhes no seu *Livro das Maravilhas*.

Em 1298, depois da longa viagem ao Oriente, Marco Polo armou uma galera às próprias custas e envolveu-se na guerra entre Veneza e Gênova. Foi capturado e conduzido prisioneiro a Gênova. Na virada do século, libertado com o final da guerra entre as duas principais potências italianas, procurou Teobaldo Cepoy, a quem ditou nova versão de suas aventuras – repetindo o que havia feito no cárcere para Rusticiano de Pisa. Seu livro rapidamente se transformou no maior sucesso editorial da época.

O resto da vida de Marco Polo, como coloca Stéphane Yerasimos, "é um conto que termina bem". Consagrado como "Marco Milhão" – em virtude das cifras fantásticas citadas no *Livro das Maravilhas* –, Polo foi nomeado membro do Grande Conselho da República, em Veneza. Pouco mais tarde, casou-se com uma jovem chamada Donata, com quem teve três filhas: Fantina, Belela e Moreta. Em 1324, aos 72 anos, rico e famoso, Marco Polo morreu na cidade em que nascera, sendo sepultado na igreja de São Lourenço.

Pouco antes de sua morte, receosos do destino de sua alma, os amigos lhe pediram que se retratasse das mentiras que havia relatado: "Eu só disse a verdade", respondeu Marco. "E apenas a metade do que vi."

Em 1418, o último Polo – também chamado Marco – faleceu em Verona, cidade da qual era alcaide. Como não deixou descendência, extinguiu-se assim a família de um dos maiores viajantes de todos os tempos.

Elói Braga Júnior
Outubro de 1984

Coleção L&PM POCKET

1. **Todas as histórias do Analista de Bagé** – Luis Fernando Verissimo
2. **Poesias** – Fernando Pessoa
3. **O livro dos sonetos** – org. Sergio Faraco
4. **Hamlet** – Shakespeare – trad. Millôr Fernandes
5. **Isadora, fragmentos autobiográficos** – Isadora Duncan
6. **Histórias sicilianas** – Giuseppe di Lampedusa
7. **O relato de Arthur Gordon Pym** – Edgar Allan Poe
8. **A mulher mais linda da cidade** – C. Bukowski
9. **O fim de Montezuma** – Hernan Cortez
10. **A ninfomania** – D. T. Bienville
11. **As aventuras de Robinson Crusoé** – Daniel Defoe
12. **Histórias de amor** – A. Bioy Casares
13. **Armadilha mortal** – Roberto Arlt
14. **Contos de fantasmas** – Daniel Defoe
15. **Os pintores cubistas** – G. Apollinaire
16. **A morte de Ivan Ilitch** – L.Tolstoi
17. **A desobediência civil** – David Henry Thoreau
18. **Liberdade, liberdade** – Flávio Rangel e Millôr Fernandes
19. **Cem sonetos de amor** – Pablo Neruda
20. **Mulheres** – Eduardo Galeano
21. **Cartas a Théo** – Van Gogh
22. **Don Juan, o convidado de pedra** – Molière – Tradução e adaptação de Millôr Fernandes
23. **A mulher do Silva** – L. F. Verissimo
24. **Contos fantásticos: Horla & outras histórias** – Guy de Maupassant
25. **O caso de Charles Dexter Ward** – H. P. Lovecraft
26. **Vathek** – William Beckford
27. **Hai-Kais** – Millôr Fernandes
28. **Adeus, minha adorada** – Raymond Chandler
29. **Cartas portuguesas** – Mariana Alcoforado
30. **A mensageira das violetas** – Sonetos – Florbela Espanca
31. **Espumas flutuantes** – Castro Alves
32. **Dom Casmurro** – Machado de Assis
33. **Ed Mort - todas as histórias** – Luis Fernando Verissimo
34. **Alves & Cia.** – Eça de Queiroz
35. **Uma temporada no inferno** – Arthur Rimbaud

36. **A correspondência de Fradique Mendes vol.1 – Memórias e notas** – Eça de Queiroz
37. **A correspondência de Fradique Mendes vol. 2 – As cartas** – Eça de Queiroz
38. **Antologia poética** – Olavo Bilac – Seleção de Paulo Hecker Fº
39. **Rei Lear** – W. Shakespeare – Trad. de Millôr Fernandes
40. **Memórias póstumas de Brás Cubas** – Machado de Assis
41. **Que loucura!** – Woody Allen
42. **O duelo** – Casanova
43. **A mãe do Freud** – Luis Fernando Verissimo
44. **Gentidades** – Darcy Ribeiro
45. **Memórias de um Sargento de Milícias** – Manuel Antônio de Almeida
46. **Os escravos** – Castro Alves
47. **O desejo pego pelo rabo** – Pablo Picasso
48. **Os inimigos** – Máximo Gorki
49. **O colar de veludo** – Alexandre Dumas
50. **Livro dos bichos** – Org. de Sergio Faraco
51. **Quincas Borba** – Machado de Assis
52. **O marido do Dr. Pompeu** – Luis Fernando Verissimo
53. **O exército de um homem só** – Moacyr Scliar
54. **Frankenstein** – Mary Shelley
55. **Dom Segundo Sombra** – Ricardo Güiraldes
56. **De vagões e vagabundos** – Jack London
57. **O homem bicentenário** – Isaac Asimov
58. **A viuvinha** – José de Alencar
59. **Livro das cortesãs** – Org. de Sergio Faraco
60. **Últimos poemas** – Pablo Neruda
61. **A moreninha** – Joaquim Manuel de Macedo
62. **Cinco minutos** – José de Alencar
63. **Saber envelhecer e a amizade** – Cícero
64. **Enquanto a noite não chega** – Josué Guimarães
65. **Tufão** – Joseph Conrad
66. **Aurélia** – Gérard de Nerval
67. **I-Juca-Pirama** *seguido de* **Os Timbiras** – Gonçalves Dias
68. **Fábulas de Esopo**
69. **Teresa Filósofa** – Anônimo do Séc. XVIII
70. **Aventuras inéditas de Sherlock Holmes** – A. C. Doyle
71. **Antologia poética** – Mario Quintana
72. **Antes e depois** – Paul Gauguin

73. **A morte de Olivier Bécaille** – Émile Zola
74. **Iracema** – José de Alencar
75. **Iaiá Garcia** – Machado de Assis
76. **Utopia** – Tomás Morus
77. **Sonetos para amar o amor** – Luis Vaz de Camões
78. **Carmem** – Prosper Mérimée
79. **Senhora** – José de Alencar
80. **Hagar, o horrível 1** – Dik Browne
81. **O coração das trevas** – Joseph Conrad
82. **Um estudo em vermelho** – Sir Arthur Conan Doyle
83. **Todos os sonetos** – Augusto dos Anjos
84. **A propriedade é um roubo** – P.-J. Proudhon
85. **Drácula** – Bram Stoker
86. **O marido complacente** – Marquês de Sade
87. **De profundis** – Oscar Wilde
88. **Sem plumas** – Woody Allen
89. **Os bruzundangas** – Lima Barreto
90. **O cão dos Baskervilles** – Sir Arthur Conan Doyle
91. **Paraísos artificiais** – Charles Baudelaire
92. **Cândido, ou o otimismo** – Voltaire
93. **Triste fim de Policarpo Quaresma** – Lima Barreto
94. **Amor de perdição** – Camilo Castelo Branco
95. **Megera domada** – William Shakespeare – Tradução de Millôr Fernandes
96. **O mulato** – Aluísio Azevedo
97. **O alienista** – Machado de Assis
98. **O livro dos sonhos** – Jack Kerouac
99. **Noite na taverna** – Álvares de Azevedo
100. **Aura** – Carlos Fuentes
101. **O suicida e o computador** – Luis Fernando Verissimo
102. **Contos gauchescos e lendas do sul** – Simões Lopes Neto
103. **O cortiço** – Aluísio Azevedo
104. **Marília de Dirceu** – Tomás Antônio Gonzaga
105. **O Primo Basílio** – Eça de Queiroz
106. **O ateneu** – Raul Pompéia
107. **Um escândalo na Boêmia** – Sir Arthur Conan Doyle
108. **Contos** – Machado de Assis
109. **200 Sonetos** – Luis Vaz de Camões
110. **O príncipe** – Maquiavel
111. **A escrava Isaura** – Bernardo Guimarães

112. **O solteirão nobre** – Sir Arthur Conan Doyle
113. **Sexo na cabeça** – Luis Fernando Verissimo
114. **Shakespeare de A a Z (Livro das citações)** – William Shakespeare
115. **A relíquia** – Eça de Queiroz
116. **Orgias** – Luis Fernando Verissimo
117. **O livro do corpo** – Vários (org. de Sergio Faraco)
118. **Lira dos 20 anos** – Álvares de Azevedo
119. **Esaú e Jacó** – Machado de Assis
120. **A barcarola** – Pablo Neruda
121. **Os conquistadores** – Júlio Verne
122. **Contos breves** *seguido de* **O mago apodrecido** – G. Apollinaire
123. **Taipi** – Herman Melville
124. **Livro dos desaforos** (Poesias) – Org. de Sergio Faraço
125. **A mão e a luva** – Machado de Assis
126. **Doutor Miragem** – Moacyr Scliar
127. **O penitente** – Isaac B. Singer
128. **Diários da descoberta da América** – Cristóvão Colombo
129. **Édipo Rei** – Sófocles
130. **Romeu e Julieta** – William Shakespeare
131. **Hollywood** – Charles Bukowski
132. **Billy the Kid** – Pat Garrett
133. **Cuca fundida** – Woody Allen
134. **O jogador** – Dostoiévski
135. **O livro da selva** – Rudyard Kipling
136. **O vale do terror** – Sir Arthur Conan Doyle
137. **Dançar tango em Porto Alegre** – Sergio Faraco
138. **O gaúcho** – Carlos Reverbel
139. **A volta ao mundo em oitenta dias** – Júlio Verne
140. **O livro dos esnobes** – W. M. Thackeray
141. **Amor & morte em Poodle Springs** – Raymond Chandler & Robert Parker
142. **As aventuras de David Balfour** – Robert L. Stevenson
143. **Alice no País das Maravilhas** – Lewis Carroll
144. **A ressurreição** – Machado de Assis
145. **Inimigos, uma história de amor** – Isaac. B. Singer
146. **O Guarani** – José de Alencar
147. **Cidade e as serras** – Eça de Queiroz
148. **Eu e outras poesias** – Augusto dos Anjos

149. **A mulher de trinta anos** – Honoré de Balzac
150. **Pomba enamorada e outros contos** – Lygia Fagundes Telles
151. **Contos fluminenses** – Machado de Assis
152. **Antes de Adão** – Jack London
153. **Intervalo amoroso e outros poemas escolhidos** – Affonso Romano de Sant'Anna
154. **Memorial de aires** – Machado de Assis
155. **Naufrágios e comentários** – Álvar Nuñes Cabeza de Vaca
156. **Ubirajara** – José de Alencar
157. **Textos anarquistas** – Michael Alexandrovich Bakunin
158. **O pirotécnico Zacarias** – Murilo Rubião
159. **Amor de salvação** – Camilo Castelo Branco
160. **O gaúcho** – José de Alencar
161. **O Livro das maravilhas** – Marco Polo
162. **Inocência** – Visconde de Taunay
163. **Helena** – Machado de Assis
164. **Uma estação de amor** – Horácio Quiroga
165. **Poesia reunida** – Martha Medeiros
166. **Memórias de Sherlock Holmes** – Sir Arthur Conan Doyle
167. **A vida de Mozart** – Stendhal
168. **O primeiro terço** – Neal Cassady
169. **O mandarim** – Eça de Queiroz
170. **Um espinho de marfim** – Marina Colasanti
171. **A ilustre Casa de Ramires** – Eça de Queiroz
172. **Lucíola** – José de Alencar
173. **Antígona** – Sófocles – trad. Donaldo Schüler
174. **Otelo** – William Shakespeare
175. **Antologia** – Gregório de Matos
176. **A liberdade de imprensa** – Karl Marx
177. **Casa de pensão** – Aluísio Azevedo
178. **São Manuel Bueno, Mártir** – Miguel de Unamuno
179. **Primaveras** – Casimiro de Abreu
180. **O noviço** – Martins Pena
181. **O sertanejo** – José de Alencar
182. **Eurico, o presbítero** – Alexandre Herculano
183. **O signo dos quatro** – Sir Arthur Conan Doyle
184. **Sete anos no Tibet** – Heinrich Harrer
185. **Vagamundo** – Eduardo Galeano
186. **De repente acidentes** – Carl Solomon
187. **As minas de Salomão** – Rider Haggar (trad. de Eça de Queiroz)

188. **Uivo** – Allen Ginsberg
189. **A ciclista solitária** – Sir Arthur Conan Doyle
190. **Os seis bustos de Napoleão** – Sir Arthur Conan Doyle
191. **Cortejo do divino** – Nelida Piñon
192. **Cassino Royale** – Ian Fleming
193. **Viva e deixe morrer** – Ian Fleming
194. **Os crimes do amor** – Marques de Sade
195. **Besame Mucho** – Mário Prata
196. **Tuareg** – Alberto Vásquez-Figueroa
197. **O longo adeus** – Raymond Chandler
198. **Os diamentes são eternos** – Ian Fleming
199. **Notas de um velho safado** – Chaelos Bukowski
200. **111 ais** – Dalton Trevisan
201. **Macbeth** – William Shakespeare
203. **O capote** *seguido de* **O retrato** – Nicolai Gogol
204. **O nariz** *seguido de* **Diário de um louco** – Nicolai Gogol

Coleção L&PM POCKET/GASTRONOMIA

1. **100 receitas de macarrão** – Sílvio Lancellotti
2. **160 receitas de molhos** – Sílvio Lancellotti
3. **100 receitas ligth** – Helena e Ângela Tonetto
4. **100 receitas de sobremesas** – Celia Ribeiro